Editora Charme

O Anti-NAMORADO

AUTORA BEST-SELLER DO *NEW YORK TIMES*

PENELOPE WARD

1ª Impressão 2024

Produção Editorial - Editora Charme
Design da capa - Letitia Hasser, RBA Designs
Adaptação de Capa e Produção Gráfica - Verônica Góes
Tradução - Aline Sant'Ana
Preparação Andresa Vidal
Revisão - Equipe Editora Charme
Imagens internas - AdobeStock

Esta obra foi negociada por Brower Literary & Management, Inc.

CIP-BRASIL. CATALOGAÇÃO NA PUBLICAÇÃO
SINDICATO NACIONAL DOS EDITORES DE LIVROS, RJ

W233a

Ward, Penelope
O anti-namorado / Penelope Ward ; [tradução Aline Sant'Ana]. - 1. ed. - Campinas [SP] : Charme, 2024.
320 p. ; 22 cm.

Tradução de: The anti-boyfriend
ISBN 978-65-5933-189-5

1. Romance americano. I. Sant'Ana, Aline. II. Título.

24-95355 CDD: 813
CDU: 82-31(73)

Gabriela Faray Ferreira Lopes - Bibliotecária - CRB-7/6643

Editora Charme

www.editoracharme.com.br

Editora Charme

O Anti-NAMORADO

TRADUÇÃO: ALINE SANT'ANA

AUTORA BEST-SELLER DO *NEW YORK TIMES*

PENELOPE WARD

Capítulo Um

Carys

FILHOTE DE LOMBRIGA

O barulho da cama rangendo poderia muito bem ser confundido com unhas arranhando uma lousa. Meu vizinho, Deacon, nem sempre recebia mulheres em sua casa, mas quando acontecia — nossa, ele *realmente* as recebia. Em cima dele. Embaixo dele.

Esta noite foi a mais escandalosa de todas, e o barulho sempre parecia aumentar justo quando eu estava prestes a pegar no sono. Uma vez que algo me despertava, levava muito tempo para eu conseguir voltar a dormir. As pessoas dizem às mães, *durma enquanto o bebê dorme*. Olha, isso é impossível quando o apartamento ao lado parece um motel.

O quarto da minha filha, Sunny, ficava no extremo oposto do meu, então, felizmente, o barulho vindo do 5B não a acordava. Mas o meu ficava encostado na parede do quarto de Deacon. Eu ouvia a cama arrastando, e cada som de prazer era claro como o dia — cada gemido, grunhido e grito excruciante. E, como bônus, eu podia sentir as vibrações bem atrás da minha cabeceira. Infelizmente, isso foi o mais perto que cheguei de partir pra ação com um cara em mais de um ano.

Você pode até pensar que eu teria coragem de dar uns murros na parede ou algo do tipo, mas não achava que tinha o direito de interromper. Afinal de contas, ele era solteiro e estava vivendo o melhor momento de sua vida, e dentro do próprio apartamento; ele tinha o direito de transar. A culpa de as paredes serem finas não era dele.

Não reclamaria se ele fosse mais rápido. Mas ele tinha tanto condicionamento físico! Um pênis cheio de energia no estilo coelhinho da Duracell.

Já mencionei que Deacon era muito gostoso? Eu só o tinha encontrado algumas vezes de passagem, mas era difícil não ficar encarando aquele rosto esculpido, com uma barba perfeitamente posicionada sobre o maxilar bem-definido. Saber como ele era não ajudava em nada nessa situação, porque, sim, eu estava irritada, mas imaginar o que estava acontecendo do outro lado da parede não era tão terrível assim. A fantasia já era suficiente para me manter acordada.

Então era essa aí a minha situação patética.

Em algum momento, como sempre, parou. Os estrondos e os sons de sexo se transformaram em risadas abafadas e conversa.

Enquanto tentava dormir de novo, prometi a mim mesma que, da próxima vez que encontrasse Deacon no corredor, eu, com delicadeza, falaria sobre essa situação. É claro que ele não sabia que as nossas camas estavam de costas uma para a outra, já que nunca esteve no meu apartamento. Seria uma conversa desconfortável, mas tinha que acontecer. Eu precisava dormir. Não estava trabalhando no momento, mas cuidar da minha filha de seis meses era trabalho em tempo integral.

Sunny fora o resultado lindo de um curto relacionamento com o meu ex-chefe, que acabou voltando para a ex-esposa antes mesmo de saber que eu estava grávida. Ele não quis mais nada comigo ou com a bebê depois que descobriu que eu estava esperando sua filha, então, eu a tenho criado praticamente sem ajuda — sem nada além de algum dinheiro que ele me mandava quando tinha vontade. Devo enfatizar que ele e a esposa estavam legalmente separados há mais de um ano quando o conheci.

Eu sempre disse a mim mesma que voltaria a trabalhar quando Sunny completasse seis meses, mas o tempo já tinha passado e eu ainda não tinha conseguido. Todos os dias, sinto falta de sair de casa e socializar, e tenho vontade de voltar a trabalhar ao menos por meio período. Mas pagar uma creche ou babá é muito mais difícil do que parece. Sem contar que não me sentia pronta para ficar longe de Sunny. Continuo numa briga interna comigo mesma a respeito dessa decisão, pois a falta de interação social tem me deixado meio louca. Será que deixar Sunny com alguém para voltar a trabalhar me tornaria uma mãe ruim?

Esse era o tipo de pergunta que me mantinha acordada à noite — isso quando o meu vizinho atraente não era o culpado.

No dia seguinte, Sunny tirou a soneca da tarde, o que geralmente me dava cerca de uma hora e meia, embora em raras ocasiões pudesse chegar a três horas. Esse tempo era praticamente o meu único momento prazeroso, embora carregasse certa culpa. *Meu* momento. Quando ela pegava no sono, eu preparava o almoço enquanto assistia a *The Young and the Restless* em volume baixo. Eu não era tão fã da novela, mas me remetia à infância e aos dias em que faltava à escola por estar doente e minha avó cuidava de mim.

Deixar minha filha dormindo sozinha, mesmo que apenas por tempo suficiente para conferir as correspondências, sempre me deixava nervosa. Então, depois do almoço, eu corria escada abaixo e abria a caixa de correio o mais rápido possível antes de voltar correndo. Provavelmente levava menos de um minuto, e eu nunca saía sem a babá eletrônica em mãos.

Hoje, justo quando eu estava voltando para a minha porta, Deacon estava saindo do apartamento dele.

— Ah, oi, Carys-Tipo-Paris. Como vai? — Ele abriu um sorriso largo.

Quando as pessoas perguntavam o meu nome, por algum motivo idiota, às vezes eu respondia: "Carys, tipo Paris", especialmente quando ficava nervosa. Foi assim na primeira vez que encontrei Deacon.

Um sopro do perfume maravilhoso dele deixou meu corpo em alerta. Ele estava lindíssimo, como sempre. Hoje usava um casaco de camurça cor de camelo com uma gola de lã de carneiro. Seus olhos azuis, que se destacavam em sua pele bronzeada, brilhavam sob as luzes fluorescentes do corredor, que também realçavam o tom cobre de seus cabelos, que puxavam uma tonalidade média de castanho. Ele tinha pelo menos 1,88 m — um gigante em comparação aos meus 1,62 m.

Essa era a minha oportunidade de mencionar a noite passada. Mas agora que ele estava aqui, me olhando de cima, seu cheiro almiscarado envolvendo o ar, eu parecia ter perdido as palavras. Ainda assim, estava determinada a falar agora ou nunca.

Meu coração acelerou. *Lá vai.* Ainda ofegante pela corrida escada acima, comecei:

— Sendo sincera e respondendo à sua pergunta... eu adoraria dizer que estou ótima, mas quase não preguei os olhos na noite passada. Então, já estive melhor.

Ele franziu a testa.

— Poxa, que saco.

— Na verdade, é meio que culpa sua.

Deacon franziu a testa.

— Minha culpa?

— Sim. Não sei se você já percebeu, mas a sua cama fica bem encostada na minha, do outro lado da parede. Suas... *interações*... ontem à noite me acordaram, e tive dificuldade para voltar a dormir.

Boom.

Já foi.

Eu disse.

Deacon fechou os olhos por um momento.

— Merda. Me desculpa. Não sabia que o seu quarto ficava logo ao lado do meu.

— Pois é. É quase como se eu estivesse... bem ali.

— Nossa, que indelicado da minha parte. Eu deveria ter te convidado para se juntar a nós.

O quê? Pareceu que todo o meu sangue tinha subido à cabeça.

Ele ergueu as mãos.

— Estou brincando. Meu péssimo senso de humor aparece quando me sinto desconfortável, eu acho.

Coloquei uma mecha de cabelo atrás da orelha e ignorei o comentário.

— Eu sei que você está brincando.

— Brincando mesmo. — Ele sorriu. — Mas vou tentar levar em consideração agora que sei que você pode ouvir tudo. Você já deveria ter dito alguma coisa.

— Como exatamente eu faria isso? Invadindo o quarto com duas pessoas peladas? Por isso estou falando agora.

— Bom argumento. Mas não deve ter sido a primeira vez que você ouviu algo, né?

Olhei para os meus pés.

— Não, não foi.

— Você poderia ter batido na parede ou algo assim.

— Não sou de interromper rudemente as... intimidades de alguém. Só queria que você estivesse ciente da situação. Não precisamos discutir mais o assunto.

— Talvez devêssemos criar um código.

— Como assim?

— Tipo, se eu estiver perturbando a sua paz, você pode tocar uma música e aumentar o volume para me mandar uma mensagem. — Ele estalou os dedos. — Algo irônico como *The Sounds of Silence*, de Simon & Garfunkel.

— Não posso colocar uma música alta quando a bebê está dormindo.

O sorriso dele desapareceu.

— Viu? Isso mostra o quanto sou desligado. Desligado e muito arrependido, Carys. De verdade. Vou ser mais cuidadoso.

— É bom mesmo, seu puto! — gritou uma voz de trás de uma das portas do apartamento.

Deacon e eu nos viramos ao mesmo tempo. Notei um movimento na porta da sra. Winsbanger, do outro lado do corredor. A senhorinha devia estar escutando. Ela morava sozinha e eu frequentemente a via espiando pela porta, observando as pessoas.

Deacon fez uma careta.

— A sra. Winsbanger me ama.

— Parece que não sou a única que ouviu coisas ontem à noite .

O rosto dele ficou vermelho. Seu constrangimento foi um pouco surpreendente. Eu esperava que ele fosse mais arrogante.

— Vou mudar a minha cama para o outro lado do quarto. Isso deve ajudar.

— É, seria bom, se não for muito incômodo.

— Não é.

Feliz por ter terminado a conversa, soltei um longo suspiro.

— Ok, então, eu vou deixar você ir.

Ele não se moveu e pareceu examinar o meu rosto.

— Você está bem?

— Sim. Por quê?

— Parece exausta.

É, com certeza. Não dormi bem, estou tentando fazer tudo na única hora livre do dia que eu tenho, e acabamos de ter a conversa mais constrangedora de TODAS.

— É como me sinto, como a minha vida está. Mal tenho uma hora para almoçar e ter um momento de silêncio antes que minha filha acorde da soneca.

— Ah. — Ele coçou o queixo. — Quantos meses ela tem?

— Seis.

Deacon sabia que eu era mãe solo. Ele tinha me encontrado um dia e me ajudado a entrar com as compras enquanto eu tentava me equilibrar com Sunny e o carrinho dela.

Estava prestes a entrar no meu apartamento quando a voz dele me deteve.

— Você precisa de alguma coisa?

Não tinha certeza do que ele quis dizer.

— Tipo o quê?

— Algo da rua? Um... café, talvez? Eu só vou resolver uma coisinha rápida, mas posso parar em algum lugar quando estiver voltando.

— É o mínimo que você pode fazer, filhote de lombriga! — a sra. Winsbanger interveio do outro lado do corredor.

Pelo visto, ela ainda estava escutando.

— Porra, ela acabou de me chamar de *filhote de lombriga*? — ele sussurrou.

Naquele momento, perdi o controle. A risada tomou conta de mim, e levou quase um minuto para que eu conseguisse voltar a falar. Deacon também riu, mas acho que ele estava rindo mais da minha reação do que qualquer outra coisa.

— Não sei por que ela acabou de te chamar de filhote de lombriga. Mas eu não ria tanto assim há semanas.

Depois que finalmente me acalmei, Deacon repetiu a pergunta:

— Enfim, como eu estava dizendo, posso te trazer um café ou algo assim?

Sua oferta me fez hesitar. Era raro alguém perguntar se eu precisava de alguma coisa. Eu tinha alguns amigos na cidade, mas eles trabalhavam e tinham vidas sociais agitadas. Não era como se estivessem por perto no meio do dia para ir ao mercado para mim. E, considerando que era outono em Nova York, estava ficando frio lá fora. Eu precisava de um motivo muito bom para levar Sunny para o frio.

De verdade, eu estava morrendo de vontade de um latte da Starbucks. Dar um pulinho na cafeteria era, sem dúvida, algo que as pessoas que ainda não tinham bebês não valorizavam. Para mim, não valia a pena ter que agasalhar Sunny para isso.

— Eu adoraria um latte de baunilha da Starbucks, se você passar por uma no caminho de casa — eu disse, enfim.

— Pode deixar. — Ele sorriu. — Só isso?

— Não precisa de baunilha extra, só uma dose seria ótimo.

— Uma dose. Entendi. Mais alguma coisa?

— Não é o bastante? Nem é uma questão de necessidade. Eu nem deveria estar me aproveitando de você.

— Pode me usar. Do que mais você precisa? Sério. É o mínimo que posso fazer depois de ter perturbado a sua paz ontem à noite.

Pode me usar. Aham. Olha a minha mente indo direto para a sacanagem.

— Você não é o meu faz-tudo.

— Carys... — A voz barítono ficou séria, e ele repetiu de maneira lenta e exagerada. — Do. Que. Você. Precisa? Eu posso ir ao mercado.

Havia, *sim*, algo a mais de que eu precisava desesperadamente.

— Fraldas? — eu disse, hesitante.

— Ok. — Ele riu. — Você vai ter que me ajudar. Nunca comprei fraldas na minha vida.

Antes que eu pudesse dizer o tamanho, ele me entregou o seu telefone. Tive muita consciência do breve toque de sua mão na minha.

— Adicione o seu número. Eu te envio uma mensagem do mercado para ter certeza se vou escolher a fralda certa.

Fiz como ele disse antes de devolver o celular, mais uma vez aproveitando o contato daquela breve troca. Pequenos prazeres eram o máximo que eu conseguia esses dias.

Ele guardou o celular no bolso.

— Mais alguma coisa?

— Não que eu me lembre.

— Tudo bem. Se lembrar de mais alguma coisa, pode me avisar quando eu mandar a mensagem.

— Obrigada. *De verdade.*

— Nos falamos daqui a pouco. — Ele se despediu antes de seguir pelo corredor.

Fiquei ao lado da minha porta e o observei se afastar. A vista de trás era tão boa quanto a da frente. E, além disso, parecia que Deacon era tão adorável por dentro quanto por fora.

— Uma dose, o caralho. — Ouvi a sra. Winsbanger dizer antes de bater a porta.

Uma mensagem chegou cerca de meia hora depois.

Deacon: Certo. Estou no corredor de fraldas. Há muitas opções.

Sorri enquanto digitava. *Que gracinha.* A ideia do meu vizinho gostoso completamente perdido no corredor de fraldas era tão fofa quanto engraçada. Alguma mamãe desavisada ia ter um ataque do coração quando fosse procurar lenço umedecido e o encontrasse por lá.

Carys: Qualquer uma do tamanho M está ótimo.

Deacon: Qual marca? Huggies ou Luvs?

Carys: A que for mais barata.

Deacon: Qual ela prefere?

Carys: Olha, a gente nunca discutiu isso. Haha. Ela nunca me disse.

Deacon: Ah. Certo.

Carys: Mas a mamãe prefere a mais barata.

Deacon: Qual você gosta mais?

Carys: Por mim, tanto faz. Qualquer uma tá bom.

Ele não mandou mais mensagens, então, presumi que tinha escolhido alguma. Depois, outra mensagem chegou.

Deacon: Ah... temos uma reviravolta!

Eu ri.

Carys: O quê?

Deacon: Achei a Pampers também.

Carys: Só escolha uma. HAHA.

Deacon: Tem umas mulheres aqui tentando me salvar. Acham que preciso de ajuda.

Claro. Aposto que é com as fraldas que elas estão preocupadas. Precisava escolher uma marca para tirá-lo daquela situação.

Carys: Pode ser Luvs.

Deacon: Ok. Peguei!

Carys: Obrigada.

Deacon: Precisa de mais alguma coisa enquanto estou aqui?

Eu precisava de absorventes e desodorante, mas não ousaria mandá-lo buscar esses itens.

Carys: Não. Obrigada. É só isso.

Alguns segundos depois, outra mensagem chegou.

Deacon: O que é um peepee teepee?

Senhor. Ele precisa sair do corredor de bebês.

Rindo muito, digitei:

Carys: É uma capinha protetora para o seu pipi.

Deacon: Uma capinha protetora para o MEU pipi? Está sugerindo que eu preciso de uma depois da noite passada?

Não podia acreditar que ele estava trazendo isso à tona de novo. Também não podia acreditar o quanto eu estava rindo agora. Eu tinha rido mais hoje do que em muito tempo. Esperava não acordar Sunny.

Carys: É para conter o xixi dos menininhos nas trocas de fraldas e não molhar ninguém.

Deacon: Ah. Então estou tranquilo. Ainda não mijei em ninguém. ;-)

Puta merda. Para onde essa conversa estava indo?

Carys: Aff.

Deacon: Parece que não têm do meu tamanho, de qualquer forma.

Ai, meu Deus.

Deacon: Ok. Agora estou saindo de verdade!

E agora eu estava com o rosto pegando fogo.

Quando Deacon retornou, meia hora depois, Sunny ainda estava dormindo.

Ele me entregou uma sacola com as fraldas. Além de dois cafés em uma bandeja de papelão.

Ele tirou o meu.

— Comprei o tamanho *venti* para você. Não sabia se era grande demais.

— Não existe "grande demais" quando se trata de café. — Eu sorri e o recebi. — Obrigada.

Caminhei até a minha bolsa e peguei a carteira. Ele estendeu a mão.

— De jeito nenhum. É por minha conta.

— Não posso deixar você pagar.

— Considere isso como um pedido de desculpas pela noite ruim.

— Preciso pelo menos pagar pelas fraldas.

— Não, não precisa.

— Sério, eu não posso...

— Sim, você pode. Não vou aceitar. Então guarde a carteira.

Nunca fui boa em aceitar caridade, mas cedi.

— Então, obrigada.

Tomei o primeiro gole do latte quente e espumoso e fechei os olhos. Eu gemi, talvez um pouco alto demais.

— Você soa como uma mulher que acabou de passar a noite no meu quarto. — Ele riu.

Quase cuspi o café.

Meu rosto deve ter ficado vermelho também, porque ele adicionou:

— Exagerei?

— Na verdade, não. Agradeço por você fazer graça da situação e não me ver como a vizinha chata. — Tomei outro gole do café. — Isso é tão bom. Não tomava um desses há muito tempo.

— Sempre que quiser um, se não puder sair, é só me avisar. Eu vou até lá pra você. Fica no final da rua.

Por mais tentador que fosse, eu não pediria para Deacon me buscar outro café tão cedo. Se havia algo que eu detestava era parecer carente.

Franzi o cenho.

— Por que você tem que ser tão legal? Assim fica difícil ficar irritada com você.

— Não sabia que ficar irritada comigo era o seu objetivo. — Ele sorriu e olhou além de mim. — Sua filha ainda está dormindo?

— Sim. Já faz umas duas horas, mais do que o normal, embora às vezes ela durma por umas três horas. Estou adorando. É tão raro ter uma pausa tão longa.

— Então é melhor eu não dizer *filhote de lombriga* de novo. Senão você vai começar a rir e acordá-la.

E então, eu estava rindo mais uma vez. Cobri a boca para abafar o som.

— Meu Deus, aquilo foi muito engraçado.

— Já mencionei que a sra. Winsbanger me *ama*? — ele perguntou. — Ela me fuzila com o olhar.

— Você realmente *a vê*? Eu só noto a porta dela entreaberta quando está espionando as pessoas no corredor. Acho que só a vi de fato uma ou duas vezes.

— Uma vez tentei ajudá-la a carregar algumas coisas para dentro, mas ela recusou e me deu o olhar mais maldoso do mundo. Quem visse poderia jurar que eu estava tentando roubá-la. Mas eu só queria ajudar. — Ele pegou o telefone. — Deixe-me procurar.

— Procurar o quê?

— Filhote de lombriga. Talvez eu não saiba de alguma coisa. — Ele digitou e deslizou pela tela com o dedo. — Segundo o site, *filhote de lombriga* é uma expressão ofensiva para pessoas insignificantes. — Ele olhou acima do telefone. — Nossa, merda. Isso não parece muito gentil. — Ele voltou os olhos para a tela. — Ah! Olha isso. Filhote de lombriga também é a verminose intestinal humana mais disseminada no mundo.

— Você aprende algo novo todos os dias. — Eu ri.

— Graças à sra. Winsbanger. — Ele revirou os olhos, abaixando o telefone.

Nossa, minhas bochechas estavam doloridas. Tê-lo ali me fez perceber de novo o quanto sentia falta de interação social.

Ele pegou a bebida na bandeja, e notei que tinha uma tatuagem no pulso esquerdo, esgueirando-se por baixo da manga. Fiquei me perguntando quanto do braço dele era coberto. Parte da tatuagem era uma palavra, mas eu não conseguia ver claramente além de "hie" no final. Era um nome? *Ruthie*? Não fazia ideia.

Ele tinha as maiores e mais lindas mãos também, com veias proeminentes e pele áspera. Dedos longos. Deacon era o epítome da masculinidade. Forcei meus olhos a se desviarem e pararem de admirá-lo, focando na escrita no lado do copo que ele segurava. Parecia que ele tinha pedido três doses de espresso puro, sem leite. Uma bebida forte para combinar com um homem forte.

Ele notou que eu estava olhando para o seu copo.

— Erraram o meu nome. Escreveram *Beekman*. Que porra de nome é esse, *Beekman*?

— É o nome do meu pai, na verdade — eu disse, mantendo uma expressão séria.

— Você está falando sério?

Liberando a expressão estoica, balancei a cabeça.

— Não.

— Ah... Carys fez uma piada. Talvez ela seja mais do que apenas a vizinha puritana.

— Ei! — Eu ri.

Ele deu uma piscadinha.

— Você sabe que estou brincando.

— Eu com certeza me compadeço com esse problema de errarem o seu nome. Normalmente, eles escrevem Paris no meu, mesmo eu soletrando o C.

— Isso é verdade, *Carys-Tipo-Paris.*

— Às vezes escrevem Karen. — Dei de ombros. — Acontece o tempo todo.

Seus olhos se demoraram nos meus.

— Carys é um nome único. Gosto bastante.

Havia algo na maneira como esse homem olhava para você quando falava. Ele te dava toda a atenção. Seus olhos eram dois holofotes gigantes em cima de mim que apagavam o resto do mundo.

Sentindo meu rosto aquecer, eu disse:

— Obrigada. É galês.

— Você é galesa?

— Minha mãe é meio galesa, sim.

— É um nome lindo.

Um arrepio percorreu a minha espinha, como se ele tivesse elogiado algo muito mais profundo do que o meu nome.

Meus sentidos estavam em festa entre o incrível cheiro de Deacon e o delicioso aroma do espresso — dois dos meus cheiros favoritos misturados. Mas, principalmente, meu corpo estava hiperconsciente do espécime lindo parado à minha frente — um cara que tinha feito uma mulher gritar de prazer na noite passada.

Deacon caminhou até o canto da sala. Eu o admirei enquanto ele examinava as fotos nas minhas prateleiras. A maioria era de Sunny, mas ele ergueu uma das minhas. Me preparei enquanto ele olhava alternadamente da foto para onde eu estava.

— Você era bailarina?

Assenti.

— Sim. Eu fui... por vários anos. Não mais, claro.

— Profissionalmente?

— Sim. Dancei para o Manhattan Ballet como a bailarina principal.

Se eu pensava que o olhar dele era penetrante antes, isso não era nada comparado ao modo como estava me encarando agora.

— Uau. — Ele olhou de volta para a foto. Dessa vez por mais tempo do que eu me senti confortável. — Por que parou?

Engoli em seco, despreparada para essa conversa.

— Eu tive uma lesão, e fui obrigada a me aposentar. — Dizer isso em voz alta deixou um gosto amargo na minha boca.

Ele pareceu congelar, olhando-me quase como se estivesse devastado ao ouvir o que tinha acontecido comigo.

— Sinto muito. Deve ter sido difícil de lidar.

— Não foi fácil.

Deacon ficou me encarando, e a cada segundo que passava, eu me sentia um pouco mais nua.

— Foi a coisa mais difícil que enfrentei até aquele momento — admiti finalmente.

— O que você fez... depois? Quando não podia mais dançar?

— Eu trabalhei nos bastidores da companhia de balé por alguns anos.

— E o que aconteceu?

Dei de ombros.

— Sunny aconteceu.

— Ah. — Ele suspirou e colocou o porta-retratos de volta na estante. — Claro.

O fato de ele parecer interessado deu um incentivo para eu me abrir um pouco mais.

— Então... Sunny ter nascido é a versão curta, na verdade. A história mais longa é que tive um relacionamento com o diretor do balé. Charles é filho do homem que é dono há muito tempo. Ele está no cargo por nepotismo. Charles estava legalmente separado da esposa quando trabalhei para ele. Ele me deixou para voltar para ela, mas não antes de eu engravidar.

— Merda — Deacon disse, dando alguns passos em minha direção.

— É. — Exalei fundo. — Descobrir sobre a bebê não mudou nada entre nós. Sendo honesta, eu não o teria aceitado de volta, de qualquer forma. Ele já tinha dois filhos, e embora tenha contado à ex-esposa, agora esposa de novo, sobre Sunny, ele escolheu não dizer aos filhos sobre a meia-irmã. Ele me pediu para não registrar o sobrenome dele na certidão de nascimento.

— Ele não paga pensão para ela de nenhuma forma?

— Ele me dá dinheiro por baixo dos panos. É uma quantia mínima, mas ajuda. Eu aceito porque não vou deixar meu orgulho atrapalhar o cuidado que a minha filha precisa.

— Nossa, é uma sacanagem da parte dele não assumir a responsabilidade.

— De verdade, eu prefiro que ele não faça parte da vida dela. A única coisa que parece pior do que não ter um pai por perto é se sentir rejeitado pelo pai que você vê de vez em quando.

Ele examinou os meus olhos.

— Você parece dizer por experiência própria.

De alguma forma, esse café se transformou em uma sessão de terapia. Deacon tinha essa qualidade que me fazia sentir que poderia contar qualquer coisa para ele, como se não fosse julgar.

— Você está certo — confessei. — Meu pai não foi presente. — Eu neguei com a cabeça e olhei para baixo. — De qualquer forma, você não precisa ouvir toda a história da minha vida. Você só foi buscar um café. Essa conversa era mais do que você esperava.

— Está brincando? Sou eu quem está fazendo as perguntas. Desculpe por ser intrometido. — Ele tomou um gole da bebida. — Enfim, espero que não tenha se importado, sempre fiquei curioso sobre você, o que fazia, o que aconteceu com o pai da bebê. Não é da minha conta, mas vivia me perguntando.

— Agora você sabe.

— Sim. — Ele sorriu.

Já que ele não parecia estar indo embora, decidi perguntar algo que *eu* estava curiosa.

— E você? Qual é a *sua* história, Deacon? Você é de Nova York?

— Na verdade, não. Sou de Minnesota. Estava na Califórnia quando vim a Nova York alguns anos atrás, porque queria uma mudança. Mas posso trabalhar de qualquer lugar.

— O que você faz?

— Eu crio jogos interativos para uma empresa sediada na Ásia.

— Isso parece muito legal.

— Com certeza não é uma carreira que eu poderia ter previsto, mas é divertido. O nosso aplicativo é muito popular e está indo bem. Então me dá um pouco de segurança nesse trabalho na área de entretenimento, que é tão imprevisível.

— Então você nunca precisa ir a um escritório?

— Eu trabalho de casa na maior parte do tempo. Só tenho que ir ao escritório da empresa em Nova York vez ou outra para reuniões. A sede deles é no Japão.

— Isso é incrível.

— É. Mas às vezes é difícil se organizar em casa. Eu me distraio muito.

— Sim. Acho que ouvi uma dessas distrações durante a tarde uma vez. — Dei uma piscadinha.

— Ai. — Ele fez uma careta. — Achei que eu tinha feito um bom trabalho distraindo você da sua impressão inicial sobre mim. — Ele bateu com a palma da mão na testa. — Falhei.

— Estou só brincando. — Era incrível quão rápido me senti confortável perto dele. Eu gostava da companhia dele.

— Enfim — ele disse. — A coisa boa de trabalhar remotamente é que posso trabalhar a qualquer hora. Então, se eu tiver enrolado durante o dia, termino meu trabalho à noite.

— É incrível ter flexibilidade assim. Estou tentando encontrar um trabalho parecido. Sabe de alguém que esteja contratando?

— Não me lembro agora, mas posso ficar de olho. Que tipo de trabalho você está procurando?

— A minha experiência é no trabalho administrativo. Então, talvez como uma assistente em home office? Mas estou aberta a algo novo. Tenho um bacharelado em Estudos Gerais, mas passei tantos anos focada no balé que o meu currículo é limitado, além dos poucos anos que trabalhei nos bastidores. Presumi por muito tempo que a dança seria minha carreira.

— Claro. — Ele assentiu. — Faz sentido.

Brinquei com a tampa verde que veio no meu latte.

— Não ter um emprego foi legal por um tempo. Eu sempre planejei ficar em casa com Sunny no começo, mas acho que seria bom para a minha saúde mental sair alguns dias da semana ou encontrar algo que possa fazer de casa. É difícil encontrar o trabalho perfeito. Mas com certeza não quero ficar longe dela cinco dias por semana.

Deacon soltou um suspiro exasperado, parecendo quase sobrecarregado.

— Uma criança muda tudo, né?

— Sim. Muda mesmo. Esses seis meses passaram num piscar de olhos. Sinto que estive num mundinho só meu. Mas não trocaria por nada. Minha filha é tudo pra mim.

— Bom, pelo pouco que vi, acho que você está fazendo um ótimo trabalho. Ela parece uma bebê feliz. Você é uma boa mãe.

Suas palavras fizeram o meu coração palpitar. Acho que ninguém nunca tinha me dito isso antes. E, por mais que eu soubesse que estava me esforçando ao máximo todos os dias, era bom ouvir o reconhecimento de alguém.

— Obrigada, Deacon. Você é muito doce.

— Não ouço isso com frequência, mas tudo bem.

Nossos olhares se encontraram. Então ele olhou para o telefone, de repente.

— De qualquer forma, vou deixar você aproveitar o resto do seu tempo livre antes de ela acordar.

Eu queria dizer a ele que não precisava ir embora. Em vez disso, falei:

— Estou feliz que você me conheceu um pouquinho mais hoje, assim sabe que não sou uma vizinha rabugenta e empata-foda que só te atrapalha.

— E espero que você me veja como mais do que apenas o vizinho mulherengo.

— Ainda não. — Pisquei. — Mas vamos chegar lá.

Ele riu.

— Se cuida, Carys. E se precisar de algo do mundo lá fora, é só dizer o nosso código.

Ergui o olhar.

— Que código?

Ele coçou o queixo.

— Acho que tem que ser... *filhote de lombriga.*

Gargalhei.

— Ah. A escolha perfeita.

Enquanto ele caminhava até o apartamento dele, eu ergui a voz:

— Obrigada de novo pelas fraldas e pelo café.

Ele se virou para mim, caminhando de costas e exibindo um sorriso deslumbrante que fez meu coração doer um pouco.

— Fraldas e café. Nunca me agradeceram por essa combinação antes. — Ele deu uma piscadinha. — Foi um prazer.

Depois que fechei a porta, me encostei nela, pegando a mim mesma no meio de um suspiro.

Sério, Carys? Você é patética.

Nem pense nisso. Ele não chegaria nem perto da situação que eu me encontrava, mesmo se estivesse me cutucando com uma vara de três metros. Não vou deixar o meu coração faminto pegar um gesto caridoso de um homem e transformar no começo de um romance irreal.

Depois de terminar o resto do café, abri a sacola de fraldas que ele trouxe.

Havia mais do que apenas o pacote de fraldas Luvs dentro.

Ele havia colocado uma pequena Peppa Pig de pelúcia.

E alguns protetores auriculares.

Capítulo Dois

Carys

O ENCANTADOR DE BEBÊS

Algumas semanas depois, Sunny teve uma consulta com o pediatra no final da tarde, no centro da cidade. Já que estávamos fora de casa, levei-a para encontrar a minha amiga Simone e jantamos mais cedo, em um restaurante perto do médico.

— Como foi a consulta dela? — perguntou Simone enquanto examinava o cardápio plastificado que listava os especiais do dia.

— A avaliação de seis meses foi ótima. O médico disse que ela está pesando exatamente o que deveria para a idade.

— Que bom. — Ela olhou por cima do cardápio. — E você? Como está?

Fiz uma pausa e, por um momento, fiquei sem saber como responder.

— Bem... estou bem.

Não havia motivo para desabafar sobre os meus problemas do dia a dia. Simone e eu estávamos em fases diferentes da vida, e ela provavelmente não entenderia. Como uma das principais bailarinas da cidade, Simone estava onde eu estaria se não tivesse me lesionado: uma dançarina da elite, apresentando-se à noite, usando a maioria das manhãs para dormir e indo a ensaios à tarde, além de ter uma vida social ativa. De muitas maneiras, eu vivia através dela. Então, em vez de admitir que na maior parte do tempo eu me sentia sozinha ou preocupada com as contas, apenas respondi que estava *bem*.

— Você tem se cuidado? — ela indagou.

— Tipo... autocuidado?

— Sim. Tirado um tempo para si mesma.

Olhei para Sunny, que estava sentada na cadeira alta. Suas bochechas estavam coradas, provavelmente por causa da vacina que ela tinha acabado de tomar. O médico avisou que ela poderia ficar um pouco febril.

Coloquei a mão na testa dela.

— Eu descanso quando ela descansa, mas não tive a chance de sair muito ou, sei lá, marcar uma massagem ou alguma coisa do tipo. Não tenho tempo.

Nossa comida chegou e as perguntas de Simone pararam por um instante enquanto devorávamos nossos hambúrgueres e batatas fritas.

— Você pensa em voltar a trabalhar? — ela questionou, de repente.

Limpei o ketchup do canto da boca.

— Se eu encontrar alguém em quem confie para cuidar de Sunny — respondi. — Mas aí eu teria que avaliar o custo-benefício.

— É uma pena a sua mãe não morar mais perto.

Que piada.

— Não sei se ela daria conta.

Eu amava a minha mãe, mas ela não era capaz de cuidar de Sunny. Ela teve a mim e ao meu irmão bem jovem, disse que já tinha nos criado e agora estava pronta para aproveitar a vida. Ela se mudou de onde eu cresci, em Nova Jersey, para a Flórida alguns anos atrás. E deixou isso bem claro nas poucas vezes que dei uma indireta que adoraria que ela nos visitasse mais.

Simone deu um pulo na cadeira, parecendo ter uma ideia.

— Sabe, a Cynthia disse que estão querendo contratar uma pessoa nova para cuidar das relações públicas. Será que ela te consideraria para o cargo? Quero dizer, você conhece os bastidores do balé. Você é atraente, quando não está no *modo mãe*, e é simpática. Aposto que poderia fazer muita coisa de casa, escrevendo os comunicados para a imprensa e tal. É provável que só tenha que ir ao escritório de vez em quando ou aparecer em eventos especiais.

Simone se apresentava para uma companhia de balé diferente da minha. Embora eu nunca considerasse voltar a trabalhar para a minha antiga companhia — já que o genitor de Sunny ainda era o diretor —, um emprego em uma concorrente seria ideal.

Fiquei animada com a sugestão dela.

— Sério? Você acha que ela me consideraria?

— Ela sempre fala o quanto te admira. E não me leve a mal, mas comentamos que é uma pena que você tenha se machucado no auge da carreira. Você é uma lenda em muitas maneiras. Todos se perguntam o que poderia ter acontecido se Carys Kincaid não tivesse se lesionado.

Senti as palavras dela atingirem a minha alma. A agonia de nunca mais poder me apresentar profissionalmente era algo que eu tentava reprimir.

— Eu preferiria ainda estar dançando a ser uma lenda, mas é bom saber que sou respeitada postumamente.

— Postumamente? Você não está morta, Carys!

— Eu sei, mas no mundo do balé, é quase isso.

— Veja por esse lado, se não fosse o acidente, você ainda estaria dançando, mas talvez nunca tivesse se aproximado de Charles, e Sunny nunca teria existido. Por mais que odiemos Charles agora, ele te trouxe Sunny. Tudo acontece por uma razão.

— É, eu sem dúvida não me arrependo dela, então você está certa em relação a isso.

Olhei para a minha filha. Sunny sorriu como se pudesse entender que estávamos falando sobre ela. Eu amava tanto aquele rostinho em formato de abóbora. Ela estava segurando a Peppa Pig que Deacon tinha comprado e a balançava para cima e para baixo.

— É um brinquedo bem fofinho — reparou Simone.

— Um dos vizinhos comprou para ela.

— A velhinha do corredor?

— Não. Não a doida da sra. Winsbanger. O cara do 5B.

Seus olhos se arregalaram.

— Aquele gostoso que nós vimos saindo da última vez que te visitei?

— Sim. Deacon.

— *Ele* comprou um brinquedo para ela?

Concordei com a cabeça.

— Ele foi ao mercado para mim há algumas semanas e comprou o brinquedo de presente. E isso foi *depois* de eu ter brigado com ele por ter transado alto demais na noite anterior.

Simone cobriu a boca.

— Ah, merda. Você deu uma bronca nele?

— Sim. Um tipo de conversa bem constrangedora, mas ele foi muito tranquilo quando pedi para diminuir o barulho.

Ela se recostou na cadeira e cruzou os braços.

— Aposto que tem um jeito de resolver o problema.

— Qual?

— Ele pode te manter acordada por outra razão... você sabe, do *seu* lado da parede. — Ela piscou. — Não vai poder reclamar se for você quem estiver gritando.

— Muito engraçado. — Dispensei a piada dela, mas senti o meu corpo aquecer. Não era como se isso já não tivesse passado pela minha cabeça. Mas antes que eu pudesse explicar por que não aconteceria, ela se levantou.

— Enfim, eu tenho que ir. Tenho um encontro hoje à noite e preciso me arrumar. Vou falar com a Cynthia sobre a vaga de relações públicas e te aviso, tudo bem?

Me senti ansiosa e empolgada na mesma proporção.

— Obrigada. Eu agradeço de verdade. — Levantei da cadeira para abraçá-la e a vi beijar a minha filha no topo da cabeça.

Depois que Simone saiu, alimentei Sunny com a papinha de bebê que estava em nossa mesa.

Mais tarde, enquanto a enrolava na manta para irmos embora, falei com Sunny como costumava fazer, mesmo sabendo que ela não podia responder.

— O que acha? Você ia ficar bem se eu voltasse a trabalhar? Não quero te deixar, mas também quero garantir que posso cuidar de nós duas.

Ela murmurou, e eu a beijei na testa.

— Vamos dar um jeito, não é? A gente sempre dá.

Naquela noite, quando Sunny e eu chegamos ao prédio, encontramos Deacon e "uma amiga" — ruiva e atraente. Eles estavam vindo do outro lado do quarteirão. Fiquei me perguntando se ela era a mesma pessoa daquela noite, duas semanas atrás.

Quando Deacon me viu, acenou.

— Oi, Carys.

— Oi! — Parei o carrinho de bebê na frente da entrada.

— Deixa que eu abro a porta para vocês — ele ofereceu.

Deacon segurou a porta enquanto eu empurrava o carrinho de Sunny. Normalmente, eu tinha que dobrá-lo e carregá-lo até o segundo andar com uma mão, enquanto segurava a bebê com a outra. Mas assim que a tirei do carrinho, Deacon se encarregou de dobrá-lo e levá-lo escada acima, enquanto a sua companhia nos seguia em silêncio.

— Obrigada pela ajuda — eu disse, minha voz ecoando pela escada.

— Não foi nada. — Ele sorriu. Quando chegamos ao nosso andar, finalmente a apresentou. — Esta é a Kendra.

— Prazer em conhecê-la — falei, sentindo uma pontada de ciúme. Não deveria, mas eu tinha uma quedinha pelo cara.

— Prazer em conhecê-la também — respondeu Kendra. — Sua filha é linda.

— Obrigada.

Quando chegamos às nossas respectivas portas, Deacon encostou o carrinho na parede do lado de fora do meu apartamento.

Ele notou o brinquedo na mão de Sunny.

— Ela gostou da porquinha, hein?

— Sim. — Sorri. — Foi uma ótima escolha. Obrigada.

Kendra se virou para ele.

— Awn... — A voz dela soou estridente — Você comprou pra ela? Isso é tão fofo.

— Sim — confirmei. — A Peppa ajudou a acalmá-la hoje.

— O que aconteceu? — Deacon perguntou, parecendo preocupado.

— Ela teve uma consulta com o médico.

Seus olhos se estreitaram.

— Está tudo bem? Ela está doente?

— Foi só uma consulta de rotina.

— Está tudo certo com ela?

— Sim. Obrigada por perguntar. Ela teve que tomar uma vacina, por isso foi estressante. Mas deu tudo certo.

— Que bom. — Ele sorriu. — Então... tenham uma boa noite. Nós vamos entrar para uma noite *silenciosa*. — Ele deu uma piscadinha. — Talvez jogar Parcheesi.

— Ah... divirtam-se. Agora eu tenho protetores de ouvido, caso vocês percam o controle jogando *Parcheesi.*

Ele riu.

— Tenha uma boa noite, Carys.

— Você também. — Acenei para Kendra. — Foi um prazer conhecê-la.

— Igualmente. — Ela sorriu.

Engoli o ciúme enquanto desaparecia dentro do meu apartamento.

Mais tarde naquela noite, Sunny estava inconsolável. Ela não parava de chorar, e fiquei puta comigo mesma por ter dado a vacina naquele dia. Eu tinha ligado para o serviço de atendimento de enfermagem e me disseram que a febre de 38,8°C era normal nessas circunstâncias e que não havia necessidade de levá-la à emergência. Disseram para continuar monitorando-a e me certificar de que ela estivesse bem hidratada.

Eu a trouxe para o meu quarto porque não podia deixá-la sozinha nesse estado. Também pensei que segurá-la ajudaria, mas não parecia fazer diferença. Segurá-la só fazia *eu* me sentir melhor.

O choro dela continuou enquanto eu andava pelo quarto e a embalava. Nunca a tinha visto desse jeito.

Houve uma batida à porta que mal consegui ouvir através do choro.

Merda. Será que algum vizinho reclamou? Eu não precisava lidar com isso agora também.

Caminhei até a porta e olhei pelo olho mágico.

Era Deacon. Quando me lembrei que ele tinha uma mulher no apartamento, me encolhi de vergonha. Os papéis se inverteram. Agora, éramos nós quem perturbávamos a paz *dele*.

Quando abri, comecei a falar sem parar antes que ele tivesse chance de dizer alguma coisa.

— Eu sei que estamos incomodando, mas não consigo fazê-la parar de chorar. Sinto muito, de verdade. Ela está com febre por causa da vacina, eu acho, e não há nada que eu possa fazer. Então, se você vai reclamar como fiz com você, é justo, mas eu realmente não posso fazer nada para mudar a situação, então...

— Carys, calma. Está tudo bem — garantiu, colocando as mãos nos meus ombros.

O contato inesperado provocou o que pareceu ser uma corrente elétrica em mim, interrompendo meu falatório. Deixei escapar um longo suspiro.

— Não consigo me acalmar. Minha bebê está com dor.

— Eu não vim aqui para reclamar. Eu nunca faria isso. Ela não tem controle sobre como se sente.

— Então por que você está aqui?

— Eu só queria ter certeza de que você está bem.

Meu coração amoleceu, mas me contive para não me deixar levar.

— Não precisava vir para ver como estou, Deacon.

— Eu sei disso. Mas eu quis vir. Provavelmente não posso fazer nada, mas não consigo ouvir um bebê chorar por duas horas seguidas e não oferecer ajuda.

Percebi que Deacon tinha deixado aquela moça para vir aqui. *Kendra.*

— Onde está Kendra?

— Ela voltou para a casa dela.

— Ela foi embora por causa do barulho?

— Ela... tinha que acordar cedo para trabalhar, então foi para casa dormir.

— Sunny realmente atrapalhou o seu encontro hoje à noite. Me desculpa.

Na verdade, eu não sentia remorso.

Ele balançou a mão, dispensando as desculpas.

— Tá tudo bem.

— Quando isso acabar, você pode se vingar e foder alguém em alto e bom som, tá?

Eu esperava que ele risse, mas, em vez disso, ele me olhou com preocupação. Na mesma hora, desejei ser capaz de retirar a piada grosseira.

— Você tentou dar um banho morno nela? Não sou especialista, mas isso não ajudaria a reduzir a temperatura? Lembro que minha mãe fazia isso com o meu irmão quando ele era pequeno e estava com febre.

Parecia tão óbvio, mas não tinha passado pela minha cabeça — ou pela cabeça das enfermeiras, aparentemente.

— Quer saber? É uma boa ideia. Acho que vou preparar um banho para Sunny agora. Você se importaria de segurá-la enquanto eu vou ao banheiro arrumar tudo?

Deacon olhou ansioso pelo cômodo. Ele estava tentando encontrar uma desculpa para não segurá-la?

— Ah... claro — disse, finalmente.

Entreguei Sunny para ele e tirei alguns segundos para admirar como era fofo vê-lo segurando-a, balançando-a devagar e com gentileza para cima e para baixo.

Corri para o banheiro, não querendo apavorá-lo. Já tinha atrapalhado o suficiente a noite dele. Enquanto enchia a banheira, testei a temperatura da água, para que ficasse morna, mas não muito gelada. Quando finalmente fechei a torneira, notei algo estranho: o silêncio.

Pela primeira vez na noite, Sunny não estava chorando. Meu primeiro instinto foi me alarmar. *Ela tinha desmaiado?*

Corri de volta para a sala, mas antes que pudesse dizer uma palavra, Deacon colocou o dedo indicador em riste sobre os lábios.

— Ela acabou de dormir — ele sussurrou.

Ainda assim, eu estava preocupada.

— Você tem certeza de que ela está respirando?

— Tenho certeza. Posso sentir e ouvir. — Ele a balançou de um lado para o outro. — Tenho medo de parar esse movimento, porque foi assim que consegui fazê-la dormir.

Enquanto o observava balançá-la para frente e para trás, meus ovários pareciam que iam explodir. Esse homem já era sexy *antes* de segurar um bebê. Agora? Fora de explicação.

— Não entendo por que não consegui fazê-la dormir, e então você a segura por cinco minutos...

— Também não entendo — concordou, olhando para ela. — Mas vou ser sincero, eu meio que quis correr para as colinas quando você me pediu para segurá-la. Mas Sunny facilitou as coisas. — Deacon deu de ombros. —

Nada mal para a minha primeira vez segurando um bebê, hein?

Minha boca abriu em choque.

— Sério? Você está me zoando.

— Não. — Ele riu.

— Quem diria?

Ela parecia tão confortável em seus braços grandes. Não é de se admirar que ela tivesse adormecido. Devia ser como deitar em uma calorosa cama king-size em comparação com o habitual berço dobrável cheio de molas desconfortáveis.

— Acho que você já pode parar de balançá-la. Normalmente, quando ela adormece, continua dormindo.

— Devo colocá-la no berço? — Seu timbre saiu baixo.

Eu estava gostando tanto de vê-lo segurando-a que não quis sugerir isso eu mesma.

— Vamos tentar colocá-la no berço, sim.

Deacon me seguiu até o quarto de Sunny. Ele a colocou cuidadosamente no colchão, e a princípio pareceu que tinha dado tudo certo.

Nós saímos do quarto na ponta dos pés, sem problemas, até ouvirmos um barulhinho.

Merda!

E então o choro veio de novo.

— Que merda — ele resmungou. — Eu pensei que tinha sido cuidadoso.

— Você foi. Não é culpa sua. Ela percebeu de alguma forma. Já aconteceu comigo antes. Ela deve estar supersensível esta noite porque está com dor.

Entrei para pegá-la, mas, mais uma vez, ela não parava de chorar. A mesma coisa de antes.

— Devo tentar balançá-la de novo? — ele perguntou.

— Não posso te pedir para fazer isso. Não é a sua...

— Não custa nada, Carys — ele me interrompeu. — Sério.

Deacon estendeu as mãos, e eu a coloquei em seus braços de novo. Ele voltou para a sala e dessa vez se sentou na beirada do sofá, balançando-a.

Lentamente, ao longo dos próximos minutos, o choro dela diminuiu até não existir mais. Sunny adormeceu de novo naqueles braços king-size.

Neguei com a cabeça, impressionada.

— Ela com certeza gosta de estar em seus braços.

Ele sorriu para Sunny.

— Faça o que você tiver para fazer. Não acho que vou sair daqui tão cedo.

— Você não pode ficar sentado aí com ela a noite toda.

— Por que não?

— Porque está tarde. Você não precisa dormir também?

— O sono é superestimado. Além disso, não se esqueça de que eu trabalho em casa, então posso dormir até mais tarde amanhã, se precisar, e compensar o trabalho depois.

Depois de suar de nervoso a noite toda, eu precisava desesperadamente de um banho. Geralmente, eu tomava banho antes de dormir, mas com Sunny agitada, não tinha conseguido. *Seria tão horrível assim se eu aceitasse a oferta dele?* Eu odiava sentir que era um caso de caridade, mas se ele não ia a lugar algum por um tempinho, por que não aproveitar?

— Eu só vou tomar um banho rápido, tudo bem?

— Leve o tempo que precisar. Não se apresse. Vou estar aqui.

Apesar do que ele disse, não consegui relaxar no banho. Então, lavei o cabelo e passei o sabonete pelo corpo bem depressa. No entanto, reservei um momento para escovar bem o cabelo molhado e aproveitei para colocar um pouco de corretivo sob os olhos para me livrar das olheiras. Eu queria parecer bonita na frente de Deacon, mesmo que fosse difícil admitir isso, e mesmo que nada fosse acontecer entre nós. Havia um homem extremamente atraente no meu apartamento, e se eu tinha a oportunidade de não parecer a minha pior versão possível, eu aproveitaria. Não era como se eu tivesse planejado que ele viesse essa noite.

Antes de voltar para a sala de estar, espreitei pela porta do meu quarto para poder apreciar a visão de Deacon segurando Sunny sem que ele percebesse o meu olhar de puro encantamento.

Capítulo Três

Deacon

NEM PENSE NISSO

Eu estava quase certo de que as minhas bolas estavam dormentes. Ou, se não apagadas por completo, estavam no mínimo sem circulação pela falta de movimento. Não querendo que a bebê acordasse de novo, não me mexi nem sequer um centímetro enquanto Carys estava no banho.

Como fui me meter nessa situação?

Ah, sim. Eu me senti mal por Carys e quis mostrar que estava preocupado. Nunca pensei que realmente seria capaz de ajudar. Porque, merda, o que eu sabia sobre bebês? Absolutamente porra nenhuma. E sempre pensei que era melhor que continuasse dessa forma. Uma responsabilidade grande dessas. A última coisa que esperava era me sentir confortável segurando-a, ou que a bebê realmente *quisesse* o meu colo. Parece que a pequena gostava de mim por algum motivo.

Quando Carys voltou, eu quase dei uma segunda olhada. Seus longos cabelos loiro-acobreados estavam soltos e ainda úmidos. Eu nunca tinha visto seu cabelo solto antes. Geralmente, ela o mantinha preso, o que também era bom porque ela tinha um pescoço bonito. E estava vestindo uma camisola curta que se moldava ao seu corpo pequeno. Carys era atraente de um jeito delicado. Não foi surpresa saber que ela tinha sido bailarina, embora não fosse comum de Carys ficar exibindo o corpo. E por que o faria? Cuidar da filha era a sua prioridade. Não era como se precisasse impressionar alguém.

Mas, caralho. Parecia meio errado estar olhando para ela naquelas circunstâncias. Desde o momento em que a conheci, eu a achei atraente. Mas o fato de ela ser mãe automaticamente a colocava num lugar inacessível.

— Tudo bem? — ela perguntou.

— Perfeito — sussurrei. — Tirando o fato de que as minhas bolas e a minha bunda estão com aquela sensação de formigamento por eu não me mexer. Mas tenho medo de que, se eu te passar Sunny, ela acorde.

Ela riu.

— Você é um santo, Deacon. Sinta-se à vontade para passá-la para mim a qualquer momento, mesmo que ela acorde. Você não tem responsabilidade de ficar.

Talvez não, mas não queria que Sunny começasse a chorar de novo. Pelo menos um de nós — Sunny — estava conseguindo dormir nas atuais circunstâncias.

Carys se sentou de frente para mim no sofá e olhou para a bebê.

— Ainda não consigo acreditar que você nunca tinha segurado um bebê antes, e acertou na primeira tentativa.

— Né? Ela facilitou demais as coisas pra mim. Foi uma vantagem desleal.

Carys sorriu. Era bom ver que ela tinha relaxado um pouco. Ela parecia realmente tensa mais cedo naquela noite, quando a ajudei a subir as escadas, e isso foi antes de todo o choro começar. Pensando bem, Carys parecia tensa na maior parte do tempo. Não que eu a culpasse. Ela tinha muito com que se preocupar.

Ela realmente tinha um sorriso bonito. E eu *realmente* tinha que parar de ficar reparando nela. Essa mulher tinha um letreiro no meio da testa com os dizeres: *Nem pense nisso*. Eu não queria sair com alguém que tivesse filhos; crianças *não* estavam nos meus planos. Já seria uma merda estragar inevitavelmente um relacionamento com a vizinha da porta ao lado, mas ter uma criança envolvida que poderia se machucar quando eu partisse? Não, obrigado. Não importa quão adorável — ou intrigante — Carys fosse, eu não iria por esse caminho.

Ela me fascinava, no entanto. Mesmo antes de eu saber qualquer coisa sobre ela, eu tinha a sensação de que havia mais do que aparentava. Algo em seus olhos, talvez — eles sempre tentavam contar uma história. Por muito tempo, não consegui entender o que era. Mas quando vi aquela foto dos seus dias no balé, começou a fazer sentido. Sua vida, como ela conhecia, tinha sido interrompida por um evento traumático.

Eu me identificava com ela. Talvez eu tenha pressentido que nós tínhamos uma coisa em comum. Talvez tenha sido isso o que fez eu me sentir atraído por ela no momento em que olhei em seus olhos.

Eu queria saber mais sobre o seu passado, mas não queria ser indiscreto.

Ela me pegou um pouco desprevenido quando começou a fazer perguntas:

— Então... com quantas mulheres você sai ao mesmo tempo? Eu as ouço no seu apartamento de vez em quando, mas não sei se é a mesma garota ou mulheres diferentes.

— Claro, pode me perguntar tudo o que quiser — eu disse, com os olhos arregalados.

Ela corou.

— Desculpe ser intrometida. Só estou curiosa.

— Estou brincando. Está tudo bem. — Suspirei e dei de ombros. — Eu saio com várias. Não vou mentir. Mas não durmo com todas, como você provavelmente está presumindo. Ao contrário do que se imagina, fica um pouco cansativo.

Ela espremeu os lábios.

— Humm... é interessante você dizer isso.

— Por quê?

— Eu noto que você... bem... — ela hesitou.

O que Carys estava insinuando?

— Eu o quê?

— Quando eu... ouço um pouco demais...

— Sim? — insisti.

— Eu notei que você aguenta por muito tempo. Às vezes me pergunto se isso é o seu condicionamento físico ou...

— Se estou entediado? — Eu ri.

— Sim — ela respondeu. — Eu acho.

Assenti.

— Certo. A verdade? Às vezes *pode* ser pela falta de interesse. Humanos não são máquinas. Eu gosto de sexo. Na real, eu amo esse momento quando é com a pessoa certa. Mas às vezes não estou no clima, ou a química não rolou como eu imaginei que seria.

— Desculpe por todas essas perguntas. Estou só vivendo indiretamente através de alguém que *de fato* tem uma vida sexual.

Talvez fosse uma pergunta boba, mas eu a fiz mesmo assim.

— Por que você não pode ter uma vida sexual?

— É meio difícil sair e conhecer pessoas quando se tem uma bebê. Eu mal consigo ir ao banheiro.

— Olha, não é por nada, mas se você colocasse a sua foto por aí, tenho certeza de que encontraria uma fila de caras dispostos a fazer entrega a domicílio.

Ela estremeceu.

— Isso é meio perturbador. Eu tenho que ter cuidado com quem trago para perto dela.

— Entendo. Eu estava brincando... não sobre a fila de pretendentes, mas sobre essa ser uma opção segura e viável para você.

— De qualquer forma, casos de uma noite não são a minha praia. Eu nunca tive um caso assim, e não acho que agora seja a hora certa para começar.

Minha curiosidade cresceu a cada segundo.

— Seu último relacionamento foi com o pai de Sunny?

— Sim. — Ela olhou para a filha. — Ele era mais velho, poderoso, uma figura de autoridade que me atraiu com uma falsa sensação de segurança.

Ele estava apenas me usando para passar o tempo até decidir voltar para a ex-esposa. É uma merda, mas foi uma grande lição de vida, *"tenha cuidado com quem você confia."* — Ela pareceu contemplativa. — Mas, como sempre digo, eu tive Sunny por causa desse relacionamento. Ser mãe tão jovem não era algo que eu planejava, mas, não, eu não mudaria nada.

— Quantos anos você tem? — perguntei.

— Vinte e quatro.

Caralho. Ela era mais jovem do que eu pensava.

— Quantos anos você tem? — ela perguntou.

— Vinte e nove.

— Velho. — Ela sorriu. — Estou brincando. Eu ia chutar nessa faixa.

— Quantos anos tem o seu ex?

— Trinta e oito.

Eu me perguntava se ela gostava de homens mais velhos de modo geral, ou se aquilo tinha sido um caso isolado. Havia muitas coisas que eu me perguntava sobre Carys. Coisas que eu provavelmente não tinha o direito de saber.

A bebê parecia estar em um sono profundo agora. Enquanto eu olhava para o rostinho dela, o formato dos olhos e o seu narizinho rechonchudo, eu tive coragem de perguntar algo que sempre quis saber. E esperava que não a ofendesse.

— Quando você descobriu que Sunny...

— Quando eu percebi que ela tinha síndrome de Down? — ela completou o meu pensamento.

— Sim. Espero que não se importe que eu pergunte.

— De modo algum. Eu gosto quando as pessoas me perguntam. Não precisam ter medo. — Ela olhou para Sunny. — Eu não sabia até ela nascer.

Minha primeira reação foi pensar em dizer algo como *"Isso deve ter sido devastador"*. Mas por quê? Por que seria devastador? Pelo fato de ela ser diferente? Optei por apenas deixar Carys continuar, eu não queria dizer a coisa errada.

— Claro que foi chocante, sabe? No início, fiquei triste, como se houvesse algum tipo de perda, mas isso foi só porque na época eu era ignorante sobre a síndrome de Down. Estava me deixando levar pelas reações das outras pessoas, que diziam algo como "sinto muito". Consegue acreditar nisso? Em retrospecto, elas estavam tão erradas, mesmo que bem-intencionadas. *"Sinto muito"* é algo que você diz quando alguém morre, não quando nasce. Espero que no futuro ninguém nunca mais me diga *"sinto muito"*. Porque ouviriam poucas e boas.

Viu? O meu instinto que me mandou calar a boca estava certo.

— Quanto tempo levou para perceber que não era uma coisa pela qual temer?

— Eu comecei a pesquisar on-line e a conversar com outros pais de crianças com trissomia do 21, e foi um mundo novo. Quando comecei a ver os filhos deles prosperando, felizes, se comunicando, isso me contou uma história diferente da que eu contava a mim mesma baseada no medo ou na desinformação.

— Com certeza estou aprendendo com essa conversa. Nunca conheci alguém com síndrome de Down antes de Sunny. Mas posso ver que ela é uma bebê saudável e feliz.

Sunny continuou a dormir durante a nossa conversa sussurrada.

— Não me entenda mal — Carys disse. — Ela sem dúvida enfrentará desafios que uma criança típica não enfrentaria. Mas, no geral, nosso dia a dia é o mesmo como se ela não tivesse Down. — Ela olhou para longe. — Quando as pessoas me perguntam, "o que ela tem?" ou "como você se sente?", eu digo que ela foi abençoada com um cromossomo extra e deixo por isso mesmo.

Adorei isso. Concordei com a cabeça.

— Tudo é uma questão de perspectiva.

— Exato. E eu não a vejo só pela condição genética. Ela é única. Mas não *só* porque é uma pessoa com deficiência. — Carys começou a brincar com um fiapo no sofá. — Eles me disseram que ela teria atraso de fala. Ela começou a participar do Sistema Nacional de Intervenção Precoce na

Infância assim que nasceu. Alguém vem aqui algumas vezes por semana. Pode ser que Sunny precise aprender a língua de sinais antes de começar a falar, mas vou lidar com isso conforme for necessário. Vou procurar a melhor fonoaudióloga. Vou aprender tudo o que puder. Mas já a percebo tentando se comunicar comigo. Mesmo que as palavras não se formem de um jeito tão claro ou tão rápido quanto as de outras crianças, nós vamos nos entender.

Eu já admirava Carys antes, mas agora tinha ainda mais respeito e admiração por ela. *Essa mulher* é fenomenal. Se toda criança com desafios tivesse a sorte de ter pais como ela.

Mas o que ela disse a seguir partiu meu coração.

— Eu acho que a única hora que isso realmente me afeta é quando estou com ela em público. Sabe quando às vezes as pessoas veem um bebê e se inclinam para dar uma olhadinha mais de perto? Algumas pessoas fazem isso com a gente. E às vezes, eu vejo seus rostos mudarem de felizes para compadecidos quando percebem que a aparência dela é diferente. Isso me deixa triste; não por mim, mas triste que as pessoas vejam como uma infelicidade, algo que justificaria o olhar de pena. — Os olhos dela se encheram de lágrimas, mas ela os enxugou rapidamente. — Eu odeio isso, Deacon. Desculpe. Não falo muito sobre essas coisas.

— Obrigado por compartilhar comigo.

Essa conversa mudou a maneira como eu via as crianças atípicas.

Ela olhou nos meus olhos.

— Obrigada por não ter medo de perguntar.

Olhei para o rosto doce de Sunny com um novo senso de esperança.

— Acha que vale a pena tentar colocá-la para dormir de novo?

— Sim, vale, sim.

Com cuidado, eu me levantei do sofá. Era bom esticar as pernas e tirar a pressão das minhas bolas e bunda.

Segui Carys até o quarto da bebê e mais uma vez coloquei Sunny com muita cautela no colchão. Acho que nunca andei tão devagar na minha vida quanto quando saí daquele quarto.

— Você realmente pode ir para casa agora — disse Carys, assim que chegamos à sala de estar.

— Ah. Entendi a indireta.

— Nossa, eu não estava tentando te mandar embora, se quiser ficar. Estou muito agitada para dormir agora. Vou ficar acordada por um tempo. Estou curtindo a companhia de um adulto, pra variar.

Era raro estar com uma mulher sem expectativas de algo mais. Eu estava curtindo a companhia dela também. *Muito*. Carys era real. Eu não precisava usar o meu charme ou qualquer coisa do tipo com ela. Podia apenas ser eu mesmo. Isso era bom.

Quando ela percebeu que eu não estava com pressa de ir, olhou de volta para a cozinha.

— Posso te oferecer algo... — ela hesitou. — Droga, nem sei o que te oferecer. Não tenho álcool, só essas garrafas de espumante que nunca abro. Eu não bebo com frequência. E está tarde para passar um café. Que tal chocolate quente?

Eu ri.

— Parece ótimo, na verdade. Eu provavelmente teria escolhido isso se me dessem a opção entre álcool e chocolate quente.

Eu a segui enquanto ela caminhava até a cozinha. Ela pegou dois sachês do armário e encheu uma chaleira com água.

Devagar, eu puxei uma das cadeiras da cozinha e me sentei. Embora esta noite não tivesse saído como eu esperava, estava contente por estar ali. Não tinha certeza se era a coisa toda de não ter expectativas, mas estar perto de Carys era muito tranquilo. Era bom ser apenas amigo de uma mulher.

Então, você provavelmente não deveria estar olhando para a bunda dela enquanto ela se inclina no fogão.

O tecido fino de sua camisola se moldava a sua bunda, me dando uma bela visão.

Carys olhou para trás.

— Merda.

— O quê?

Ela tinha olhos atrás da cabeça?

— Eu só me dei conta agora que a chaleira vai assobiar quando estiver pronta. Não tinha pensando nisso. Pode ser que a acorde.

— Nós podemos tomar... um chocolate *morno*?

Ela riu.

— Eu vou escutar com atenção e tirar bem rapidinho do fogo quando estiver prestes a ferver. — Ela se encostou no balcão e cruzou os braços enquanto esperava. — É engraçado todas as coisas que você deixa de fazer para não acordar um bebê. Algumas noites eu debato mentalmente por vários minutos se vale ou não a pena abrir uma lata de refrigerante diante da ideia de acordá-la.

— Então você decide não tomar, e aí seu supervizinho leva uma amiga em casa e acaba acordando a sua filha de qualquer jeito?

— Não. — Ela riu. — Você só *me* mantém acordada. O quarto dela fica longe o suficiente da *nossa* parede. Mas, infelizmente, o quarto dela fica bem do *lado* da cozinha.

— Eu mudei a minha cama de lugar, só para você saber.

— Não ouvi nada desde então, então deve estar funcionando.

A verdade era que eu só tinha feito sexo no meu apartamento uma vez desde que Carys mencionou que conseguia ouvir. E eu tinha sido bem silencioso, ao ponto de Kendra pensar que algo estava errado. Agora que eu sabia que Carys podia me ouvir, isso mudava as coisas. Não podia fazer nada sem me perguntar se ela estava ouvindo. A coisa mais doentia era que a ideia de ela estar ouvindo me excitava um pouco.

Quando a água começou a ferver, ela correu para tirá-la do fogo. Despejou nas duas canecas e misturou o chocolate antes de me entregar uma.

Olhei para as palavras na caneca que ela me deu.

— Eu sempre quis beber algo em uma caneca que diz *Clássica, Safadinha e um Pouco Malvadinha.*

Ela riu.

— Me desculpa. Eu não tenho muitas canecas.

— Eu adorei. E obrigado. Eu não tomava chocolate quente há muito tempo.

— Eu te ofereceria chantilly, mas faz muito barulho quando é servido.

— Acho que aí cabe alguma piada sobre seu vizinho puto e cafajeste — brinquei.

— Eu não teria ido tão longe. — Ela riu.

Houve alguns segundos de silêncio constrangedor.

— Enfim, devemos levar as canecas para a sala de estar, para não a acordar — ela disse.

— Ah... claro. Vamos.

Nós nos sentamos nas extremidades opostas do sofá e sorvemos silenciosamente os chocolates quentes.

— Espero que não se importe que eu faça outra pergunta pessoal — eu comecei.

Ela umedeceu os lábios.

— Tudo bem...

— O que aconteceu que te fez não poder mais dançar profissionalmente? Que tipo de lesão foi?

Ela balançou a cabeça.

— Você não vai acreditar.

— Por quê?

— Porque é patético.

— Agora você me deixou ainda mais curioso.

— Eu caí de uma escada e quebrei o tornozelo — ela confessou. — Consegue imaginar isso?

Soltei um longo suspiro.

— Ah, cara.

— Isso é o que torna tudo tão difícil. Não me machuquei dançando, ou fazendo algo impressionante. É triste, de verdade.

Eu senti tanto por ela.

— Quanto tempo até você perceber que isso afetaria a sua carreira?

— Eu não achava que afetaria a longo prazo… até que a companhia rescindiu o meu contrato. Sempre pensei que eles me dariam um tempo para eu me curar, que em algum momento eu voltaria. Mas, ao que parece, eles viram a lesão como um risco muito grande. Os médicos pareciam pensar que eu teria problemas recorrentes com esse tornozelo, mesmo após a cirurgia, então os relatórios médicos só reforçaram o caso da companhia.

— Você deve ter ficado em choque.

Ela tomou um gole e concordou com a cabeça.

— Foi como a morte. A morte do futuro que você acreditou que teria. Tive que reimaginar toda a minha vida. E por um longo tempo, vivi em um buraco negro. Foi só quando Sunny chegou que percebi que estava destinada a um novo propósito.

Merda. As palavras dela atravessaram minha alma. Este teria sido um momento oportuno para eu contar a minha história. Ela veria o quanto tínhamos em comum. Mas, pensando bem, não era a hora certa de trazer isso à tona. Esta conversa era sobre ela, não sobre mim. Além disso, estava tarde, e eu não queria mexer naquele vespeiro.

Conversamos por mais tempo e, eventualmente, ela checou a hora no celular.

— Eu deveria tentar dormir um pouco, caso ela acorde de novo.

— Sim. Claro. — Eu me levantei do sofá.

Ela estendeu a mão para pegar a minha caneca.

— Obrigada por tudo o que fez esta noite, Deacon.

— Obrigado pelo chocolate. Foi bom... falar com você, conhecê-la melhor.

— Sim, sinta-se à vontade para vir de novo quando Sunny não estiver sacudindo as paredes do prédio.

— Com certeza virei — garanti, parado na porta. — Boa noite.

Depois que voltei para o meu apartamento, não consegui parar de pensar em Carys e imaginá-la dançando. Ok, parte do tempo eu estava imaginando como ela parecia dançando *pelada*. Mas isso era segredo.

Acima de tudo, eu não conseguia me livrar daquela velha e familiar pontada no peito que surgiu quando ela falou sobre a lesão. Eu sabia muito bem como era ter os sonhos destruídos.

Capítulo Quatro

Carys

PROMETA NÃO RIR

O fraco ruído do tráfego da rua lá embaixo era o único som na sala enquanto eu esperava nervosamente que Cynthia Bordeaux, diretora do City Ballet, começasse a entrevista. Cynthia e eu nos conhecemos anos antes, quando dancei para a sua concorrente.

Ela enfim se sentou à minha frente e entrelaçou as mãos.

— Então, vamos direto ao ponto, Carys. Por que acha que seria a melhor escolha para a nossa vaga de relações públicas?

Me forcei a ter mais confiança, e me sentei mais ereta.

— Porque eu conheço o negócio de dentro para fora, não apenas como dançarina. Também trabalhei na área administrativa por alguns anos depois da lesão. Essa experiência abrangente, além das minhas ótimas habilidades de escrita e oratória, me tornam uma excelente candidata.

Ela começou a balançar a caneta entre os dedos.

— Mas você não tem uma experiência específica com relações públicas. Então, pode entender a minha hesitação em contratá-la para esse cargo em particular.

— Eu nunca atuei em relações públicas. No entanto, passar meses respondendo à imprensa sobre a minha lesão e ainda manter a postura, com certeza, foi um bom treinamento para qualquer eventualidade. E os comunicados de imprensa são redigidos de maneira bem direta. Na verdade, já me matriculei em um curso on-line para aprender o básico, pensando nessa vaga.

— É bom te ver sendo tão proativa. Mostra o quanto está interessada no trabalho.

— Estou *muito* interessada, Cynthia.

— Devo dizer que estou impressionada com sua capacidade de superar a mudança traumática em sua vida causada pela lesão, aceitando outra posição na companhia. Você escolheu se manter no meio, o que eu acho ótimo.

— É, eu dancei a vida toda e fiz tudo o que podia para me profissionalizar. Então, mesmo quando a carreira acabou de repente, eu não estava pronta para abandoná-la. Ter me machucado não tirou o meu amor pelo balé.

— O que te fez ir embora? Foi só por causa da gravidez, ou algo mais?

— Sim, parei de trabalhar para cuidar da minha filha.

Ela inclinou a cabeça.

— Por que você quer voltar a trabalhar agora?

— Ultimamente, tenho me sentido um pouco inquieta. Amo estar em casa, mas acho que é hora de voltar para o mercado de trabalho. Há também a questão financeira. Mas, acima de tudo, sinto que o tempo afastada me trouxe energia para qualquer que seja o meu próximo passo. Estou bem empolgada para a próxima fase da minha vida.

Ela suspirou.

— Eu vejo que tem muita coisa acontecendo na sua vida, então tenho que ser honesta e te dizer que a minha maior hesitação em considerá-la para essa posição é que você pode não estar tão disponível quanto nós precisaríamos que você estivesse. — Ela cruzou os braços. — Sim, boa parte do trabalho pode ser feito de casa, mas existem vários eventos nos quais precisaríamos de você presente. Às vezes não temos aviso prévio, dependendo da situação… digamos, entreter um novo investidor. Você acha que conseguiria gerenciar os cuidados da sua filha em cima da hora?

Lá no fundo, eu sabia que esse seria o meu maior desafio. Mas não ia deixar que ela fechasse a porta para mim. Estava determinada a encontrar uma maneira de fazer dar certo.

— Sou *expert* em improvisar, Cynthia. Quando me machuquei, tirei o melhor proveito da situação. Quando engravidei de maneira repentina, eu não sabia nada sobre criar um bebê; improvisei nisso também. Quero muito essa posição e estou disposta a fazer o que for necessário para que dê certo. Posso te prometer que vou estar presente cem por cento das vezes? Não. Mas posso garantir que vou me esforçar para estar onde você precisar que eu esteja. E se eu perder algum evento, trabalharei dez vezes mais para te compensar, para garantir que você saiba que estou dedicada ao trabalho — falei, e dei um longo suspiro.

Ela assentiu silenciosamente.

— Não há dúvida de que contratar alguém tão respeitada no meio seria um bom movimento de relações públicas para nós. Sem mencionar que você trabalhou para o nosso concorrente, então tê-la conosco *seria* uma vitória. Sempre procurei uma maneira de dar uma alfinetada no Charles.

Sorri. Se isso ajudasse a justificar a oferta de trabalho, eu estava dentro.

Ela batucou a caneta na mesa.

— Vou te dizer uma coisa. Deixa só eu pensar um pouco a respeito. Tenho mais algumas pessoas para entrevistar e quero dar a elas uma chance justa. Vou ligar para você assim que tomarmos uma decisão.

A ideia de ela entrevistar pessoas que provavelmente tinham mais experiência que eu me causou ansiedade. Ainda assim, tentei manter a expressão neutra.

— Parece ótimo. — Assenti enquanto me levantava da cadeira. — E se houver mais alguma coisa que eu possa responder, por favor, não hesite em enviar um e-mail ou me ligar. Espero que me dê uma chance de provar o meu valor.

Ela estendeu a mão.

— Carys, foi incrível te ver de novo. Você é tão encantadora quanto eu me lembrava.

Depois de deixar o City Ballet, fui buscar Sunny na casa da Simone. Como ela morava perto, gentilmente se ofereceu para cuidar da minha filha.

Mas, dada a sua falta de experiência, não quis me demorar caso algo desse errado.

No caminho para a casa da Simone, chequei meu e-mail enquanto caminhava. Para meu total espanto, encontrei várias respostas ao meu anúncio on-line por uma babá de meio período. Eu pensei que não seria tão fácil assim encontrar alguém interessado em trabalhar com uma agenda variável. Mas parece que subestimei o número de pessoas que não queriam estar presas a uma rotina fixa.

Esperança encheu o meu coração. Talvez isso fosse dar certo, afinal de contas.

Mais tarde, depois de Sunny e eu termos voltado para casa, ouvi uma batida à porta.

Ao espiar pelo olho mágico, eu sorri. Deacon estava lá com dois copos da Starbucks nas mãos. Das últimas vezes, ele nem tinha enviado uma mensagem antes de ir buscar o café. Ele só pegava um latte para mim, caso passasse por lá.

— Você é a minha pessoa favorita agora — eu disse, pegando o café. — Muito obrigada. Você não faz ideia do quanto eu precisava disso.

Os olhos dele se arregalaram enquanto ele me analisava de cima a baixo.

— Olha só pra você. Está ótima.

Eu ainda estava usando o meu vestido tubinho preto da entrevista. Meu cabelo estava solto e definido com ondas. Sem dúvida, Deacon nunca tinha me visto tão bem-arrumada.

— Eu me arrumo um pouquinho quando preciso.

— Aonde foi?

Não respondi de imediato porque fui pegar a minha carteira, embora já soubesse que ele recusaria o dinheiro mais uma vez.

Deacon estendeu a palma da mão.

— Para. Não vou aceitar.

— Por que você não quer me deixar pagar pelo café de novo?

— Porque você não pediu. Eu escolhi pegar. Agora, toma o café e guarda o dinheiro.

— Você me mima, Deacon. E já que não tenho um emprego, sou muito grata. — Tomei um gole e sorri. — Mas isso pode estar prestes a mudar... — acrescentei, cantarolando.

Ele ficou animado.

— Conseguiu um emprego?

— Ainda não. Mas é por isso que estou arrumada. Tive uma entrevista hoje.

— Não brinca? Para qual cargo?

— Relações públicas em uma companhia de balé diferente da que já trabalhei.

Seu sorriso foi radiante.

— Isso é fantástico. Seria perfeito para você.

— É, mas não posso comemorar até que digam que a vaga é minha. E ainda vou ter que descobrir como resolver a situação com Sunny, caso eu consiga. É bem provável que eu seja capaz de trabalhar mais da metade da semana em casa, mas teria que comparecer a alguns eventos, às vezes com avisos em cima da hora. É por isso que preciso arranjar uma pessoa para cuidar dela.

— Já tem opções?

— Na verdade, sim. Tem uma empresa que faz a conexão entre famílias e babás. Uma amiga de uma amiga recomendou. Eles me enviaram algumas pessoas para eu avaliar hoje. Terei que entrevistar todas, mas a empresa verifica tudo, faz a checagem do histórico profissional e garante que tenham a experiência adequada. Eu pedi especificamente por pessoas que já trabalharam com crianças atípicas. — Tomei um gole. — Só rezo para que dê certo.

— A minha avó sempre diz que se você pensar positivo e acreditar que tudo vai dar certo, vai dar. Nós não temos ideia de quanto a nossa perspectiva afeta as coisas.

— Com certeza preciso ser mais otimista.

Deacon sentou no meu sofá e pegou um novelo de lã que estava lá desde a noite anterior.

— O que você está fazendo?

— Ah. Estou tentando aprender a fazer crochê, mas não está dando muito certo. Eu queria fazer um chapéu para Sunny.

— Prometa não rir, tá? — ele disse.

— Do que você está falando?

— Não ria do que vou te contar.

Antes que ele pudesse dizer mais alguma coisa, meu telefone tocou. Ele indicou o aparelho com a mão.

— Atenda. Eu conto depois.

Quando fui atender, Deacon caminhou até onde Sunny estava. Ele se ajoelhou e murmurou algo para ela.

A chamada era de um número desconhecido.

— Alô?

— Carys? É a Cynthia.

Pigarreei.

— Ah... olá, Cynthia.

Com os olhos arregalados, me virei para Deacon. Ele deu um soco de comemoração no ar.

— Eu pensei muito depois que você saiu do meu escritório — ela começou. — Sempre acabo seguindo a minha intuição.

Meu coração começou a bater forte.

— Sim...

— Minha intuição diz para eu não fazer os outros dois candidatos perderem tempo. Eu deveria simplesmente oferecer o cargo para você.

Com a sua história, duvido que alguém possa trabalhar com o mesmo amor.

Meu queixo caiu.

— Está falando sério?

— Estou. Parabéns. O emprego é seu, se quiser.

— Eu quero. Eu quero! Obrigada!

Deacon fez um sinal de positivo e deu um sorriso largo.

— Agora, suponho que você precisará de tempo para achar alguém para cuidar da sua filha, então, que tal marcarmos uma data de início para daqui a três semanas? Você pode me dizer se precisar de um pouco mais.

Pisquei.

— Claro — respondi. — Isso é incrível.

Tive que me segurar para não pular.

— Eu vou te enviar um e-mail com a data exata. Pode se planejar para trabalhar no escritório nos primeiros três dias, pelo menos, para treinamento.

— Tudo bem. Combinado.

— Estaremos em contato.

— Cynthia... — eu disse antes que ela pudesse desligar.

— Sim?

— Obrigada por me dar uma chance.

— Tenho certeza de que você não vai me decepcionar.

— Não vou.

— Parabéns.

— Obrigada.

Depois que desliguei, balancei as mãos e gritei:

— Não acredito que consegui!

— Isso aí! — Deacon gritou enquanto vinha e me puxava para um abraço.

Uau.

Não estava esperando por isso, mas foi muito bom ser envolvida por seus braços. Agora, eu sabia em primeira mão porque a minha filha gostava tanto.

Ele se afastou.

— Estou tão feliz por você, Carys.

— Isso tem tudo para ser o melhor dos dois mundos, se eu conseguir fazer dar certo.

— Não *se*, mas quando. Você *vai* fazer dar certo. Tem que acreditar nisso.

— É isso mesmo. Eu prometi acreditar e vou. — Sorri. — Obrigada pelo lembrete.

— Isso aí, garota.

— Quer comemorar comigo esta noite? — perguntei, sentindo-me eufórica. — Por minha conta. Eu insisto.

O sorriso dele desapareceu.

— Merda. Eu adoraria. Mas combinei com alguém de ir a um show esta noite. Ela já comprou os ingressos e...

— Ai, meu Deus! — Acenei com a mão. — Não precisa se explicar.

— Não, eu preciso. Porque, de verdade, eu ia adorar comemorar com você. É muito importante.

Me senti uma idiota por ter sugerido. Talvez a oferta de emprego tenha me dado uma falsa sensação de confiança.

— Não deveria ter presumido que você não tinha nada de melhor para fazer do que comemorar comigo por impulso.

— Por quê? Somos amigos, certo? Amigos comemoram juntos.

E lá estava. Eu tinha sido oficialmente colocada na zona da amizade. Não que eu já não soubesse. Mas acho que uma parte minha ainda mantinha uma pequena faísca de esperança por uma coisa um pouco mais do que platônica. Por que eu ia querer algo com — como ele mesmo se chamou uma vez — o mulherengo da porta ao lado? Isso não seria nada bom para mim.

— Vamos deixar para a próxima, tudo bem? — ele insistiu.

Como tinha que se arrumar para o encontro, Deacon saiu alguns minutos depois.

Quando a porta se fechou atrás dele, caminhei até Sunny, que ainda estava calmamente curtindo o balancinho infantil.

— Parece que somos só nós duas celebrando esta noite. Que tal sushi para mim e batata-doce amassada para você? O que acha? Parece bom?

Ela balançou as pernas e me deu um grande sorriso.

Então me lembrei de que Deacon ia me contar algo antes da ligação da Cynthia. Ele pediu para eu não rir. Mas agora eu estava rindo só de pensar nisso e sem nem saber por que era engraçado, para começo de conversa.

Mais tarde, naquela noite, depois de Sunny dormir, me sentei com o sushi e abri uma garrafa de espumante *rosé* que estava na minha geladeira desde antes da minha filha nascer.

Ligando a televisão, cliquei na plataforma de streaming e decidi assistir a alguns episódios de *Reforma à Venda*, no HGTV — as temporadas antigas, antes de Tarek e Christina se divorciarem. Essa era a minha comemoração empolgante. Mas eu não reclamaria. Pelo menos tinha algo a celebrar.

Na metade do jantar, recebi uma mensagem. Era uma foto de uma taça de espumante.

Deacon: Um brinde a você.

Enviei de volta uma foto minha bebendo o espumante.

Carys: Saúde!

Deacon: Isso aí!!! Que bom ver que você está comemorando.

Carys: Como foi o show?

Deacon: Foi ok. Estou meio ansioso para voltar para casa e dormir, para ser sincero.

Carys: Voltando para casa sozinho esta noite?

Deacon: Sim. Não estou no clima.

Carys: Ah. A vida é feita de altos e baixos, né? Que pena. Mas pelo menos eu sei que vou dormir bem ;-)

Deacon: É verdade.

Carys: Desculpa, não resisti.

Deacon: Eu aguento.

Carys: Isso explica o porquê de você estar me mandando mensagens durante o encontro. Espero que ela não esteja bem na sua frente.

Deacon: Não. O espumante foi mais cedo (mas em sua homenagem). Estou no banheiro agora.

Carys: Que gentil da sua parte pensar em mim aí.

Deacon: Não estou no vaso. Não se preocupa.

Carys: Ainda bem.

Deacon: O que acompanhou o espumante?

Carys: Comprei sushi do Miku.

Deacon: Esse lugar é bom. Mas já experimentou o Ichigo?

Carys: Não.

Deacon: Ahhh. Você tem que provar! Vou pegar alguns esta semana e levar para você.

Fiquei um pouco ansiosa demais com essa ideia. Então, algo cruzou os meus pensamentos.

Carys: Ei, o que você ia me contar mais cedo? Quando pediu para eu não rir de você? Recebi aquela ligação sobre o emprego e você nunca teve a chance de contar. HAHA.

Deacon: Viu? Você já está rindo.

Carys: Desculpa.

Deacon: Quer mesmo saber?

Carys: Sim.

Os pontos se movimentaram enquanto ele digitava.

Deacon: Eu costumava fazer crochê.

Carys: O quê? HAHA. Você fazia?

Deacon: Te disse para não rir.

Carys: Não estou rindo de verdade. Juro. Não em voz alta. Só não esperava que você dissesse isso.

Deacon: É uma história complicada sobre como eu aprendi. Fui meio que obrigado. Te conto da próxima vez que tomarmos um café. Tenho que voltar para a mesa, senão ela vai pensar que estou me masturbando aqui.

Bem, isso proporcionou um entretenimento e tanto para a minha imaginação.

Carys: Tudo bem. Vou deixar você voltar para o seu encontro.

Deacon: E eu vou deixar você voltar para o seu espumante.

Carys: Obrigada por mandar mensagem.

Deacon: Aproveite o resto da noite.

Carys: Minha imaginação vai ficar a toda, pensando em você sendo forçado a fazer crochê sob a mira de uma arma.

Deacon: Não é tão ruim assim. Mas quase.

Meu dedo demorou sobre o teclado. Eu queria tanto dizer para ele passar aqui quando voltasse. Mas pensei melhor.

Então ele mandou mensagem de novo.

Deacon: Ok. Vou te contar rápido. Quando eu tinha dezesseis anos, aprontava muito, vivia me metendo em problemas. Meus pais me mandaram ir morar com minha avó durante o verão. Tudo que eu podia fazer era ir ao treino de futebol e voltar para a casa dela. Na época, ela estava fazendo roupas de crochê para famílias em situação de vulnerabilidade social. Suéteres, cachecóis, coisas assim, para o inverno que estava chegando. Ela me fez aprender a fazer crochê. Me forçava a sentar com ela todas as noites e ajudá-la.

Não consegui conter o sorriso.

Carys: Nossa. Que fofo.

Deacon: Na época, eu estava bem fodido. Mas quando entregamos as peças, e eu vi os sorrisos daquelas crianças, não pareceu tão ruim assim.

Carys: Que história incrível.

Deacon: Leva para o túmulo, Kincaid. Não posso deixar que um boato sobre eu fazer crochê junto com uma senhora ferre a minha reputação.

Carys: Pode deixar HAHA.

Deacon: Ok. Agora estou indo mesmo.

Carys: Tenha uma boa noite.

Deacon: Você também.

Ele encerrou a troca de mensagens com três emojis usando chapéu de festa, e eu quis me bater por estar feliz que ele não estava “no clima” de um encontro. Ele ficou pensando em *mim* esta noite.

Capítulo Cinco

Deacon

O QUE ENTRA, TEM QUE SAIR

Eu sabia que hoje era o primeiro dia de trabalho de Carys em seu novo emprego. Nas últimas semanas, ela entrevistou várias pessoas para cuidar de Sunny. Finalmente, achou alguém de quem gostava — uma cuidadora aposentada, procurando algo para ocupar o tempo e que não precisava de um horário fixo.

Eu me levantei às cinco da manhã e fui para a academia. Na volta peguei café na Starbucks para deixar um com Carys antes de ela sair para trabalhar. Mesmo que ela já tivesse tomado café, um extra não faria mal.

Segurando a bandeja de papelão, bati à porta dela.

Ela abriu, e foi nítido pela sua expressão que alguma coisa estava errada.

— O que está acontecendo? — perguntei.

— Sharon, a mulher que deveria cuidar de Sunny hoje, acabou de ligar. — Sua voz tremia. — O marido dela está com falta de ar e ela teve que levá-lo ao pronto-socorro. Ela não vai conseguir vir. — Uma lágrima desceu por sua bochecha. — É meu primeiro dia e já estou dando para trás. — Ela suspirou fundo. — Estou ferrada, Deacon. Tão ferrada.

Merda.

— A agência não conseguiu te arrumar outra pessoa?

— Não em tão pouco tempo. Eu deveria sair em dez minutos. — Ela balançou a cabeça. — Vou ter que explicar a situação para a Cynthia e ver se ela pode adiar a minha data de início por um dia. Mas, sendo sincera, se eu fosse ela, diria para eu nem me incomodar em aparecer amanhã.

Isso me deixou irado; não era justo. Carys tinha tudo organizado. Não era culpa dela. Ela precisava desse emprego de relações públicas, e talvez nunca mais fosse encontrar uma oportunidade tão perfeita assim.

Ela não sabia, mas nós tínhamos almas parecidas. Eu sabia muito bem como era a sensação de ter que redefinir a vida. Encontrar algo que trouxesse um propósito depois de perder tudo o que representava o seu mundo significava muita coisa.

Uma voz na minha cabeça me instigou a oferecer ajuda, mesmo que isso fosse muito fora da minha zona de conforto. Levei alguns segundos para que o medo desse um passo para trás.

Era provável que eu estivesse completamente louco, mas me recusei a vê-la falhar.

— Acha que consegue me ensinar tudo o que preciso saber sobre cuidar de Sunny em dez minutos?

Ela olhou para cima, assimilando as minhas palavras. Seus olhos se arregalaram.

— Não posso deixar você fazer isso, Deacon.

— Vamos lá. Estamos perdendo tempo. Sabemos que dou conta do recado. O que mais eu preciso saber?

Ela ficou parada, em choque.

Foi a minha deixa para insistir.

— Me mostra como trocar a fralda dela.

— Está falando sério?

— Sim. Vamos. Você não vai querer se atrasar.

Ela pegou Sunny do cercadinho e me levou até o quarto da bebê.

Parecendo desorientada, Carys fez o melhor que pôde para demonstrar o processo de troca de fraldas. As palavras dela saíram apressadas:

— Você enrola a suja em uma bola assim e coloca direto no cesto.

— Parece fácil — comentei, calmo, embora a coisa toda da fralda me assustasse.

— Esta aqui era só xixi, mas se fosse cocô, você precisaria levantar as perninhas dela mais ou menos assim e usar lenços umedecidos para limpá-la. Eu ainda uso um lenço umedecido depois do xixi. — Ela demonstrou o processo de limpar o bumbum rechonchudo de Sunny, da frente para trás.

Engoli em seco. Se não havia cocô agora, as chances de ter mais tarde eram bem altas. Prometi a mim mesmo que só me preocuparia com isso quando chegasse a hora. Não posso dizer que estava ansioso.

— Você pega uma fralda nova daqui e coloca debaixo dela, depois dobra a parte de cima e prende as laterais com essas abas.

Respirei fundo.

— Parece bem simples.

— É, depende da situação, mas o principal é ter cuidado para ela não cair do trocador. Se você não a trocar ou limpar com perfeição, também não é o fim do mundo.

Depois disso, Carys colocou Sunny na cadeirinha de balanço e me levou até a cozinha para mostrar onde estava a fórmula do leite em pó.

Ela apontou.

— São esses potinhos de dose única. É só despejar naquela mamadeira ali.

Carys colocou os potes de papinha que eu precisaria no balcão junto com uma colher de plástico.

Ela começou a escrever o cronograma de alimentação.

— Ela já tomou a mamadeira esta manhã, então a próxima refeição pode ser banana amassadinha às oito. Ela normalmente come cereal de arroz no café da manhã, mas isso é um pouco mais complicado de preparar, então vou dar para ela no jantar.

Assenti, tentando absorver tudo.

— Não se preocupe, está tudo anotado neste pedaço de papel... o que dar para ela e quando.

Cocei a cabeça.

— Entendi... Aham.

— Eu trocaria a fralda dela de novo por volta das dez. Então, mais ou menos a cada duas horas.

Engoli em seco, mas tentei parecer tranquilo.

Carys levantou um dos potes.

— Por volta das onze, ela vai comer essas batatas-doces com ervilhas. Depois, tem que dar outra mamadeira.

Minha cabeça começou a girar um pouco.

— Entendido.

— Ao meio-dia, você vai ter que colocá-la para dormir. Mas troque a fralda de novo antes. Me mande uma mensagem se tiver algum problema para fazê-la dormir. Geralmente, é só colocá-la de costas no berço e ligar o móbile. Tudo bem deixar ela lá acordada. Ela acaba pegando no sono se o móbile estiver ligado.

Tentei manter a expressão séria.

— Parece ótimo — concordei.

— Alguns bebês tiram duas sonecas, mas ela só tira uma. Acho que dorme melhor à noite com apenas uma.

— E você disse antes que as sonecas dela podiam durar de uma a três horas?

— Sim. Fico impressionada que você lembrou disso. — Ela sorriu. — Mas, sim, é muito imprevisível.

— Certo.

— Dependendo de quando ela acordar, eu daria outra mamadeira depois da soneca ou por volta das três. Isso vai mantê-la satisfeita até o jantar, e eu cuido do resto quando chegar em casa.

Olhei para o relógio no meu celular. Os dez minutos já tinham se passado e ela precisava ir.

— Você vai se atrasar. Não se preocupe conosco. Vá.

— Tem certeza?

— Sim.

— Obrigada. Muito obrigada. Devo muito a você, Deacon. Muito mesmo.

Ela correu para pegar suas coisas.

— Não se esqueça de nada — avisei, pegando uma das bebidas que eu tinha trazido na bandeja. — Leve o café com você.

Ela pegou o copo da minha mão e olhou ao redor uma última vez.

— Peguei o celular, peguei a bolsa... — Ela respirou fundo e correu para beijar Sunny na cabeça. — Tchau, bebê. Seja boazinha com Deacon. — Ela olhou para mim. — Não acredito que estou dizendo isso, para ela ser boazinha *com Deacon*.

Nem eu.

— Vamos ficar bem.

— Me mande mensagens se precisar. Não importa quantas vezes.

— Certo, mas só vou fazer isso se realmente precisar, tipo se o apartamento estiver pegando fogo.

— Ai, Deus, não fala isso — ela disse enquanto corria pelo corredor.

Depois que fechei a porta, o silêncio foi ensurdecedor.

Sunny me encarou do balanço. Fiquei aliviado por ela parecer contente. Pelo menos um de nós estava calmo.

— Beleza... essa coisa de "a gente vai ficar bem" foi só um teatro para sua mãe não se preocupar. Estou pirando, garotinha. Você precisa me ajudar. Sem surpresas e vamos nos dar bem.

Ela deu um gritinho.

— Tudo bem ficar aí de boa por um tempo? Parece que, segundo o cronograma da sua mãe, não temos nada até às oito.

Cocei o queixo.

— Na verdade, preciso ir ao apartamento ao lado pegar o meu

notebook para usar enquanto você dorme. Vou te levar comigo para buscar. Tudo bem?

Desafivelei-a do balanço e a levantei.

Caminhei até o meu apartamento e peguei o que consegui segurar com a mão esquerda: meu notebook, uns snacks de carne seca e chips de batata. Não tinha certeza do que Carys tinha para beliscar por lá.

Na saída, parei no espelho que ficava na parede perto da minha porta. Não sabia se ria ou chorava ao me ver equilibrando todos esses itens junto com a bebê. Quando Sunny se viu no reflexo do espelho, deu um enorme sorriso banguela. Seus olhos amendoados se estreitaram de alegria ao ver o próprio reflexo.

Porra, ela é uma graça.

— Você gosta de espelhos, hein? Olha, pelo menos eu sei uma maneira de te entreter, se tudo der errado — sussurrei no ouvido dela. — Vou te contar um segredo. Eu também gosto deles. Eu me olho demais nesse espelho antes de sair. Mas não vou admitir isso para ninguém além de você.

Ela riu como se pudesse entender, mas era provável que só estivesse se divertindo ao olhar para si mesma.

Quando voltamos ao apartamento de Carys, era hora do café da manhã de Sunny. Assim que a pus na cadeirinha alta, ela começou a chorar.

Merda. Eu sabia que essa era uma péssima ideia.

— O que foi? O que eu fiz? — falei como se ela fosse me responder.

Depois que a levantei, o choro parou. Ela me encarou com seus olhos lacrimejantes, e percebi que isso era uma repetição daquela noite. Ela queria ser segurada.

— Ah. Entramos nessa de novo?

Ela continuou me olhando até sorrir.

— Não, não, não. Isso é o quê? Você está tentando me amolecer ou algo assim? Para que eu te segure? Não vai funcionar.

Ela sorriu mais ainda.

Uma segunda vez, coloquei-a na cadeirinha alta. E, de novo, ela começou a berrar.

— Merda — eu disse. Então me repreendi silenciosamente por xingar na frente dela. — Você não ouviu isso.

Peguei-a mais uma vez, tentando abrir o pote de bananas enquanto a segurava ao mesmo tempo. Acabei alimentando-a em pé. Ela devia estar muito faminta, pois abriu a boca bem grande antes mesmo de eu conseguir colocar a próxima colherada.

— Poxa, menina. Você está com fome, hein?

Então um pensamento me ocorreu: o que entra, tem que sair. Sacudi isso da cabeça, prometendo a mim mesmo, mais uma vez, que só lidaria com o problema quando fosse necessário.

A colher finalmente atingiu o fundo do pote, e não restou mais nada.

Ela lambeu os lábios.

Carys havia deixado outro potinho de bananas no balcão, então presumi que continuaríamos nesse ritmo. Ela devorou o segundo tão rápido quanto o primeiro.

Ainda segurando-a, peguei um pedaço de papel-toalha e o molhei para limpar sua boca.

— Certo. Primeira etapa concluída. Você deve ficar bem por um tempo, né? Vou tentar te colocar no balanço para poder checar os meus e-mails.

No segundo em que o bumbum dela tocou o assento do balanço, ela começou a se mexer desconfortavelmente e rompeu em lágrimas.

Merda!

Disse a mim mesmo que aguentaria. Eu a deixaria chorar. Mas depois de cinco minutos andando de um lado para o outro enquanto ela gritava, eu cedi.

— Tá bom, tá bom. Você venceu.

Levantei-a. Voltamos para o sofá e nos sentamos.

— Precisamos parar com isso, Sunny.

Agora que ela estava calma, encarou os meus olhos. Havia algo tão incrível em assistir a um bebê te encarar com pura admiração. O que ela estava pensando? Ou talvez só estivesse vendo o próprio reflexo.

Então ela sorriu de novo.

Pelo menos, estava feliz.

Eu já estava exausto. Tinham se passado apenas duas horas, e parecia que eu estava ali há meses. Se alguém me dissesse ontem que eu ficaria preso em um apartamento com uma bebê, eu teria morrido de medo. Mas a realidade não era tão ruim... só diferente. Cansativa, sim. Mas eu podia ver, em teoria, por que as pessoas gostavam de crianças — principalmente quando estavam contentes.

Quando o relógio marcou dez, percebi que era hora da temida troca de fraldas. Levantei e caminhei com Sunny até o quarto dela. *Por favor, que não* seja cocô.

Depois de deitá-la no trocador e abrir a fralda pelas laterais, fiquei aliviado ao encontrar apenas xixi.

Um ponto para Deacon.

Tentando lembrar os passos que Carys havia me mostrado, coloquei uma fralda limpa nela o mais rápido possível.

Voltando para a sala, olhei para o relógio. *Jesus.* Eram apenas dez e meia?

Parecia que tinham se passado centenas de anos.

Às onze, dei a ela as batatas-doces e ervilhas, e segui com a fórmula conforme fui instruído — tudo isso enquanto a segurava nos braços para que ela não se desesperasse.

Ela tomou a fórmula tranquilamente. Carys não havia especificado se eu deveria fazê-la arrotar, mas parecia fazer sentido tentar. Depois de um momento, fiquei muito feliz por ter tentado, porque um arroto do tamanho de Gibraltar saiu.

Uma mensagem de Carys chegou por volta das onze e meia.

Carys: Como está indo?

Eu ri alto. Pode imaginar se eu fosse honesto?

Sunny não me deixa colocá-la em qualquer lugar, então meu braço está dormente, e estou tentando descobrir como vou limpar meu próprio traseiro mais tarde. Como você faz isso todos os dias, Carys? COMO VOCÊ CONSEGUE?

Respondi usando a ferramenta de ditado do celular, já que era difícil digitar enquanto estava com Sunny no colo.

Deacon: Está tudo perfeito. Seguindo o seu cronograma. Ela acabou de almoçar e tomar a mamadeira.

Carys: Incrível! Eu te devo muito por isso.

Deacon: Como foi o primeiro dia de treinamento?

Carys: Está indo muito bem. Estou feliz por ter conseguido vir. Tenho muito a aprender. Mas estou otimista de que vou conseguir.

Deacon: Continue arrasando. Estou com tudo sob controle aqui.

Carys: Muito obrigada de novo!!!

Deacon: Sempre que precisar.

Virei-me para a bebê.

— Não me faça parecer ainda mais mentiroso do que já sou, Sunny. Ok? Vamos resolver isso antes de ela chegar em casa.

Voltando ao sofá, contei os minutos até a hora da soneca do meio-dia, ainda sem ter ideia de como faria para ela ficar no berço sem abrir o berreiro.

Quando Sunny sorriu para mim desta vez, eu franzi a testa.

— E esse sorriso? Você está gostando de me ver suar? Não fui feito para isso, sabe. Cá entre nós, não sirvo para brincar de *Uma Babá Quase*

Perfeita. Sem ofensa, mas não quero ter filhos. — Me inclinei e falei em seu ouvido: — Porém... acho que posso entender por que algumas pessoas querem. Sua mãe tem sorte de ter uma bebê tão doce.

Cometi o erro de colocar Sunny no meu peito enquanto me deitava e ligava a TV. Em poucos minutos, ela adormeceu ali, e agora eu estava com medo de me mexer.

Me perguntei se haveria alguma porra de chance de transportá-la para o berço. Qualquer movimento era um risco. Mas eu realmente precisava usar o banheiro.

Levantando-me do sofá, caminhei o mais devagar que pude até o quarto dela. Nunca havia me mexido com tanto cuidado na vida enquanto a colocava de costas. Foi como um milagre quando ela não se mexeu. Ela continuou dormindo, seu peito subindo e descendo a cada respiração.

Saí de fininho do quarto, e a primeira coisa que fiz quando voltei para a sala de estar? Dancei. *Eu dancei pra caralho* — com as mãos no ar, os quadris balançando. E tive que rir de mim mesmo um pouco. Eu era um homem adulto dançando fora do quarto de um bebê porque parecia a primeira vez que eu podia respirar desde as oito da manhã.

Mas Carys fazia isso todos os dias. O tempo todo. Eu tinha passado algumas horas e achava que merecia algum tipo de prêmio. Eu era patético por pensar que era algum feito mágico ter conseguido fazer uma bebê dormir. Mas não importava. Silenciosamente, continuei sacudindo a bunda.

Em tempo recorde, fiz tudo o que pude enquanto Sunny dormia. Usei o banheiro. Coloquei os pés no sofá e comi o snack de carne seca. Atualizei os e-mails. Nunca me movimentei tão rápido na vida, porque não fazia ideia de quanto tempo eu tinha até a liberdade acabar.

Meu celular tocou, e eu nunca tive tanta vontade de dar fim em um aparelho como agora. Imediatamente coloquei em modo silencioso.

Uma mensagem tinha chegado.

Katy: Topa almoçar rapidinho?

Claro que eu sabia que não era exatamente um almoço que Katy queria. Ela era uma garota com quem eu tinha parado de sair alguns meses atrás. Me surpreendeu que ainda estivesse interessada num "almoço", considerando que eu não tinha ligado de volta.

A ideia de uma rapidinha no horário de almoço, naquele momento específico, era cômica. *Claro, pode vir. Mas se fizer barulho, vou ter que te matar.*

Deacon: Não posso. Meu dia está todo ocupado.

Katy: Talvez na próxima, então.

Deacon: É, foi mal.

Sunny dormiu por quase três horas naquela tarde. Consegui relaxar, elaborar um novo conceito de design para o meu trabalho e responder mais alguns e-mails. Me considerei tão sortudo... até ela acordar.

Capítulo Seis

Carys

TEMOS MAIS EM COMUM DO QUE VOCÊ PENSA

Assim que entrei pela porta, ouvi de imediato o som da água correndo. Cynthia havia me mandado para casa às duas e meia com um monte de informações para revisar. Eu estava animada para poder liberar Deacon um pouco mais cedo.

— Deacon? — o chamei.

— Aqui dentro! — Ouvi-o gritar.

Ah, não. Isso não era nada bom.

— Eu até perguntaria o que aconteceu, mas *já* sei o que aconteceu — eu disse, assim que cheguei ao banheiro.

Deacon estava segurando Sunny afastada do seu corpo enquanto a banheira enchia. Ela tinha cocô até nas costas.

— Não tinha como os lenços umedecidos darem conta disso — ele explicou, o suor escorrendo por sua testa.

Arregacei as mangas do meu casaco e peguei minha filha das mãos dele.

— Eu assumo daqui.

Imediatamente, Deacon saiu do banheiro. Pensei que ele tivesse saído para vomitar ou algo assim, mas logo voltou com uma toalha de banho.

— Agora sei o motivo de você guardar isso aqui bem ali no armarinho do corredor.

— Obrigada. Não precisa ficar. Você parece traumatizado. Sinto muito que isso tenha acontecido. — Comecei a limpá-la.

— Tudo bem. Você me salvou na hora certa. — Ele ficou na porta enquanto eu dava banho em Sunny. — Quero saber como foi o seu dia e te contar sobre o de Sunny. Mas preciso muito de um ar fresco. Que tal eu dar uma passada na Starbucks e depois eu volto?

— Tudo bem, parece ótimo.

Depois que Deacon saiu, olhei para a minha filha, que agora estava rindo e batendo com as palminhas das mãos na água, espirrando-a. Ela tinha acabado de aprender a sentar sozinha, então dar banho era muito mais fácil.

— O que você fez com Deacon, hein? Não podia esperar até eu chegar em casa?

Ela balbuciou.

Me abaixei na banheira para beijar o topo de sua cabeça.

— Senti tanta saudade hoje.

Depois de secar Sunny e vesti-la, levei-a para a sala e a coloquei no tapete infantil de atividades.

Poucos minutos depois, Deacon bateu à porta. Quando a abri, ele me entregou o café.

— Ah, você é maravilhoso — elogiei, tirando o lacre da tampa.

Ao ver Deacon, Sunny começou a chorar.

Ele balançou a cabeça.

— Ah, não. Sua mãe está em casa agora. Não precisa mais do meu colo.

Meu queixo caiu.

— Não me diga que ela chorou o dia todo até você pegá-la?

Ele hesitou.

— Não o dia todo... pelo menos, não durante a soneca.

— Ai, meu Deus, Deacon! Você não pode deixar isso acontecer. Você tem a minha permissão para deixá-la chorar quando ela fizer isso. Ou ela nunca vai te deixar em paz.

— Eu sei. Mas ela faz toda essa coisa do olhar triste, o biquinho, o lábio inferior tremendo e tal. E eu simplesmente... não resisto.

— Ela está te manipulando, com certeza.

Deacon sentou no sofá e recostou a cabeça.

— Sério... eu saí agora há pouco, e parecia que eu não saía na rua há *anos*. Como você faz isso todos os dias?

— Fica mais fácil. A primeira vez que você cuida de um bebê é avassaladora. E no começo, eu me sentia assim quase todos os dias. Mas a gente acaba se acostumando.

— Olha, você tem todo o meu respeito. — Ele suspirou. — Me conta como foi hoje.

Ele deu um tapinha na minha perna, e sua mão permaneceu na minha coxa por alguns segundos antes de ele retirá-la abruptamente, quase como se tivesse se flagrado fazendo algo que não deveria.

E claro, meu corpo reagiu de imediato. Senti o efeito daquele contato mínimo muito tempo depois de ter acabado.

Pigarreei.

— Hoje foi incrível, de verdade. Cynthia me mostrou o escritório. Eu tenho a minha própria estação de trabalho, e é grande. Ela me deu alguns dos comunicados de imprensa que o último funcionário de relações públicas preparou. Também me fez estudar sobre a empresa; quantos bailarinos, os nomes, históricos, rankings, coisas assim. O dia voou, e então ela me mandou aleatoriamente ir para casa às duas e meia. Voltei com muita coisa para ler, mas estava animada para voltar para casa.

— E eu fiquei animado quando te vi chegar.

— Que *timing* bom, hein? — Eu ri. — Sério, você salvou o meu dia hoje, Deacon. A boa notícia é que a empresa de babás me garantiu que Sharon estará pronta para vir amanhã de manhã, então não vamos ter esse problema de novo. Parece que foi só um susto o que aconteceu com o marido dela, e ele já está em casa em repouso.

— Não tem problema. Por mais que tenha sido desafiador Sunny insistir para que eu a segurasse, foi legal passar um tempo com ela.

Eu sabia que ele estava sendo gentil. Eu realmente devia a Deacon.

— Ah... — Deacon estalou os dedos. — Descobri que ela gosta de espelhos.

— Ela gosta. Como descobriu?

— Levei-a até o meu apartamento para pegar o notebook e algumas outras coisas, e quando parei em frente ao espelho, ela começou a rir.

— É, ela se diverte com a própria imagem. — Os olhos de Deacon se demoraram nos meus, o que me fez perguntar: — O quê?

— Nada. Você está muito bonita. Não sei se te disse isso de manhã.

Seu elogio me deixou arrepiada.

— Obrigada.

Seria fácil interpretar da maneira errada e pensar que talvez ele estivesse interessado — especialmente pelo jeito que o seu olhar sedutor estava em mim nesse momento. Mas eu não era boba. Mesmo que ele estivesse atraído por mim, suspeitava que não cruzaria a linha — ainda mais depois de ver de perto o que minha rotina diária envolvia.

Ainda assim, eu gostava da companhia e da amizade dele.

— Posso fazer um jantar para você neste fim de semana? — perguntei.

Ele tomou mais um gole da bebida e a colocou na mesa de centro.

— Você trabalha a semana toda cuidando dela, e quer fazer um jantar para *mim*?

— Você literalmente salvou meu emprego. Sei como você é, e não vai aceitar dinheiro. É importante que eu retribua de alguma forma pelo que fez hoje. Acho que a melhor maneira que sei é te preparando um jantar. Eu gosto de cozinhar. Só não faço isso com frequência, já que é apenas para mim.

Ele assentiu por alguns segundos, parecendo pensar no assunto.

— Ok. Sim, claro.

Sorri, tentando não parecer animada demais.

— É mesmo? Você escolhe a noite. Sexta ou sábado.

Ele checou o celular rapidinho.

— Posso na sexta.

Abri um largo sorriso.

— Então está decidido.

— Posso trazer alguma coisa?

— Não. Insisto que não traga nada. Mas, sabendo como você é, vai trazer alguma coisa de todo jeito, então, uma garrafa de vinho seria ótimo.

O resto da semana transcorreu sem problemas. A nova babá, Sharon, apareceu pontualmente nos dois dias seguintes, e Sunny parecia gostar dela quase tanto quanto gostava de Deacon. Depois, trabalhei de casa na quinta e na sexta-feira, conforme planejado. Cynthia disse que queria que eu fosse ao escritório pelo menos dois dias por semana nos primeiros meses, se possível, mas deixou que eu escolhesse quando. Sharon pareceu concordar com esse arranjo, e decidimos que escolheríamos os dias baseados na disponibilidade dela a cada semana.

Como trabalhei de casa na sexta-feira, consegui adiantar a maior parte das minhas tarefas para poder preparar o jantar para Deacon. O pedido on-line que fiz para o supermercado chegou no horário, então comecei a preparar a comida por volta das cinco da tarde. Decidi fazer frango empanado acompanhado de risoto, salada Caesar e couve-de-bruxelas assada com cranberry, bacon e amêndoas. Encomendei um bolo de chocolate para a sobremesa. Disse a ele para chegar às oito e meia, o que esperava que fosse depois que Sunny dormisse.

Depois de tanto tempo na cozinha, decidi tomar um banho rápido assim que coloquei Sunny para dormir às oito. Foi provavelmente o banho mais rápido que já tomei, porque precisava de tempo para me vestir e maquiar antes de Deacon chegar.

Por mais que soubesse que este era um jantar inocente e amigável, não conseguia evitar o frio na barriga. Eu era incrivelmente atraída por Deacon, mesmo que nada fosse acontecer ao passarmos um tempo juntos. Minhas expectativas precisavam permanecer baixas. Estávamos em momentos diferentes da vida. Ele tinha toda a liberdade do mundo e parecia estar aproveitando ao máximo, curtindo a vida de solteiro. Muito provável que eu estaria fazendo o mesmo, se estivesse no lugar dele.

E ele deixou bem claro que éramos "amigos". Então, o fato de eu estar nervosa com a visita dele era bem idiota.

Coloquei um vestido de tricô cinza justo, que terminava vários centímetros acima dos joelhos e botas altas de couro. Talvez fosse demais para uma noite em casa, mas tive uma semana muito produtiva e queria comemorar com estilo. Me maquiei e tinha acabado de passar a última camada de rímel quando ouvi uma batida à porta.

Meu coração martelou no peito enquanto eu caminhava para atendê-la, prova de que tudo que eu tentava me convencer sobre a natureza platônica da nossa relação era besteira. Deacon estava segurando um buquê de flores e uma garrafa de vinho.

Seus olhos percorreram o meu corpo.

— Nossa. Ah... você está incrível pra caralho.

Minhas bochechas esquentaram.

— Obrigada.

Ele me entregou as flores.

— São para você.

Peguei as tulipas multicoloridas.

— Não precisava ter feito isso.

— É, você também não precisava ter feito um jantar para mim.

Cheirei as flores.

— Continuo esperando você mostrar o seu lado babaca, Deacon. Mas às vezes você é doce demais. Com certeza eu tive uma primeira impressão errada de você.

— Homens cafajestes também podem ser doces. Às vezes até compramos flores para as nossas amigas. — Ele deu uma piscadinha.

Amigas. Ouvi isso em alto e bom som.

— Às vezes, homens cafajestes até fazem crochê. — Pisquei de volta.

— Ai, doeu. — Ele sorriu através dos dentes cerrados. — Lembre-se da sua promessa, Carys.

Meu corpo zumbiu, tornando-se consciente de Deacon enquanto eu o observava. Ele estava com uma blusa de tricô verde-escura, jeans e botas de couro pretas. As mangas estavam dobradas, e pela primeira vez tive uma visão completa da tatuagem em seu antebraço esquerdo.

— Nunca tinha visto a tatuagem. Ela vai por todo o braço?

Ele olhou para baixo.

— É só no antebraço. Fiz essa tatuagem quando me mudei para a Califórnia há uns oito anos. Foi um trabalho contínuo. Fui adicionando imagens ao longo do tempo.

O design era uma mistura de rosas, cruzes, pássaros e outras imagens ornamentadas. E agora eu podia ler o nome escrito em letra cursiva sobre seu pulso. *Kathie.*

— Kathie é a minha avó — ele disse.

— Ah. — Sorri, sentindo um alívio estranho por não precisar ter ciúmes da mulher fictícia que eu havia imaginado. — Já tinha notado antes, mas nunca consegui decifrar. Sempre presumi que fosse uma ex-namorada e não quis perguntar.

— Não. Apenas a minha avó.

— Isso é muito fofo.

Seu perfume se espalhou ao meu redor. Deacon estava mais atraente do que nunca. Mesmo que não estivéssemos em um encontro, eu amava a ideia de tê-lo só para mim esta noite.

Pigarreei.

— Espero que não se importe, mas acho que devemos jantar na sala de estar para ficarmos o mais longe possível do quarto de Sunny.

— Acredite, se tem uma lição que aprendi esta semana é o problema que você pode ter quando um bebê acorda. Às vezes, explosões massivas, até.

Fechei os olhos por um breve instante, me lembrando do desastre que eu havia encontrado.

— Desculpa. Mas foi engraçado.

— Fico feliz que você tenha se divertido. Vou te enviar a conta da terapia. — Ele riu. — Vamos abrir esse vinho, que tal?

Ele levantou a garrafa do vinho tinto que trouxe.

— Sim. Já volto. — Dirigi-me à cozinha.

Meu coração bateu forte enquanto eu pegava um abridor de garrafas e duas taças antes de retornar à sala de estar.

Minha mão roçou na dele enquanto ele pegava o abridor. Um calor percorreu todo o meu corpo com o toque fugaz — prova de como eu estava desesperada por qualquer contato. Era bem patético o fato de que não estive com mais ninguém desde Charles.

A rolha deu um suave estalo quando ele abriu a garrafa e serviu o vinho. Sentamo-nos um de frente para o outro no sofá. Eu já estava começando a ficar um pouco tonta enquanto ele me perguntava mais sobre o meu novo emprego.

Então ele inspirou profundamente.

— O que quer que você esteja cozinhando, está com um cheiro incrível.

Estava pensando a mesma coisa sobre você, sobre como você tem um cheiro bom. Me levantei.

— Vamos comer?

— Porra, sim. Meu estômago está roncando.

Ele me seguiu até a cozinha, e eu senti cada movimento dele enquanto servíamos a comida.

— Puta merda, Carys. Isso está fantástico. Acho que vou ter que inventar algumas desculpas para você cozinhar para mim.

Você leu a minha mente.

Levamos nossos pratos de volta para a sala e sentamos perto um do outro no chão, para que pudéssemos usar a mesa de centro.

Deacon e eu quase terminamos a garrafa de vinho enquanto degustávamos o frango e o risoto.

— Como você aprendeu a cozinhar assim?

Limpei o canto da boca.

— Quase tudo o que sei, aprendi sozinha. Acho que todos conseguem seguir uma receita, mas a maioria das pessoas acredita que não dá conta, por alguma razão. Não é tão difícil.

Ele bebeu o último gole de vinho de sua taça.

— Eu sou uma dessas pessoas que acham que vai tacar fogo no lugar se tentar. Preciso comprar panelas novas também. As que tenho são tão baratas que queimam minhas mãos quando toco nos cabos. Encaro isso como um sinal de que deveria ficar longe da cozinha de uma vez por todas.

Eu ri.

— É bom ter alguém para quem cozinhar.

— Eu serei a sua cobaia quando quiser. Não como uma refeição caseira assim desde a última vez que fui para casa, em Minnesota.

— Nenhuma das mulheres que você conheceu cozinhou para você?

— Que eu me lembre, não. Mas também não espero que ninguém cozinhe para mim.

Dei um sorrisinho irônico.

— É... elas não precisam saber cozinhar.

Seu sorriso foi hesitante.

— Eu sei o que você está pensando. Apesar do que parece, não é *só* isso. Elas precisam ter um mínimo de inteligência e precisam ser pessoas decentes. Sendo sincero, há mais gente idiota do que legal por aí.

— Deve ser caro sair toda hora, hein?

— Sim, e o valor é o mesmo, o encontro sendo uma bomba ou não.

— Nunca pensei sobre como deve ser caro ter uma vida social.

— Se você quer namorar nessa cidade, pode esperar que vai gastar uma fortuna em bebidas e restaurantes. Cá entre nós, a minha coisa favorita é ficar em casa. Mas sei que vou me arrepender se não me forçar a sair. Eu sinto que é o que *deveria* estar fazendo na minha idade.

— Invejo a sua liberdade. Não mudaria a vida que tenho hoje, mas sinto falta de poder sair e voltar pra casa quando quiser.

— Eu realmente entendi o que isso significa na segunda-feira — ele disse.

— É. — Eu ri. — Minha vida é basicamente o oposto da sua.

Ele fez uma pausa, admirando os meus olhos por um tempo que pareceu mais longo do que o normal.

— Você diz isso... que as nossas vidas são tão diferentes... mas temos mais em comum do que você imagina. Tem uma coisa que nunca te contei.

Pisquei.

— Tem?

Ele assentiu.

— Sinto uma conexão muito forte com você. E você nem sabe o motivo.

Coloquei a taça de lado e me aproximei um pouco mais dele.

— Agora você me deixou curiosa.

Ele esvaziou a garrafa em nossas taças antes de se virar para mim de novo.

— Você disse uma vez que, quando parou de dançar, foi como a morte do futuro que você sempre imaginou. Eu me identifico com isso, porque a minha carreira também foi interrompida por um acidente.

Meu coração se afundou no peito.

— Sério?

— Não falo muito sobre isso. Na verdade, nunca falo sobre isso. Acho que não contei para mais de uma pessoa desde que me mudei para cá.

Me inclinei um pouco.

— O que aconteceu, Deacon?

Ele se enrijeceu, como se estivesse se preparando para o que estava prestes a revelar.

— Meu pai é Jed Mathers, o técnico de futebol americano da faculdade de Minneapolis. E eu era o principal quarterback de Iowa, um dos maiores rivais deles no estado vizinho. Éramos manchetes de jornal naquela época por causa disso.

Exalei o ar que estava segurando.

— Ok... uau. Você jogava futebol americano?

— Eu estava me encaminhando para uma carreira na NFL. Nossa equipe tinha um histórico de vinte vitórias e seis derrotas. Mas... tudo acabou no dia em que bati meu carro.

Meu estômago ficou embrulhado. *Ai, não.* De forma instintiva, estendi a mão e toquei seu braço.

Ele olhou para baixo e continuou:

— Bati em um veículo que vinha na contramão em uma noite com muita neblina. Tive sorte de sobreviver, mas a minha perna foi esmagada, e meus dias no futebol profissional acabaram.

Senti a sua dor de imediato.

— Sinto muito. Quanto tempo faz isso?

— Pouco mais de nove anos. Eu tinha vinte, estava no segundo ano da faculdade. Toda a minha vida tinha sido sobre os sonhos que o meu pai tinha para mim, que eram meus também. Desde muito jovem, tudo girava em torno do futebol. — Ele olhou para longe. — Depois do acidente, eu não sabia mais quem eu era.

Essas palavras ressoaram tão forte comigo. Ouvir isso da boca de Deacon pareceu surreal.

— Eu te entendo tanto.

Ele encarou os meus olhos de novo.

— Eu sei que entende. Por isso interrompi o nosso jantar descontraído para desabafar um pouco.

— Estou tão feliz que você fez isso. Me conte mais sobre o que aconteceu.

Ele soltou um longo suspiro.

— Meu pai e eu… a nossa relação nunca se recuperou. Não sabíamos como nos relacionar um com o outro sem o futebol. Me senti inútil por muito tempo. Em dado momento, meu irmão mais novo me substituiu aos olhos do meu pai, ele se tornou a sua nova esperança. Embora Alex nunca tenha chegado a NFL, por vários anos meu pai optou por se concentrar nele, qualquer coisa para esquecer a decepção que eu era.

Senti uma dor no coração.

— Não foi culpa sua.

Deacon franziu a testa.

— Bem, na verdade, foi. Na noite do acidente, eu estava focado no GPS quando o carro bateu em nós. Sim, havia neblina, mas foi minha culpa por não estar mais alerta.

— Você não estava sozinho?

— Não. Essa é a pior parte. — Ele engoliu em seco. — Minha namorada da época estava comigo.

Me preparei para o pior.

— Ela se machucou?

Ele hesitou. Sabia que falar sobre isso trazia à tona memórias dolorosas para ele.

— Ela não sofreu ferimentos graves. Mas… — Suas palavras se perderam, e ele fez uma pausa. Por um momento pensei que ia querer elaborar uma longa resposta, mas ele foi direto. — As coisas nunca mais foram as mesmas depois daquele dia.

— As pessoas no outro carro se machucaram?

Ele fechou os olhos por um breve instante.

— Não.

Assenti, aliviada.

— Desculpe por todas essas perguntas.

— Não. É bom falar sobre isso. Normalmente, essa parte da minha vida só guardo para mim mesmo.

— Então.... o que você fez para se reerguer depois?

— Pois é, sabe esse jeito que você deu? De ainda trabalhar com o balé depois do acidente? Manter um pé no mundo que amava? Foi o oposto comigo. Eu não queria ter nada a ver com o futebol, já que não podia mais jogar. Estar perto dos meus colegas do time, do meu pai e dos jogadores dele me deixava deprimido. Então, me transferi para uma faculdade diferente na Califórnia, longe de todos, e mergulhei nos estudos.

— Você voltou a morar na Califórnia depois disso?

— Não. Me senti muito desconectado da minha família desde então. Sou mais próximo da minha mãe e da minha avó, mas tem sido difícil estar perto do meu pai e do meu irmão. Eu os amo, mas a minha relação com todo mundo mudou depois do acidente.

— Você só tem um irmão?

— Sim. Alex é dois anos mais novo do que eu. Você tem irmãos?

— Tenho um irmão também. — Respirei fundo, ainda processando tudo que ele tinha me contado. — Uau. Eu aqui pensando que ninguém poderia entender a minha situação. E você estava bem aqui ao meu lado esse tempo todo.

Seus olhos encontraram os meus.

— Loucura, não é?

Capítulo Sete

Deacon

O CISNE NEGRO

Foi bom desabafar.

Há algum tempo eu queria contar para Carys sobre o meu passado, mas nunca era o momento certo. Quando ela me convidou para jantar, parte da razão pela qual aceitei foi porque achei que teria a oportunidade de finalmente explicar.

— Desde o momento em que você me contou sobre o acidente, senti uma conexão muito forte com você, como se talvez eu estivesse destinado a te conhecer, por causa da experiência que compartilhamos.

Na mesma hora, me arrependi dessas palavras. Intensas demais. Eram a verdade, mas não queria que ela as interpretasse errado. *Destinado a te conhecer.*

— Não quis parecer... — tentei corrigir.

— Tristeza adora companhia. Eu entendo. — Ela sorriu. — Fico muito feliz que você tenha me contado.

Ela colocou a mão delicada no meu braço. Eu preferia que ela não me tocasse, porque o meu corpo reagia toda vez. Eu não deveria sentir isso por Carys. Minha atração por ela tornava as coisas desconfortáveis. Ela era a primeira mulher desde provavelmente o ensino médio que eu realmente considerava uma amiga. E toda essa coisa de amizade seria muito menos complicada se eu não imaginasse constantemente como seria sentir o corpo de bailarina dela sob o meu.

Ela era diferente de qualquer outra mulher que eu já havia encontrado.

Carys era elegante pra caralho. Pescoço longo e bonito. Pele suave, de porcelana. Cabelo como seda. Não precisava de uma gota de maquiagem. Mas não eram apenas essas coisas físicas. Sua elegância vinha mais de dentro do que de fora. Era o jeito como ela se portava. Se houvesse uma palavra para descrevê-la, seria *graciosa*.

Era difícil não notar sua beleza num dia comum. Mas, essa noite, ela estava realçando sua sensualidade com aquelas malditas botas pretas de cano alto e um vestido cinza sedutor que envolvia seu corpo. Eu não conseguia parar de olhá-la, e realmente esperava que ela não percebesse, porque o clima ficaria esquisito.

Carys estava fora de cogitação. Ela não precisava se envolver com alguém que não conseguia se manter em um relacionamento há quase uma década.

Ouviu isso, Deacon?

— Sabe por que mais estou feliz que tenha me contado? — ela perguntou, me tirando dos pensamentos.

— Por quê?

— Porque agora sei que, com você, não preciso fingir. Com frequência, eu tento passar a impressão de que estou bem com o que aconteceu com minha carreira, que ser mãe de Sunny compensa tudo o que eu poderia ter perdido. Mas a verdade é que estou tentando me convencer disso mais do que qualquer coisa. Alguém que perdeu a sua identidade de forma semelhante sabe bem como é, a ponto de não acreditar em tudo tão fácil assim.

— Sim — sussurrei. — Eu sei bem como é difícil.

Eu estava morrendo de vontade de abraçá-la, segurar a sua mão, afastar o cabelo do seu rosto — fazer qualquer coisa. Mas não podia. Meus olhos estavam grudados nos dela, e eu não sabia como lidar com essa atração que me consumia. Não sabia o que fazer com a porra das minhas mãos porque tudo o que elas queriam era alcançá-la e tocá-la, estar tão conectado fisicamente com ela quanto estávamos emocionalmente. Mas me contive.

Graças a Deus ela interrompeu a tensão.

— Esqueci — ela disse, de repente. — Tem bolo!

Quando ela se levantou e começou a levar os pratos para a cozinha, e também fiquei em pé.

— Deixe-me te ajudar.

Ela fez um sinal de pare com a mão.

— Não. Fica. Quanto menos pessoas na cozinha, melhor. Se Sunny acordar, ela nunca mais vai te deixar em paz, e então você não vai conseguir comer o bolo.

Enquanto eu sentava no sofá, ri sozinho. Não dava para equilibrar Sunny em uma mão enquanto provava o bolo com a outra. *Não se pode ter tudo na vida. A vida não é só sobremesa.* Esse ditado era perfeito para a situação. Eu poderia continuar essa amizade com Carys sem dar a ela a impressão errada? Eu queria manter o que quer que isso fosse, mas dada essa crescente atração por ela, isso seria possível? Precisava ser cuidadoso, talvez dar um passo para trás.

Carys voltou para a sala de estar carregando dois grandes pedaços de bolo de chocolate. Ela me entregou o meu e se sentou. Fiquei observando Carys comer uma garfada enorme e gemer.

— Desculpa. Eu me empolgo um pouco com chocolate. — Ela riu, cobrindo a boca.

Olha, eu também fico um pouco animado te vendo comer. E ainda assim, continuei a encará-la, antecipando cada vez que ela abriria a boca, curtindo cada pequeno som que lhe escapava.

Quanto mais eu olhava para ela, mais desejava poder tê-la visto dançar.

— Você ainda dança?

Seus olhos se estreitaram.

— Como assim?

— Eu sei que você não dança profissionalmente. Mas ainda... dança... quando está sozinha... para si mesma? Talvez essa seja uma pergunta boba. Me desculpa.

— Não, sem problemas. — Ela limpou a boca. — Na verdade, às vezes eu danço. Só para ter certeza de que ainda consigo. Não como se eu estivesse em um palco, mas sim, às vezes coloco as sapatilhas de ponta e faço um arabesque em frente ao espelho. — Ela ficou um pouco vermelha. — Não acredito que estou admitindo isso.

— Acho incrível. O que é um arabesque?

Ela apontou para a foto emoldurada na estante.

— Arabesque é o que estou fazendo naquela foto ali. É uma das posições mais difíceis, embora possa parecer fácil. Devo dizer, não é fácil fazê-la da forma *correta*. O giro perfeito... o erguer para a frente, o cotovelo relaxado... o posicionamento perfeito do braço. Nenhuma pessoa faz exatamente igual, porque o corpo de cada um é diferente. — Ela balançou a cabeça. — Enfim, estou divagando. — Revirou os olhos. — Eu sou a nerd do balé.

Ela era tão fofa, porra.

— Sua paixão é palpável. Só porque você para de fazer algo todos os dias, não significa que não pode sentir amor por aquilo. Está dentro de você.

Ela hesitou.

— Você gostaria de... — Então ela sacudiu a cabeça. — Deixa pra lá.

Meu coração acelerou. O que ela ia perguntar? Eu precisava saber.

— Me fala o que você ia dizer.

As bochechas dela ficaram mais vermelhas.

— Você gostaria de assistir a um vídeo meu dançando?

Alívio tomou conta de mim. *Jesus.* Por um momento, pensei que ela fosse perguntar se eu queria *outra coisa.* Realmente pensei que ela ia me perguntar se eu queria ir para o quarto dela? *Jesus Cristo, Deacon*. Pare de pensar besteira, caralho.

— Eu adoraria — eu disse.

— Tenho uma das antigas apresentações em DVD. Não assisto há anos.

— Me mostra. Estou morrendo de vontade de assistir.

Ela se levantou.

— Tudo bem, deixe-me pegar.

Enxuguei as palmas das mãos suadas na calça enquanto ela saía em busca do DVD.

Quando voltou, eu poderia jurar que vi sua mão tremendo enquanto ela colocava o CD no aparelho de DVD.

— Está nervosa porque vai me mostrar?

Carys sorriu de um jeito tímido.

— Um pouco.

— Não fique.

Ela apertou o play. No começo, a câmera estava tão longe que era difícil dizer qual dançarina era ela.

— Sou fácil de identificar. Estou de preto — ela explicou, apontando para a tela. — Estávamos apresentando *O Lago dos Cisnes.*

— O Cisne Negro. Eu não conheço balé, mas sei o suficiente para saber que você é o Cisne Negro.

— Você deve ter visto o filme com a Natalie Portman. — Ela riu.

— Na verdade, eu vi, sim. — Fiquei hipnotizado. A música orquestral, a iluminação; era coisa profissional.

Um cara de collant levantou Carys no ar, suas pernas se abrindo com uma impressionante flexibilidade. Depois de pousar, ela girou com uma bela precisão. Seu sorriso exalava confiança e orgulho enquanto ela se erguia nas pontas dos pés e levantava os braços como se alcançasse as estrelas. Ela *era* uma estrela. E ver isso reforçava a perda que ela sofreu. Isso não fora um hobby. Era um propósito. Meu coração se partiu ao saber que havia sido tirado dela.

Seu parceiro quase parecia só uma ferramenta para mostrar o talento de Carys. Ele a guiava, mas ela era o foco. Ela realmente brilhava quando dançava sozinha. Sem o cara invadindo o seu espaço, Carys girava livre como um pássaro. Impecável.

— É como se eu pudesse sentir as suas emoções — falei. — Não apenas olhando suas expressões, mas em seus movimentos.

— Esse é praticamente o maior elogio que você poderia me dar.

— Sério?

Ela assentiu.

— Um das minhas professoras costumava dizer que essa era a diferença entre ser um bom e um excelente dançarino. Ela dizia que o nosso propósito em uma apresentação não era apenas mover os nossos corpos ou entreter, mas expressar as emoções através da dança. Então, no mundo ideal, esses sentimentos também seriam experimentados por quem assistisse. Enquanto eu dançava, sempre tentava me lembrar disso.

— Linda pra caralho. — Meus olhos encontraram os dela. — De verdade.

Eu não estava querendo dizer a *dança*. Era a *ela* quem eu me referia.

Seus olhos brilharam.

— Obrigada.

Pela primeira vez em muito tempo, senti vontade de chorar, e isso não tinha nada a ver com minhas próprias merdas. Que perda tremenda ela sofreu — o mundo sofreu no dia em que essa mulher parou de se apresentar. As emoções que me atingiam eram fortes demais. Estava na hora de eu ir embora antes que fizesse ou dissesse algo de que me arrependesse. Não queria ser rude e ir embora antes que ela desligasse o vídeo. Mas decidi sair na primeira oportunidade.

— Fiquei impressionado com o seu talento — eu disse quando o vídeo terminou. — Obrigado novamente por me mostrar.

— De nada.

Carys guardou o DVD na capa e olhou para ele por um momento antes de fechá-lo.

— Acho que eu deveria voltar para casa — falei.

Ela pareceu surpresa.

— Ah... tá. Sim. Está ficando tarde, eu acho.

— Sim.

Nós ficamos de pé e nos encaramos. Alguns segundos tensos se passaram — segundos tensos em que a coisa certa a fazer parecia algo como beijá-la, mesmo que eu soubesse que seria muito errado.

Carys esfregou os braços.

— Obrigada por vir.

— Está brincando? Obrigado por me receber, por preparar essa comida incrível, por ouvir sobre o meu passado triste e, mais do que tudo, por compartilhar o vídeo comigo. Significou muito pra mim.

— Depois do que você me contou hoje à noite, eu me senti mais à vontade.

— Sim. — Eu sorri e, depois de alguns segundos de silêncio constrangedor, acrescentei: — Bem... tenha uma boa noite.

Eu não estava preparado para ela se aproximar e me abraçar. Fiquei congelado. Mas uma vez que o choque inicial passou, relaxei em seu abraço. Sentindo o coração acelerar, me afastei antes que ficasse muito óbvio o estrago que o seu toque causava em mim.

Assenti e não disse mais nada, indo para o meu apartamento com a mente aérea.

Capítulo Oito

Carys

VOCÊ ANDOU ESPIANDO AS MINHAS COISAS?

Alguns dias se passaram antes de eu falar com Deacon de novo. Eu tinha essa sensação estranha de que ele estava mantendo certa distância porque quase ultrapassamos o limite durante o jantar — não necessariamente em caráter físico, mas com certeza em um nível emocional. Compartilhar aquele vídeo da minha performance em *O Lago dos Cisnes* foi como tirar o curativo de uma ferida que ainda não tinha cicatrizado por completo. Mas, de alguma forma, depois de deixar a ferida respirar, eu senti que não precisava mais daquele curativo. Reviver o passado, mesmo que por um breve momento, foi terapêutico. E a minha confiança em fazer isso teve tudo a ver com Deacon ter se aberto para mim primeiro.

A história que ele me contou sobre o seu passado me fez sentir menos sozinha. Nunca imaginei que o meu vizinho tão extrovertido e feliz escondesse algo tão doloroso.

Recebi uma mensagem dele na tarde de segunda-feira enquanto Sunny estava dormindo.

> **Deacon: Ei... eu recebi uma encomenda que era para você. O entregador confundiu os apartamentos. Eu abri antes de perceber que não estava no meu nome. Quer que eu deixe do lado de fora da sua porta?**

Pareceu estranho ele querer deixar do lado de fora em vez de trazer — mais uma prova de que ele estava me evitando. Isso me deixou chateada.

Carys: Sim. Claro. Obrigada.

Não conseguia lembrar que porcaria eu tinha pedido. Ultimamente, eu ficava acordada até tarde fazendo compras impulsivas de todo tipo de coisa de que eu não precisava. Comprava quase tudo on-line, porque era mais fácil para mim, então o pacote poderia conter qualquer coisa, desde comida de bebê até shampoo e absorventes.

Alguns minutos se passaram antes de eu abrir a porta e encontrar uma caixa de tamanho médio no chão. A tampa havia sido rasgada. Eu a trouxe para o apartamento e olhei o que tinha dentro.

Um pacote de chupetas.

Chips de banana.

Balinhas de alcaçuz preto.

Creme para assaduras.

Guia do autoprazer feminino.

Eu parei.

Guia do autoprazer feminino.

Meu estômago revirou.

Ai, não.

Agora eu sabia exatamente por que ele decidiu não bater à porta.

Passei o resto do dia remoendo o que Deacon poderia estar pensando de mim por ter pedido aquele livro. Não sei por que isso me incomodava tanto. Era porque me fazia parecer solitária ou desesperada? Ou era apenas a vergonha de precisar de um guia sobre como me tocar, em primeiro lugar? O livro parecia uma boa ideia naquela noite às duas da manhã. Agora? Nem tanto.

Eu queria poder esquecer o assunto. Mas eu me conhecia. Na próxima vez que visse Deacon, a preocupação estaria estampada no meu rosto. Eu ia agir toda esquisita. E em algum momento, iria gaguejar sobre como me sentia em uma tentativa pouco articulada de me explicar.

Seria melhor enfrentar a situação com calma e acabar com o constrangimento de uma vez. Peguei o celular da mesinha de cabeceira e deslizei pela tela até o nome de Deacon surgir.

Carys: E aí?

Ele respondeu quase imediatamente.

Deacon: E aí? Tudo bem? Você não é de mandar mensagem a essa hora.

Carys: Tudo certo. Você está na rua?

Deacon: Na verdade, estou na cama.

Carys: Te acordei?

Deacon: Não. Estava assistindo a um documentário qualquer. O que houve?

Meus dedos hesitaram sobre as letras antes de eu reunir coragem para digitar.

Carys: Você andou xeretando as minhas coisas?

Aff. Isso não saiu como eu queria. Ou talvez essa fosse a maneira perfeita de iniciar essa conversa que tinha tudo para ser muito bizarra.

Claro, ele não ia deixar passar.

Deacon: Hã? KKK

Obrigada por fingir que não escrevi isso, Deacon. Reformulei.

Carys: Acho que você viu o que estava dentro da caixa que deixou aqui mais cedo.

Minha pulsação acelerou enquanto os pontinhos flutuavam.

Deacon: Sim e, tenho que dizer, estou bastante surpreso.

Meu coração bateu contra o peito. Mas antes que eu pudesse responder, ele enviou outra mensagem.

Deacon: Não sabia que você gostava de alcaçuz preto. Pior doce de todos.

Ai, meu Deus.

Carys: Legal da sua parte tentar fingir que não viu o livro.

Eu fechei os olhos com força e me encolhi.

Deacon: Qual livro? ;-)

Carys: O emoji piscando te entregou. Você sabe qual livro.

Deacon: Não tinha planos de mencioná-lo. Não é da minha conta.

Carys: Só queria falar disso antes que você o fizesse. Estou um pouco envergonhada.

Deacon: Eu não teria tocado no assunto. E se tocasse, com certeza nunca te envergonharia por ler sobre uma coisa que é tão natural. Não só seria muito errado da minha parte, como também hipócrita.

Carys: Hipócrita... porque você tem um livro similar? Kkk

Deacon: Não. Porque a autossatisfação é um dos meus passatempos. Sou muito bom nisso.

Carys: Então, presumo que você não precise de um livro.

Deacon: Eu poderia ESCREVER a porra do livro.

Bem, então...

Carys: Sei que não tenho nada do que me envergonhar, mas ainda me sinto esquisita por você ter visto.

Deacon: Por quê?

Carys: Porque parece que não sei dar conta da minha própria vagina! Não sou completamente ignorante no assunto. Só pensei, sabe, já que sou só eu... preciso encontrar formas de me motivar. Pensei em dar uma lida. Ver o que diz. Parecia uma boa ideia às duas da manhã.

Deacon: Você já deu uma folheada no livro?

Carys: Não.

Deacon: Eu dei.

Merda. Isso é pior do que eu pensava.

Carys: É mesmo?

Deacon: Sim. E não acho que seja do que você precisa.

Carys: O que quer dizer?

Deacon: Quer falar sobre isso mesmo?

Carys: Já não estamos falando?

Deacon: Ok. Só queria ter certeza, porque você parecia envergonhada há um minuto.

Carys: Já superei. O que você leu?

Deacon: O livro é muito clínico. Os passos que ela descreve... tem muita coreografia. Sendo sincero, eu estava entediado quando deveria estar excitado. Se preocupar em que porra de lugar você tem que colocar a sua mão não vai te ajudar a chegar lá.

Carys: É. Não parece o tipo de livro com que eu queira perder o meu tempo.

Deacon: Tenho quase certeza de que o que você precisa é relaxar com uma boa taça de vinho e um filme pornô bem gostoso. O livro que você comprou vai te fazer pensar demais. O que você precisa é NÃO pensar. Chegar lá não é tanto sobre técnica. É sobre se perder até que você não consiga resistir e tenha que se tocar. Quando isso acontecer, porra, não vai importar a forma como está fazendo.

De repente, o quarto ficou muito quente. Meus mamilos endureceram enquanto eu relia aquela última mensagem algumas vezes.

Deacon: Essa é só a minha opinião.

Carys: É isso que você faz quando está sozinho? Toma vinho e assiste pornô?

Deacon: Às vezes.

Carys: Você sempre precisa de pornô para chegar lá?

Deacon: Não. Depende do meu humor. Às vezes não preciso de nada.

Carys: Tipo quando?

Deacon: Quando estou excitado por causa de alguém ou algo que aconteceu. Ou às vezes, estou excitado sem motivo. Se estou estressado, posso precisar de um pouco mais de ajuda.

Carys: Entendi.

Se ele soubesse o quanto essa conversa me deixou excitada. Até aquele exato momento, acho que não tinha percebido o quanto eu precisava transar. Os músculos entre as minhas pernas doíam. Isso era irônico, porque comprovava o argumento dele. Se você estiver excitado o suficiente, a mecânica não importa. Eu sabia que se me tocasse agora, poderia chegar lá — tudo por causa da conversa e do fato de que agora eu estava imaginando como Deacon ficava quando dava prazer a si mesmo.

Havia muito mais que eu queria saber: o que exatamente o deixava excitado, quem o havia excitado pela última vez, o que ele pensava nos momentos em que se satisfazia sozinho. Eu não precisava da porcaria de um livro. Eu precisava de mais *dessa* conversa — mas não ousaria pedir.

Em vez disso, amarelei antes de fazer papel de idiota.

Carys: Vou dormir. Obrigada pelo papo.

Os três pontinhos se moveram por muito mais tempo do que o usual.

Deacon: Tenha bons sonhos.

Alguns dias depois, uma caixa chegou ao meu apartamento. Dada a minha inclinação atual por compras on-line, mais uma vez eu não tinha ideia do que poderia conter.

Quando a abri e vasculhei o interior, nem tinha certeza do que estava segurando. Parecia ser uma calça de couro masculina com a parte da bunda cortada.

Que porra é essa?

Então notei o nome no recibo de cobrança. Deacon. Embora o endereço fosse o meu.

Ainda mais confusa, peguei o telefone. Nem consegui digitar a pergunta sem rir.

Carys: Você encomendou uma calça de couro com a bunda de

fora e a enviou para o meu apartamento?

Deacon: Nossa. Ela chegou rápido.

Carys: Então não foi um mal-entendido? Será que eu quero saber o que você vai fazer com ela?

Deacon: É um presente para o meu amigo, Adrian. Nós sempre enviamos coisas estranhas um para o outro como pegadinha. Ele estava reclamando que não tinha nada para usar em uma festa à fantasia que ele vai. Então, voilà.

Carys: E você pensou em enviar para MIM porque...???

Deacon: Só queria ver a sua reação. Além disso, achei que isso nos deixaria quites. Você, sem querer, enviou um livro sobre masturbação para mim. E agora eu enviei uma calça de couro que não cobre a bunda pra você.

Carys: Isso foi muito atencioso da sua parte.

Deacon: Obrigado. Só estou tentando ser um bom amigo. ;-)

Então aconteceu a pior coisa que poderia ter acontecido. Eu pretendia enviar o emoji de risada. Em vez disso, meu dedo acertou o emoji... da língua.

Aff! Estava nos emojis usados recentemente, já que eu havia respondido a Simone mais cedo depois que ela me enviou uma foto da sobremesa dela. Enviei a língua em resposta à calça de couro que tinha a bunda de fora.

Deacon: Tudo bem aí???

Carys: Desculpa! Emoji errado! Meu dedo escorregou. Era para ser um emoji rindo.

Deacon: Ah, então você não gosta de lamber bundas.

Meu queixo caiu.

Deacon: Não que haja algo de errado com isso.

Eu estava mortificada.

Deacon: Exagerei?

Carys: SIM. Só um pouquinho, Rei do Excesso de Informações.

Deacon enviou um emoji da boca com o zíper.

Eu joguei o telefone no sofá, ainda envergonhada — mas gargalhando.

Capítulo
Nove

Carys
SOMOS APENAS AMIGOS

O outono passou voando e, antes que eu pudesse perceber, o inverno chegou em Nova York. Não conseguia acreditar que eu tinha uma bebê de nove meses. Nos últimos dois meses, a minha amizade com Deacon se fortaleceu, mas ainda era apenas isso — uma amizade e nada mais.

Ele escolheu não voltar para Minnesota no Natal, preferindo ir a Vail numa viagem de esqui com amigos de Nova York. Enquanto ele estava fora, minha mãe veio da Flórida para uma visita de dois dias. E foi o suficiente. No final da estadia dela, eu já não aguentava mais as críticas sobre a minha maneira de criar a minha filha e perguntas ignorantes sobre Sunny. Amo a minha mãe, mas só consigo tolerá-la até certo ponto.

Agora era janeiro, e eu estava ansiosa pelo que o novo ano traria. Meu trabalho estava indo bem e Cynthia tinha me dado mais responsabilidades.

Como eu estava trabalhando no escritório hoje, encontrei Simone para um almoço rápido. Não nos víamos há muito tempo, então tínhamos muito assunto para colocar em dia. Só agora contei a ela sobre o dia em que Deacon teve que cuidar de Sunny — o dia em que ele me salvou.

Simone secou a pizza com um guardanapo para absorver a gordura.

— Não acredito que ele cuidou dela o dia todo. Que guerreiro.

— Sim. Foi incrível.

Ela franziu a testa e examinou o meu rosto.

— Você gosta dele...

— Não. — Balancei a cabeça e menti. — Não desse jeito.

Diz a pessoa que ainda se toca lendo a conversa sobre masturbação dois meses depois.

— Por que não?

— Porque ele é um amigo. Não funciona assim entre nós.

Dei uma mordida na pizza.

— Está tentando se convencer disso, é?

— Infelizmente, não — falei, de boca cheia. — Deacon teve muitas oportunidades de agir e fazer qualquer coisa. Ele não está interessado em mim romanticamente.

— Mas você gosta dele, e gostaria que ele fosse o seu namorado se soubesse que está interessado, não é?

Senti um calor subir de repente, e soltei:

— Namorado? Deacon? Deacon é o *anti*-namorado.

— O que isso significa?

— Significa que ele é o oposto de alguém que se acomodaria em um relacionamento, se é que vai sossegar algum dia. Ele ama muito a vida de solteiro.

Simone me encarou, parecendo enxergar além da minha atitude defensiva que buscava esconder os meus sentimentos. Mesmo assim, eu não admitiria que as minhas esperanças já haviam sido frustradas muitas vezes.

Tomando um longo gole de água, decidi ser meio honesta.

— Tenho uma quedinha por ele, tá? Admito. Uma queda bem grande, aliás. E talvez às vezes a gente flerte um pouco, mas isso não significa que eu espere que vá dar em alguma coisa. Nós dois estamos em momentos diferentes da vida. O que um homem solteiro vivendo em Nova York poderia querer com uma mulher que tem uma bebê?

— Não seja tão cruel consigo mesma. Você é muito bonita. E não parece que ele se importaria de ter Sunny por perto. — Ela inclinou a cabeça. — Quantos anos ele tem?

— Vinte e nove.

— Humm. Então, chegando nos trinta, né? Como você sabe que ele não mudaria ou amadureceria a ideia de querer uma família? Ele parece ser bom com crianças.

— Ok. Agora você está levando isso longe demais. — Eu ri. — Ser um vizinho prestativo e um cara legal não significa que ele quer a verdadeira responsabilidade que estar comigo traria. Ele tem mulheres suficientes sem um passado complicado fazendo fila na porta dele.

O rosto dela ficou sério.

— Você não sabe se ele não ia querer Sunny.

Suas palavras fizeram meu coração ficar apertado. Só de pensar em qualquer homem não querendo a minha filha, ou pior, alguém iludindo-a e indo embora, me deixava muito triste.

— Eu meio que *sei*, Simone. Ele deixou claro de formas sutis que não quer nada comigo, com a gente, desse jeito. Ele sai com pressa sempre que as coisas ficam um pouco tensas entre nós. A resposta está na linguagem corporal e no comportamento dele. Ele não precisa dizer nada para eu saber como ele se sente. E está tudo bem. Somos apenas amigos. Honestamente? É muito bom ter alguém para quem eu possa recorrer que está bem ao lado sem eu ter que me preocupar com as complicações.

— Ah, é uma pena. Acho que vocês formariam um belo casal.

Senti o rubor subir e olhei para baixo, para o meu telefone.

— Merda. Tenho que ir. Vou me atrasar na volta para o escritório.

— Um bom jeito de escapar de uma conversa desconfortável.

Eu ri enquanto me levantava da mesa e deixava uma nota de vinte na frente dela.

— Isso deve cobrir mais do que o suficiente. Vou te ligar. Vamos fazer isso de novo em breve.

Quando voltei, Cynthia perguntou se eu poderia acompanhar um de nossos possíveis investidores, Neil Spectra, pela cidade durante o resto da tarde. Era para ela fazer isso, mas aparentemente tinha que ir para casa por causa de uma emergência familiar.

Neil era o filho de Albert Spectra, um multimilionário que havia contribuído generosamente para as artes ao longo dos anos. Dizia-se que a esposa de Albert, Ginny, havia falecido recentemente e solicitado que parte de seu dinheiro fosse para uma das duas principais companhias de balé de Nova York. Mas parece que cabia ao filho dela, Neil, decidir qual companhia receberia os fundos.

Visitamos uma nova exposição no Met e ele manifestou interesse em tomar um café depois para fazer algumas perguntas sobre a empresa. Sugeri que fôssemos a Starbucks perto do meu apartamento para não me atrasar para chegar em casa. Neil tinha um motorista, então eu realmente não estava causando transtorno algum para ele.

No entanto, enquanto chegamos a Starbucks, parecia que Neil estava mais interessado em *me* conhecer do que em saber mais sobre o City Ballet.

— Carys, espero que não se importe de Cynthia ter me contado um pouco sobre a sua história com o concorrente do City, o Manhattan Ballet. Fiquei intrigado em entender o seu passado.

— Sim, tenho boas lembranças do meu tempo lá, tanto como dançarina quanto nos bastidores.

— Eu estava esperando, já que você tem experiência com ambas as companhias, que eu pudesse consultar a sua opinião.

Sentindo-me insegura sobre para onde isso estava indo, assenti enquanto tomava um gole do meu latte.

— Claro.

Ele juntou as mãos.

— Esta decisão é muito importante para mim. Significava muito para a minha mãe. Ela cresceu nesta cidade com origens muito humildes, e um dos raros luxos que ela tinha era ir ao balé com a avó. O balé a ajudou em momentos difíceis quando minha avó estava doente. Então, como você sabe, no testamento, ela pediu que uma doação significativa fosse feita à companhia que escolhêssemos.

— Se você não se importar que eu pergunte, por que acha que ela seria contra dividir o dinheiro entre as duas companhias de balé?

— Não tenho certeza. Acho, talvez, que ela imaginou que um montante maior dado a uma companhia poderia fazer uma diferença maior. Ela pediu que fosse para a companhia que achássemos que mais merecia. Tenho que seguir o desejo dela.

— Entendo.

— Não sou tão versado nas artes quanto minha mãe era. Mas meu pai me encarregou de supervisionar essa decisão. Aprendi muito visitando as duas companhias, e essa experiência me deu uma maior apreciação por algo que minha mãe amava tanto.

— Bem, somos muito gratos pela sua consideração. Acho seguro dizer que não há decisão errada.

Ele deu um gole no seu espresso.

— Tenho que dizer, você é muito mais benevolente do que o seu concorrente.

— Por que diz isso?

— O cavalheiro com quem conversei lá pareceu apontar todas as razões pelas quais eu não deveria dar meu dinheiro ao City, em vez de tentar me convencer de que a companhia dele era a melhor escolha. Isso me desanimou um pouco, para ser honesto.

Charles. Tinha que ser ele, mas não ousaria mencionar o seu nome para não ter que envolver Neil em um assunto pessoal.

— De qualquer forma, hoje foi um... sopro de ar fresco em comparação — ele garantiu. — E isso se deve principalmente a você.

Ele com certeza estava me dando a impressão de que poderia estar interessado em algo mais do que apenas a minha experiência no balé.

Alguns minutos depois, fiquei surpresa ao ver Deacon entrar. Bem, não deveria ter sido uma surpresa. Ele frequentava aquela Starbucks diariamente, mas era raro eu estar ali.

Quando me viu, seus olhos se arregalaram.

— Carys... oi. — Ele virou-se para Neil e estendeu a mão. — Sou Deacon, o vizinho de Carys.

— Neil Spectra.

Deacon assentiu algumas vezes antes de se virar para mim.

— Não esperava te ver aqui a esta hora do dia. Pensei que estivesse do outro lado da cidade, no trabalho.

— Estou... no trabalho, na verdade. Neil é um possível investidor. Então, estamos em uma reunião de negócios. Só viemos para cá porque eu queria chegar em casa a tempo.

— É uma reunião de trabalho — Neil interrompeu. — Mas Carys fez um trabalho e tanto em me fazer esquecer que isso ainda se trata de negócios. É um prazer tê-la por perto.

Deacon olhou para Neil por alguns segundos.

— Vou ter que concordar com você. — Ele olhou para mim e assentiu. — Olha só, vou deixar vocês voltarem à reunião. Vou só pegar um cappuccino e voltar pra casa.

— Tudo bem... — Eu sorri. — Até mais.

Deacon seguiu para a fila. Era minha imaginação, ou esse encontro foi um pouco constrangedor? Meus olhos vagaram até onde Deacon estava no caixa. Ele parecia inquieto enquanto esperava a bebida. Me perguntei se o incomodava me ver com Neil. Talvez eu desejasse tanto isso que estava imaginando coisas.

Alguns minutos depois, Neil estava falando quando Deacon passou por nós com o seu café. Em vez de interromper para se despedir, ele deu uma piscadinha para mim antes de sair pela porta. Meus olhos permaneceram na saída. Eu me perguntei se Deacon pensava que havia algo acontecendo entre mim e Neil.

Foi como se Neil pudesse ler minha mente.

— Então, espero que isso não pareça inapropriado, Carys, mas gostei mesmo da sua companhia, e estava me perguntando se, talvez, antes de eu voltar para Palm Beach na próxima semana, você me permitiria levá-la para jantar.

Ai, Deus. Neil era atraente, inteligente e bem-sucedido. Era tentador aceitar a oferta. Mas não havia motivo, especialmente porque ele nem morava aqui. E misturar negócios com prazer nunca foi uma boa ideia, como eu havia aprendido da maneira mais difícil.

— É um convite muito gentil, e estou lisonjeada, mas não acho que eu esteja disponível. Não sei se Cynthia mencionou, mas tenho uma filha pequena. Sou mãe solo. Então, não é fácil conseguir uma babá de última hora.

Seus olhos se arregalaram, e pela primeira vez, Neil pareceu ficar sem palavras.

— Cynthia não mencionou isso, não... — ele finalmente falou. — Você é tão jovem. Eu nunca imaginaria...

— Sim. Minha filha foi uma surpresa.

Poderia ter usado essa oportunidade para contar a ele que o homem com quem ele se encontrou na companhia concorrente era também o pai irresponsável da minha filha, mas não fiz isso. E Neil não tentou me convencer a sair com ele depois da minha revelação. Parece que o fato de eu ter uma criança já era impeditivo o suficiente.

Ficamos na Starbucks pela maior parte da próxima hora enquanto a conversa voltava para os negócios. Ele me questionou sobre a minha história como dançarina e pediu a minha opinião honesta sobre como o dinheiro poderia ser usado nas duas companhias.

Quando finalmente deu cinco horas, fiquei aliviada por ter que andar apenas um quarteirão até a minha casa.

Assim que cheguei à porta, fiquei surpresa ao ouvir música tocando dentro do meu apartamento.

E não era qualquer música. A música era antiga: *How Deep is Your Love*, dos Bee Gees.

Bee Gees?

Eu só os conhecia porque minha mãe adorava ouvi-los durante a minha infância.

Imaginei que talvez Sharon gostasse de músicas dos anos 1970 até abrir a porta e ver Deacon lá dentro. A música vinha do celular dele.

Que merda era essa?

Capítulo Dez

Deacon

O PRESENTE DE ANIVERSÁRIO

Depois de voltar para o meu apartamento, não conseguia parar de pensar em Carys e naquele cara na Starbucks. *Porra*. Por que isso me incomodou tanto? Vê-la com um homem que parecia querer devorá-la com certeza mexeu comigo. Sempre disse a mim mesmo que nada poderia surgir dessa minha atração por Carys, mas parece que não consigo desligar o ciúme. Isso era errado, porque as duas coisas não podiam coexistir. Aquele velho ditado me veio à mente de novo. *Não se pode ter tudo na vida, Deacon. A vida não é só sobremesa.*

Podia ser um encontro de negócios, mas não havia a possibilidade de Carys sair daquela reunião sem um convite para algo mais. E por que ela não aceitaria? Ele parecia ser um bom partido, merda.

Era apenas uma questão de tempo até ela começar a ter encontros, de qualquer forma. Como amigo dela, eu teria que engolir as minhas emoções. Ela tinha necessidades — como o livro sobre masturbação havia provado. O que deixei de contar para ela, naquele momento, era que ela precisava de um sexo gostoso bem mais do que qualquer masturbação bem-feita, quer ela percebesse isso ou não. Só que eu não podia ser o cara que daria isso a ela. Mas também não ia encorajá-la a sair e conseguir transar com algum idiota que não a merecia.

Meu café estava frio, e tentei me forçar a trabalhar, mas não conseguia me concentrar. Não porque estava pensando em Carys. Mas por causa de Sunny. Ela não parava de chorar. Sharon estava com ela no apartamento ao lado, então eu sabia que a bebê estava em boas mãos, mas quando o choro não parou depois de trinta minutos, decidi ir até lá para ter certeza de que estava tudo bem.

Sharon abriu a porta, parecendo esgotada. Já tínhamos nos encontrado antes, então ela sabia quem eu era, e Carys sempre lhe disse para me chamar em caso de emergência.

Ela ergueu a mão, carregando Sunny com o outro braço.

— Não consigo fazê-la parar de chorar. Troquei a fralda, alimentei, não entendo. Ela nunca ficou assim antes.

Encostei o dorso da mão na testa de Sunny.

— O que foi, Sunny? — Ela não estava quente nem nada. Peguei-a do colo da Sharon.

O choro dela foi diminuindo até parar.

— Ah, não, você não pode fazer isso. Não podemos seguir por esse caminho. Precisa haver outra maneira de fazer você parar de chorar.

Sharon pareceu se divertir.

— Ela sempre para de chorar quando você a segura?

— Na maioria das vezes, sim.

— Que gracinha.

— É, até você não conseguir tirá-la do colo.

Quando a coloquei no balanço, o choro recomeçou. Eu estava determinado a ajudar Sharon a encontrar uma solução que não envolvesse eu ficar com Sunny no colo.

Peguei o celular e deslizei até o meu aplicativo de streaming de música.

— Vamos encontrar algo de que você goste — eu disse, me ajoelhando ao lado de Sunny.

Música após música, nada pareceu parar o choro — até que cheguei à estação dos anos 1970. *Stayin' Alive*, dos Bee Gees, estava tocando.

Os olhos da pequena Sunny se arregalaram enquanto ela ouvia. Comecei a balançar a cabeça ao ritmo da música e observei enquanto ela ficava em silêncio e satisfeita.

— Encontramos uma música favorita? — Sharon perguntou.

Quando a música terminou, uma canção da Donna Summer começou, e Sunny não gostou. Ela começou a chorar alto. Então, tentei um pequeno experimento. Coloquei a mesma música dos Bee Gees no YouTube, e, claro, Sunny parou de chorar. Quando terminou, o próximo vídeo era outra música de um artista diferente. E, de novo, ela voltou a chorar.

Os Bee Gees definitivamente tinham um som único. Me perguntei se ela gostava da música em si ou do timbre de suas vozes. Então, coloquei *How Deep is Your Love*, uma balada mais lenta. Sunny novamente se acalmou e ouviu com atenção.

Tá brincando? Isso é incrível.

Àquela altura, baixei o álbum completo de *Os Melhores Sucessos dos Bee Gees* no meu telefone.

Então, Carys entrou. Não podia imaginar o que ela estava pensando.

— O que está acontecendo? — Ela pareceu preocupada. — Por que você está aqui, Deacon?

— Deacon é um gênio — Sharon contou. — Ele descobriu que Sunny gosta dos Bee Gees. Ouvir a música deles a faz parar de chorar. Da casa dele, ele pôde ouvi-la e veio ajudar.

— Então, ela parou de chorar quando a peguei no colo, mas eu não queria encorajar esse hábito — expliquei. — Decidi tentar algo novo. Mas parece que a única coisa de que ela gosta é dos Bee Gees.

A boca de Carys se abriu.

— Bee Gees? Eles são tão antigos! Como você pensou nisso?

— Foi sorte — falei. — Eles só começaram a tocar. Foi quando ela se acalmou.

— Isso é tão bizarro. Mas... obrigada por descobrir.

— Baixei o álbum inteiro deles. Vou te passar também, para você ter.

Depois que Sharon saiu, continuamos com o álbum tocando. Carys caminhou até o balanço para beijar a cabeça de Sunny. Depois, tirou os saltos e se jogou no sofá, colocando os pés na mesa de centro. Tive vontade de pegar seus pés e massageá-los, mas me contive.

— Que dia. — Ela suspirou.

— De um jeito ruim?

— Aquele cara que você viu comigo é um grande investidor em potencial. Cynthia o jogou para mim porque teve uma emergência familiar. Foi angustiante tentar causar uma boa impressão.

— Me pareceu que você causou a ele uma *excelente* impressão.

— É, tanto que ele me convidou para sair.

Engoli em seco.

— Sério?

Ela assentiu.

— Mas esse interesse evaporou assim que mencionei que tinha uma bebê.

Apesar do ciúme, fiquei realmente ofendido por ela, o que parecia hipócrita vindo de mim — um cara que não queria ter filhos.

Minha mão se fechou em um punho.

— Ele disse alguma coisa ruim?

— Não, não. Nada disso. Mas o tom dele mudou. Passou de sedutor para um pouco mais resguardado. — Ela balançou a mão no ar, despreocupada. — Não importa. Eu não sairia com ele, de qualquer jeito.

Não deveria ter ficado aliviado ao ouvir isso. Eu deveria querer que ela encontrasse alguém que a fizesse feliz. Em vez disso, o egoísta que vivia em mim estava aliviado que ela não queria nada com aquele otário rico.

— Preciso de uma taça de bebida do tamanho da minha cabeça esta noite — ela disse. — E eu nem bebo muito.

— Depois que Sunny for dormir, você deveria beber. Você merece.

Ela se virou para mim.

— Olha... obrigada por ter vindo ajudar hoje. Não era a sua responsabilidade.

— Bem, agora que conheço Sunny, é difícil ignorá-la quando ela está chorando. Estou feliz por termos descoberto algo que possa acalmá-la.

Nossos olhos se encontraram por alguns segundos antes de ela perguntar:

— Planos para esta noite?

Hesitei em responder. Eu tinha planos — com uma mulher que conheci on-line. Embora não pudesse dizer que estava muito animado.

— Ah... só um jantar.

Uma de suas sobrancelhas se ergueu.

— Alguém interessante?

— Não sei. O veredito ainda não saiu. Não a conheci pessoalmente.

— Entendi. — Ela brincou com um fiapo no sofá. — Olha... se não der certo... sabe... se ela não passar no teste para ir até a sua casa e... jogar *Parcheesi*, talvez você possa passar aqui e tomar um drink tarde da noite comigo.

Jogar Parcheesi. Eu me lembrava de ter usado isso uma vez como metáfora para sexo.

— É. Talvez — respondi, suando um pouco frio e me sentindo estranhamente ansioso. *Isso* parecia diferente. Será que era só coisa da minha cabeça?

Carys não tinha ideia do quanto eu queria poder jogar Parcheesi com *ela* esta noite.

O nome dela era Allie, ela trabalhava na companhia de saneamento e gostava de bares de karaokê. Isso foi tudo o que o meu cérebro registrou. O resto entrou por um ouvido e saiu pelo outro.

Adoraria acreditar que eu só não estava tão interessado nela, mas sabia que era mais do que isso; não conseguia parar de pensar em Carys — no convite dela e se eu aceitaria. Além daquele jantar, nossos encontros sempre eram durante o dia — inocentes. Ela me convidar para tomar um drink no fim da noite parecia diferente.

Allie era atraente o suficiente. Se fosse em outra época, talvez eu a levasse para minha casa para um drink. Mas eu não estava interessado esta noite. Acredite, eu *queria* estar.

Enfim chegamos ao ponto da noite em que precisávamos deixar o restaurante e decidir o próximo passo. Allie fez a pergunta que me forçou a tomar uma decisão.

Na calçada, ela jogou os cabelos loiros e cacheados para o lado.

— Quer passar no meu apartamento? É pequeno, mas aconchegante. Poderíamos tomar uns drinks lá, em vez de irmos a outro lugar.

Código para: quer transar lá em casa?

Eu quase ouvi o tique-taque na minha cabeça enquanto meu cérebro formulava uma resposta.

— Sabe, eu tenho um compromisso amanhã cedo. Então é melhor eu ir para casa.

— Ah. — A decepção ficou estampada em seu rosto. — Que pena. Eu gostaria de ter passado mais tempo com você.

— Quem sabe na próxima vez. — Forcei um sorriso.

— É. — O tom dela demonstrou que ela sabia que não haveria uma próxima vez.

Assim que me separei de Allie, peguei um táxi de volta para casa.

Minhas palmas estavam suadas enquanto eu enviava uma mensagem para Carys do lado de fora da porta dela. Eu já tinha ido ao apartamento dela muitas vezes, mas de alguma forma aquela energia de antes permaneceu; parecia diferente desta vez.

Deacon: Ainda topa aquele drink?

A resposta veio quase de imediato.

Carys: Sim.

Deacon: Estou do lado de fora da sua porta. Não queria bater e acordar Sunny.

Alguns segundos depois, ela abriu.

— Oi.

— Oi.

Engoli em seco ao vê-la.

Carys vestia legging preta que destacava suas pernas tonificadas, e uma camiseta vintage do Bon Jovi. Seu cabelo estava úmido. Ela devia ter acabado de sair do banho. Meus olhos desceram até seus pés descalços. Suas unhas estavam pintadas de um rosa-claro, como a cor da sapatilha de uma bailarina. *Apropriado*. Ela nem estava tentando parecer bonita, e eu não me lembrava de tê-la visto tão linda quanto agora.

Não me fode.

Ela piscou algumas vezes enquanto olhava para mim.

— Não pensei que você viria.

— Por que não? — eu disse, enquanto a seguia para dentro.

— Só um pressentimento, eu acho.

Emoções conflitantes me invadiram enquanto eu a seguia, reparando no quanto minha altura excedia a de Carys. Ela estava certa em pensar que eu não havia *planejado* visitá-la. Mas estava errada ao presumir que era porque eu estava mais interessado em sair com outra pessoa. Era justamente o oposto. Eu não só estava fisicamente atraído por essa mulher, como me conectava com ela de uma maneira que nunca tinha sentido. Isso me assustava.

— Ela conseguiu dormir bem? — perguntei.

— Humm? — Carys pareceu tão absorta quanto eu.

— Sunny. Sunny dormiu bem?

— Ah. Você quer dizer depois de ouvir várias e várias vezes o álbum inteiro de *Os Melhores Sucessos dos Bee Gees*? Sim.

— De nada? — brinquei.

Carys bocejou enquanto ria.

— Você disse que toparia um drink — falei —, mas tenho a impressão de que estou chegando tarde na festa.

Ela balançou a cabeça.

— Acho que meu corpo está cansado, mesmo que meu cérebro não esteja. O dia de hoje me exauriu. Não estou com vontade de dormir, mas não tenho certeza se quero beber tão tarde da noite. — Ela revirou os olhos. — Meu Deus, tenho vinte e cinco anos e pareço uma velha.

— Vinte e cinco? Estou perdendo alguma coisa? Quando foi que você fez vinte e cinco anos?

Ela olhou para os pés.

— Hoje.

O quê? Arregalei os olhos.

— Carys... hoje é o seu aniversário?

— Sim.

— Por que não me disse?

Ela deu de ombros.

— Porque não queria que você se sentisse obrigado a ficar comigo. Queria que escolhesse vir aqui porque queria tomar um drink, não porque sentia pena de mim no meu aniversário.

Uau. Se eu soubesse, *com certeza* teria cancelado meus planos.

— Posso confessar? — perguntei.

— Sim.

— Não vim por causa do drink — admiti. — Vim porque queria estar com você. Mas se eu soubesse que era o seu aniversário, com certeza teria vindo mais cedo. Poderíamos ter pedido comida do Ichigo. Queria que você tivesse dito.

Foi a declaração mais honesta que fiz sobre meus sentimentos desde que nos conhecemos. Talvez fosse perigoso admitir que teria largado tudo por ela esta noite, mas era a verdade.

Carys corou.

— Desculpa.

— Merda, garota, só se faz um quarto de século uma vez. — Enquanto quebrava a cabeça pensando no que fazer, cocei a nuca e caminhei em direção à porta.

Ela me seguiu.

— Aonde você está indo?

— Não se preocupe. Volto já.

Eu fiz o melhor que pude em pouco tempo. Fui a pé até duas mercearias e consegui encontrar um bolo e um presente para Carys.

Ainda me surpreendia que ela fosse deixar o dia passar em branco.

Carys olhou para o bolo que eu havia encontrado. Era provável que tivesse sido assado há alguns dias. Estava coberto com um glacê laranja e azul, o que me fez lembrar do time Florida Gators. Se eu tivesse mais tempo, talvez encontrasse um jeito de escrever *Feliz Aniversário*, Carys em cima, mas isso teria que servir.

— Então, só imagine que está escrito "Feliz aniversário, Carys-tipo-Paris", tá bom?

Ela sorriu.

— O que vale é a intenção, e foi um gesto incrível. Obrigada.

Nos sentamos no chão, comendo o bolo direto do recipiente, sem usar pratos.

— Não está ruim — falei, com a boca cheia.

— Não tenho certeza se quero saber onde você conseguiu um bolo tão tarde da noite, mas tenho que dizer, está muito bom.

Ela estava com glacê azul nos dentes, e tive vontade de trazer a sua boca até a minha e lamber até tirá-lo.

Uau.

Preciso de uma distração. Urgente.

Eu tirei do bolso o cartão-presente que havia comprado no quiosque da mercearia.

— Não havia muitas opções. Espero que você possa usar.

Ela pegou o cartão.

— Eu adoro a Macy's. Talvez um dia eu consiga deixar Sunny com a babá e passe o dia todo fazendo compras. Parece um sonho. — Ela colocou o cartão de lado e enfiou o garfo no bolo de novo. — Você gastou demais. Não precisava fazer isso. Você fez eu me sentir incrivelmente especial.

Parei de mastigar.

— Você é especial. Você se tornou uma amiga e tanto.

Lá estava eu de novo, tentando definir o nosso relacionamento, principalmente como uma maneira de lembrar a *mim mesmo* de que não podia ultrapassar os limites, embora quisesse desesperadamente agora.

— Ah! Eu esqueci! — Ela pareceu se lembrar de algo. — Também tenho algo para você. — Carys desapareceu no quarto.

Ela voltou, segurando algo que parecia ter sido feito de crochê, mas não consegui identificar.

Carys sorriu, orgulhosa.

— Sua história com o crochê me inspirou a tentar de novo. — Ela me entregou. — Eu fiz isso para você. Consegue adivinhar o que é?

Eu não queria insultá-la. Mas não parecia... nada. Uma capinha de guarda-chuva em miniatura? Que porra era aquilo? Na verdade, para ser honesto, parecia uma... meia para pênis.

— É uma camisinha de crochê? — perguntei finalmente.

Ela cobriu a boca.

— Ai, meu Deus. — Olhando para o negócio, ela continuou: — Na verdade, você está certo. É exatamente o que parece. Merda. Mas não é.

— Então, não é uma meia para o meu pau? — provoquei.

— É uma capa para os cabos das suas panelas! Você disse que se queima com as suas panelas baratas. Eu fiz uma capinha para elas. Pensei que seria um presente inteligente. Também foi fácil, comparado ao chapéu que eu estava tentando fazer. Até encontrei alguém que ensinava a fazer essas capinhas on-line e tinha toda o passo a passo bem detalhado. Mas parece que te fiz outra coisa.

Ela era tão doce. Não conseguia acreditar que se lembrava até mesmo do que falei sobre as minhas panelas.

— Na verdade, é muito legal. Quem diria que isso existia? Obrigado por pensar em mim. E prometo não tentar usar como outra coisa.

Carys corou e deu um pulo do sofá.

— Talvez devêssemos tomar aquele drink, né? Estou me sentindo animada de novo.

Lambendo o glacê dos meus lábios, concordei.

— Sim, claro.

Ela foi até a cozinha e trouxe uma garrafa grande de espumante rosé.

— É a minha última. Tinha duas garrafas guardadas há meses, desde antes de Sunny nascer. A primeira abri na noite em que descobri que consegui o emprego. Só não sei como abrir essa sem acordar Sunny.

Peguei a garrafa dela.

— Deixe-me levar a garrafa até o meu apartamento para abrir lá.

— Boa ideia. — Ela sorriu.

Depois que voltei com a garrafa aberta, nos acomodamos no sofá com nossas taças.

— Então... — Ela tomou um longo gole. — Se você está aqui... é óbvio que o seu encontro não foi tão bom quanto esperava.

Isso me incomodou, o fato de Carys pensar que ela era alguém a quem eu só recorria quando as coisas davam errado. Claro, eu dei essa impressão.

— Na verdade... — As palavras estavam na ponta da língua, que eu havia cancelado o encontro mais cedo porque queria vir para sua casa em vez disso. Mas pensei melhor antes de admitir. — É, o encontro foi meio... bleh.

Me sentindo mais confortável a cada gole, me recostei no sofá e coloquei os pés para cima. Ela fez o mesmo do outro lado do sofá, e os dedos dos seus pés descalços me provocaram. Normalmente, dedos dos pés não eram algo que me atraía. Mas os dedos *dessa mulher*? Eu queria pegar cada um deles e devorá-los. *Porra*. Eu precisava de ajuda.

Carys terminou o resto do seu espumante antes de colocar a taça no canto da mesa de centro. Então, ela olhou para o teto.

— Sabe... eu costumava imaginar onde estaria aos vinte e cinco anos. Minha vida não parece nada com o que imaginei. Mas estou bem com isso.

Virei-me para ela.

— Você deveria. Está fazendo tudo certo. É uma mãe incrível, e a sua carreira está prosperando. Alcançou mais do que a maioria das pessoas na sua idade.

Ela sorriu para mim, depois ficou olhando para o vazio por vários segundos.

— No que você está pensando? — perguntei.

— Neil, o cara com quem você me viu hoje, mencionou que, quando foi ao nosso concorrente, o Manhattan Ballet, o homem com quem ele conversou lá só falou mal de nós.

Foi como se algo me atingisse.

— O pai de Sunny...

Ela assentiu.

— Sim.

— Que idiota.

Carys suspirou.

— Eu falo muito sobre como ele abandonou a filha, mas é muito raro eu lidar com os meus sentimentos a respeito do que ele fez *comigo*. E ouvir isso hoje reabriu muitas feridas antigas.

A raiva me preencheu ao pensar como ele a havia machucado. Eu queria meter a porrada nele.

— Quer falar sobre isso?

— Na verdade, não. Eu não queria que ele fosse o foco esta noite, mas quanto mais penso no que ele pode ter dito a Neil, mais isso me deixa puta. Tenho certeza de que ele sabe que trabalho para o City Ballet agora. E qualquer pessoa imaginaria que, no mínimo, ele não tentaria prejudicar uma empresa que está sustentando a sua filha.

Fechei as mãos em punho.

— Uma coisa é ser competitivo e querer vencer. Outra é derrubar alguém.

— Exatamente. — Ela exalou e balançou a cabeça. — Enfim, me desculpe. Não deveria tê-lo trazido à conversa.

— Tudo bem. Você precisava desabafar. Pode falar comigo quando quiser.

Ela fechou os olhos por um momento.

— Eu não tinha muita experiência quando me envolvi com ele. Tive um namorado no ensino médio, em Jersey, mas o meu foco sempre foi a dança. Depois que me mudei para Nova York, saí com algumas pessoas, mas nunca foram relacionamentos em que éramos exclusivos. Charles foi o meu primeiro relacionamento sério, o primeiro homem a quem dei o meu coração. Vai demorar muito tempo antes que eu confie em alguém de novo por causa do que passei com ele. O problema é que eu... — Ela balançou a cabeça. — Deixa pra lá.

— Não para. O que ia dizer?

— Parece informação demais.

Agora ela realmente tinha me deixado curioso.

— Informação demais? Você está se esquecendo das circunstâncias em que nos conhecemos? Eu sou o Rei do Excesso de Informações, lembra? Todos os assuntos são permitidos aqui, Carys.

Seu rosto ficou vermelho diante dos meus olhos.

— Tudo bem... o que eu ia dizer é... eu realmente sinto falta de fazer sexo — ela finalmente confessou. — Infelizmente, preciso de um homem para poder transar. E não estou em condições de confiar em alguém agora, então é provável que eu não vá deixar um cara entrar na minha vida por tempo suficiente para chegarmos aos finalmentes. É um dilema.

Meu pau ficou duro e o meu coração começou a disparar.

— Quanto tempo faz, exatamente?

— Bem, é só fazer as contas. Sunny tem nove meses. Fiquei grávida dela há nove. Então, dezoito meses?

Jesus. Sempre achei que ela não tinha estado com ninguém desde que Sunny nasceu, mas na verdade eu *não* tinha feito as contas. Nem conseguia imaginar passar mais do que alguns meses sem sexo. Mas um ano e meio? Isso me mataria.

Engoli em seco.

— Isso é tempo pra caralho, sim.

— E o pior é que algo aconteceu com os meus hormônios depois que tive Sunny. Eles enlouqueceram e eu estou com mais tesão do que nunca. E como você já sabe, depois do pedido infeliz daquele livro, tenho dificuldade em ter um orgasmo sozinha. Porque não há nada como o toque humano. Então fico nesse constante estado de frustração.

Não me fode.

Ouvi-la dizer isso quase me fez gozar na calça. Nunca fiquei tão excitado com uma conversa na minha vida. Parecia que meus hormônios estavam pior do que um adolescente tomando Viagra. Não havia nada no mundo que eu quisesse mais do que fazê-la gozar. Ali e naquele instante.

— Te deixei tão chocado a ponto de não ter o que dizer?

Só Deus sabe quantos segundos se passaram. Mas eu sabia o motivo pelo qual mantive a boca fechada: as palavras que imploravam para serem ditas eram perigosas. Se eu abrisse a boca, elas sairiam.

À medida que os segundos passaram, a necessidade de dizê-las se tornou insuportável.

— Eu poderia te dar um orgasmo... se você quiser. — Minha voz saiu quase inaudível.

Ela se virou para mim, de repente.

— O quê?

Pigarreando, continuei:

— Eu poderia te fazer gozar. Não faríamos sexo, mas eu poderia te proporcionar um orgasmo muito bom.

Foi como se eu tivesse perdido a cabeça.

Ela recuou um pouco.

— Eu não sou um caso de caridade, Deacon.

Merda. Ela entendeu errado.

— Não quis dar a entender que faria por pena. Não é o caso. Me deixa reformular. — Respirei fundo e exalei. — Eu ia *amar* te dar um orgasmo.

Carys olhou para mim sem acreditar.

— Não foi para isso que te contei sobre o meu problema, como se você fosse se oferecer para me ajudar. Só estava desabafando. Eu...

— Eu sei. Sei que você não esperava que eu dissesse o que acabei de dizer. Sendo sincero, nem eu consigo acreditar no que disse. Mas tudo em que consegui pensar quando você disse que queria um orgasmo é que eu... *realmente* quero dar isso a você.

Era possível cortar a tensão com uma faca enquanto ela continuava a me encarar. Meu coração batia forte, esperando não ter cometido um grande erro, algo que custaria a nossa amizade.

Ela piscou várias vezes.

— Agradeço a oferta. Mas eu me sentiria estranha se dissesse sim. Porque seria unilateral se você me desse um orgasmo se não estivéssemos transando.

Então, vamos foder, sugeriu uma voz dentro da minha cabeça. Na verdade, essa voz provavelmente vinha da cabeça de baixo. Por mais que eu quisesse, ir por esse caminho seria muito perigoso.

— Você subestima o quão bom é para um homem dar prazer a uma mulher.

Era como se, naquela noite, alguém tivesse removido qualquer bom senso que existia dentro de mim. Meu cérebro estava sem filtro algum.

— Não posso deixar você fazer isso.

Seu rosto estava vermelho como uma beterraba.

Eu não queria deixá-la desconfortável, mas parece que fiz exatamente isso. Agora era a hora de abandonar a ideia.

— Certo. É justo. Me desculpe se ultrapassei os limites.

Ela soltou um longo e trêmulo suspiro e fechou os olhos.

— Não. Você não ultrapassou. Está tudo bem.

Fiquei observando-a enquanto ela permanecia naquele estado meditativo. Me perguntei o que ela estava pensando, mas tinha medo de questionar. Era melhor que eu não dissesse nada. Minha boca já tinha me causado problemas demais.

Depois de um tempo, ela se virou para mim.

— Suponho que a gente deveria voltar para a conversa normal agora?

— Podemos tentar. — Forcei um sorriso. — Eu começo. — Pigarreei. — Então, como Sunny se comportou hoje à noite quando a colocou na cama?

— Já me perguntou isso mais cedo.

— É verdade. — Cocei o queixo. — Merda. Ok. Você viu que eles vão aumentar o aluguel?

— Sim. Isso é péssimo.

— Não está funcionando, né?

— Não. — Ela riu, nervosa. — Nem um pouco.

Capítulo Onze

Carys

ME USA

Deacon e eu acabamos assistindo a um filme — uma comédia antiga do Jason Bateman na HBO —, mas eu não ouvi uma palavra sequer. O clima estava estranho. Ele me surpreendeu com a proposta.

Sua expressão era estoica enquanto assistia ao filme ao meu lado. Não conseguia entender o que ele estava pensando, se estava indiferente ou decepcionado pela minha recusa à oferta.

Eu, por outro lado, não conseguia parar de pensar nisso, e não tinha certeza se conseguiria voltar ao normal tão cedo. Eu seria capaz de pensar em qualquer outra coisa quando estivesse perto dele de novo?

Mas a pergunta mais importante era: por que não considerei o que ele sugeriu? Não era como se tivesse outros homens incríveis batendo à minha porta. Eu confiava no Deacon e sabia que ele tinha boas intenções ao querer "me ajudar". Sua intenção não era me machucar. Ele se importava comigo e queria oferecer uma maneira segura de eu me satisfazer sem envolver um estranho.

Passei os minutos seguintes tentando mudar de ideia enquanto o filme continuava ao fundo.

Minha mente rodou em círculos. *Como exatamente ele planejava me satisfazer? Ele usaria a boca? Pare de pensar nisso. Arruinaria a nossa amizade. Mas, meu Deus, como seria?* Apesar do desconforto, fiquei excitada só de pensar no que poderia ter acontecido.

Já passava da meia-noite. O filme estava quase no fim. Quando olhei para Deacon desta vez, percebi que ele não estava olhando para a tela. Ele estava olhando para mim.

Quando ele percebeu que eu o peguei me admirando, começou a se desculpar.

— Me desculpe se eu estraguei tudo, Carys. Eu…

— Eu quero — interrompi sua fala.

O queixo dele caiu.

— Você quer… o quê?

Minha respiração ficou entrecortada.

— Vai me fazer dizer?

Ele se endireitou no assento.

— Sim. Preciso ouvi-la dizer.

— Eu quero que você me faça gozar. — As palavras saíram num sussurro.

Ele prendeu a respiração.

— Tem certeza?

Olhei nos olhos dele para que soubesse que eu estava falando sério.

— Sim.

Sua respiração ficou mais pesada. Agora eu não tinha dúvidas de que ele estava excitado. Não era só eu.

— Você tem que me prometer uma coisa — ele pediu, virando todo o seu corpo para mim.

— Tudo bem — eu disse, tremendo, as palmas das mãos suando, me sentindo tão nervosa, mas desejando-o cada vez mais.

— Não pensa demais. Apenas deita e relaxa. Não pensa em nada além de aproveitar. E depois que você gozar, eu vou embora. Sem aquela conversa constrangedora. Vou te dar prazer, e é só. E quando nos vermos de novo, não precisamos falar sobre isso ou ficar analisando. Prometa-me isso primeiro.

Já não tinha volta depois daqui, então eu concordaria com quase qualquer coisa àquela altura.

— Eu prometo.

— Ótimo. Porque transformar algo que deveria fazer você se sentir bem em uma coisa que a deixa ansiosa ou preocupada é contraproducente.

— Entendo o que você está dizendo. — Tentando tranquilizá-lo, eu concordei com a cabeça. — Estou bem com isso.

Olhando profundamente nos meus olhos, ele quis confirmar uma última vez.

— Tem certeza?

— Sim.

Após uma longa pausa, ele enfim disse:

— Vamos para o seu quarto.

Deacon se levantou, estendendo a mão. Com o coração batendo forte no peito, aceitei o gesto enquanto ele me guiava para o meu quarto escuro. Ele não acendeu as luzes, mas havia iluminação suficiente entrando pela janela para conseguir vê-lo.

Isso está realmente acontecendo?

Minhas pernas estavam tremendo enquanto eu me sentava na cama, sentindo uma mistura de nervosismo e excitação, os músculos entre as minhas coxas dando um novo significado à palavra *entusiasmo*. Eu não tinha ideia do que Deacon faria comigo; eu só sabia que o deixaria fazer e que meu corpo estava incrivelmente excitado, por mais nervosa que eu me sentisse.

Pelo jeito, o meu nervosismo era óbvio.

Ele colocou a mão nas minhas pernas para acalmá-las.

— Você está bem?

— Sim, eu juro. Estou bem.

— Tem algo que é proibido? — Sua voz veio baixa e rouca. — Algum lugar onde não quer que eu toque ou algo que você não quer que eu faça?

As palavras dele por si só já estavam me desmontando, independentemente do que ele ia fazer comigo.

— Não. Faça o que você quiser.

Ele fechou os olhos por um breve momento, como se precisasse se recompor.

— Deita — ele sussurrou, parado ao lado da minha cama.

Os olhos de Deacon estavam semicerrados enquanto ele me admirava. Ele colocou sua mão grande e quente na minha barriga e a moveu para baixo para puxar a legging. Depois de deslizá-la do meu corpo, arrepios cobriram as minhas coxas.

Ele se sentou na beira da cama enquanto esfregava as minhas pernas.

— Você está com frio. Vou te aquecer.

Enquanto ele passava a palma calejada ao longo das minhas pernas, eu praticamente derreti no colchão. O toque dele era tão bom — para não mencionar surreal. Havia tanto tempo desde que eu tinha sido tocada por um homem. Mas ser tocada assim por *Deacon*? Era a minha maior fantasia se tornando realidade.

Depois de alguns minutos, senti seus dedos segurando a faixa elástica da minha calcinha. Então ele lentamente começou a abaixá-la. Meu clitóris já estava pulsando, e ele nem mesmo o havia tocado ainda.

— Tira a camiseta.

O tom exigente em sua voz me fez estremecer. Tirei a camiseta, mas mantive o sutiã, principalmente porque era a única peça de roupa que restava.

Deacon baixou a cabeça e gentilmente beijou ao longo da minha barriga. Se eu achava que as mãos dele eram boas, nada se comparava a sua boca. A barba no seu queixo era áspera contra a minha pele.

Então senti seus dedos na minha abertura. Era quase embaraçoso o quanto eu estava molhada.

— Caramba, Carys.

— O quê? — perguntei, como uma idiota.

— Você está tão molhada. Isso é lindo.

Assim que senti seus dedos me penetrando, meu corpo se contraiu. Fazia tanto tempo. Meus músculos estavam apertados, e na verdade queimavam um pouco. Mas, em segundos, ele começou a me tocar com mais facilidade. Então, adicionou seu polegar à mistura, circulando e pressionando contra o meu clitóris, e eu sabia que não ia demorar muito até meu corpo se render ao seu toque.

Pude ouvir o som da minha própria umidade enquanto ele movia os dedos para dentro e para fora, penetrando bem fundo cada vez que estocava. Nem um minuto havia se passado desde que ele começou, e eu já poderia ter gozado se me deixasse levar.

Os olhos de Deacon estavam em meu rosto o tempo todo. Ele parecia obcecado em me assistir desmoronar.

Deacon alcançou meus seios. Senti um puxão no meu sutiã antes de seus dedos se atrapalharem com o tecido.

— Na frente ou atrás?

Eu quase pensei que ele estivesse me perguntando onde eu o queria, mas então percebi que ele queria saber onde estava o fecho do sutiã.

Meus mamilos endureceram, abri pela frente e o joguei no chão.

Ele retirou os dedos de dentro de mim de repente, e meu clitóris pulsou ainda mais forte do que antes, ansiando por seu retorno.

Deacon se posicionou sobre mim, uma perna de cada lado do meu corpo. Ele era muito maior do que eu, e adorei a sensação de estar presa sob ele. Ele baixou a boca até meu mamilo. Um gemido sensual escapou de Deacon quando ele o colocou na boca. Seus dentes chuparam o bico sensível, e agarrei a parte de trás da sua cabeça, empurrando-o contra o meu peito enquanto ele sugava o mamilo com mais força. Meus dedos deslizaram por seu cabelo sedoso e espesso. Me contorci sob ele enquanto meu corpo ansiava por mais.

E então ele me deu mais. Ele abaixou a mão e enfiou os dedos de volta dentro de mim, movendo-os para dentro e para fora em um ritmo que complementava a maneira como ele chupava os meus seios.

— Porra — ele sussurrou sobre a minha pele, o que quase acabou comigo. — Você está ainda mais molhada do que antes. Incrível. — Ele fez uma pausa e olhou para mim. — *Você* é incrível.

Mesmo em meu torpor induzido pelo desejo, me adverti para receber essas palavras com cautela, dadas as circunstâncias.

E então ele começou a fazer aquela coisa de circular com o polegar de novo, esfregando o meu tesão sobre o clitóris, que parecia pronto para explodir. Mas se eu pensava que aquilo era o ápice, estava enganada. Porque quando ele retirou os dedos e parou de chupar meus seios, Deacon deslizou a cabeça cada vez mais baixo até ficar bem entre as minhas pernas. Eu não tinha certeza se ele iria para lá. Eu realmente esperava que sim. E parecia que ele ia.

Ai, Deus.

Ele afastou os meus joelhos, e no primeiro toque de sua língua no meu clitóris, soltei um som indecifrável — certamente não um que eu me lembrasse de ter feito antes. Ele gemeu em resposta contra a minha pele sensível.

— Você é tão deliciosa, Carys. Caralho, eu sempre quis poder te provar assim. — Suas palavras vibravam através do meu núcleo. Então ele me lambeu mais rápido, pressionando a língua com mais força contra o clitóris.

Parecia que meu corpo estava ali, mas a minha mente tinha sido transportada para outra dimensão. Não havia mais preocupações sobre a minha aparência, ou o quão molhada eu poderia estar. Eu estava muito longe agora, agarrando a cabeça de Deacon e guiando seus movimentos enquanto sua língua empurrava bem fundo para dentro de mim e ele massageava o meu clitóris conforme movimentava a cabeça.

— Isso aí. Segura a minha cabeça. Me mostra do que você gosta. Me usa — ele murmurou.

Me usa.

Eu quase gozei. Em vez disso, segurei e puxei o seu cabelo em um esforço para prolongar, porque queria que nunca acabasse.

A respiração e os sons que emanavam dele continuaram a provar que isso não era apenas um ato de bondade. Ele estava se perdendo junto comigo, e eu não queria nada mais do que dar a ele a mesma satisfação que ele estava me dando. Arquejei. *Puta merda.*

Depois de alguns minutos me segurando para não perder a razão, ofeguei:

— Eu quero sentir você dentro de mim, Deacon.

Mal pude acreditar que essas palavras tinham escapado. Mas eu acho que quando você precisa muito de uma coisa, não existe outra escolha a não ser pedir.

Apesar de eu ter acabado de implorar para ele me foder, Deacon não se mexeu. Ele apenas enterrou o rosto mais fundo entre as minhas pernas.

Ele não me ouviu? Ou fingiu que não? Não quis presumir nada, então escolhi não repetir, por mais que desejasse fazer sexo com ele.

Ele desceu a boca ainda mais e começou a me foder de novo com a língua. Agarrei os lençóis como se minha vida dependesse disso, porque sabia que aquilo seria o meu fim.

Sua barba arranhou a minha bunda enquanto ele continuava a mover a língua para dentro e para fora de mim, parando apenas o suficiente para dizer:

— Caralho, eu não consigo me saciar de você.

Os músculos entre minhas pernas se contraíram. Eu estava perdendo o controle. E ele sabia.

— Goza. Goza na minha boca. Me dá tudo.

Essas palavras finais foram suficientes para me levar ao limite.

Eu me contorci, circulando o clitóris contra a pressão de sua língua à medida que uma onda de adrenalina me atingia. Foi doloroso ficar em silêncio enquanto o orgasmo percorria o meu corpo — mais como se me inundasse. Ondas e ondas de prazer arrebentaram em meu corpo. Quando finalmente liberei tudo, Deacon ainda continuou passando a língua lentamente sobre a pele, como se quisesse devorar até a última gota.

Meu corpo estava deliciosamente relaxado enquanto eu me recuperava da experiência mais erótica da minha vida — uma que eu sabia que não superaria tão cedo.

Em algum momento, Deacon beijou a minha barriga. Ele não tinha me beijado na boca nenhuma vez. Supus que era algum tipo de limite que ele havia estabelecido, uma tentativa de não tornar o que aconteceu algo mais íntimo. Eu queria um beijo, pelo menos; os meus lábios estavam quase tremendo, famintos.

Mas, naquele momento, eu estava muito extasiada para ficar decepcionada. Porque tinha acabado de ter o melhor orgasmo da minha vida.

Quando Deacon saiu da cama, mesmo na escuridão, pude ver o volume em seu jeans. Eu sabia que ele deveria estar excitado, mas ver isso, a prova de que ele estava duro, me agradou. Meu corpo poderia, naquele exato segundo, partir para a segunda rodada. Eu queria deitar nua com ele e fazer muito mais.

Mas isso não ia acontecer.

Quando ele se inclinou em minha direção, deu um beijo suave na minha testa.

— Durma um pouco — ele pediu.

O que responder depois do tipo de orgasmo que ele acabou de me dar? Só havia uma coisa a dizer.

— Obrigada.

— Feliz aniversário, linda — ele disse. Então se afastou e fechou a porta devagar atrás de si.

Com certeza era um aniversário feliz.

Na manhã seguinte, o cheiro leve da colônia de Deacon ainda estava impregnado em meus lençóis. O desejo pareceu voltar com tudo. Ao me forçar a sair da cama, eu ainda podia sentir a sua boca em mim.

Assim que meus pés tocaram o chão frio do quarto, tudo me atingiu como uma tonelada de tijolos.

Puta merda.

Deacon fez sexo oral em mim ontem à noite.

Ele me deu um orgasmo — no meu aniversário — e depois partiu como um demônio fugindo da cruz.

Como eu poderia olhar para ele de novo? Como eu poderia ter uma conversa casual, olhar para os lábios dele e não me lembrar de como era a sensação da sua boca entre as minhas pernas enquanto a sua língua estava dentro de mim? Como eu poderia esquecer como ele gemia quando estava me dando prazer, como se estivesse faminto por isso? Ou o fato de ele ter dito que eu era incrível enquanto chupava os meus seios e me tocava? Deus, as suas palavras. Aquelas malditas palavras.

Me usa.

Me usa.

Me usa.

Caminhei pelo apartamento até o quarto de Sunny em um transe. Ela estava acordada, mas quieta, o que era raro.

— Obrigada por dormir até mais tarde esta manhã, bebê. Porque a mamãe realmente precisava disso.

Minha mente parecia nublada.

Depois de trocar Sunny, levei-a para a cozinha e a coloquei na cadeirinha. Poucos minutos depois, meu celular tocou.

Deacon: Bom dia.

Que merda eu digo?

Carys: Bom dia.

Os pontinhos dançaram enquanto ele digitava.

Deacon: Você está bem?

Não tinha certeza se ele estava sendo educado ou se realmente queria saber o que eu estava pensando naquela manhã. Eu queria escrever uma dissertação inteira sobre como me sentia, como estava com medo de que as coisas entre nós nunca mais fossem as mesmas, como não conseguia parar de pensar nele, como eu desejava aquela boca de novo, mas optei por uma resposta mais simples.

Carys: Sim. Estou ótima.

Deacon: Que bom. Só queria ter certeza.

O que mais eu poderia dizer? Obrigada de novo por ontem à noite? Em vez de fazer papel de boba, não enviei mais nada. E ele também não.

Capítulo Doze

Deacon

O ELEFANTE NA SALA

Meu amigo Adrian acenou na frente do meu rosto.

— E aí, cara? O que está rolando? Você parece distraído.

Adrian era um dos poucos amigos próximos que eu tinha em Nova York. Quando cheguei na cidade há três anos, nós nos encontramos por acaso no Bryant Park e começamos a conversar. Naquela época, eu estava hospedado em um hotel enquanto procurava um apartamento. Ele acabou me oferecendo um quarto até eu encontrar um lugar permanente. Ele provavelmente era o meu melhor amigo agora. Mas eu nunca havia mencionado Carys para ele, principalmente porque ele era muito bom em enxergar além do que eu deixava transparecer.

Já fazia dois dias desde a "surpresa" de aniversário de Carys, e decidi aceitar a oferta de Adrian de almoçar só para sair daquele maldito apartamento.

Olhei para o cardápio à minha frente e afastei a sua preocupação.

— Não é nada.

— Se você diz. Mas se quiser falar, estou aqui.

Dei um longo suspiro. Se eu não podia me abrir sobre isso com Adrian, com quem mais eu poderia?

— Eu fodi tudo — finalmente contei, fechando o cardápio e deslizando-o para longe.

— Ok. Seja mais específico.

— Ultrapassei o limite com alguém que não deveria.

— *Alguém* você diz uma mulher, suponho.

— Sim, uma mulher que deveria ser uma grande amiga. Essa é a parte em que fodi as coisas.

— Então você passou do limite com uma amiga? Isso aí é história antiga, cara. Não tem nada de errado em sair da zona de amizade se parecer que deve. Você é adulto.

— É mais do que isso. Essa mulher... ela é diferente. Passou por muita coisa. E merece alguém que esteja com a vida resolvida, alguém que esteja lá por ela e para Sunny a longo prazo. Eu não sou esse cara.

— Espera... — Ele estreitou os olhos. — Sunny? Quem é Sunny?

— A filha dela.

— Ah. Ela tem uma filha. — Ele agora pareceu entender a razão de ser complicado. — Quantos anos?

— Nove meses.

Ele arregalou os olhos.

— Uma bebê?

Eu ri da reação dele.

— Sim.

— Cadê o pai?

— Ele não é presente. Foi embora quando descobriu que ela estava grávida. *Um partidão*. Voltou para a ex-esposa.

— Qual é o nome dessa mulher?

— Carys com C. — Sorri. — Carys tipo Paris.

— Diferente.

— Sim, ela é diferente de um jeito bom.

Ele franziu a testa.

— Você realmente gosta dela. Dá pra ver. Nunca te ouvi falar assim de uma mulher desde que te conheci.

Pensei um pouco sobre as suas palavras.

— Nós dois temos uma conexão forte. Também temos muito em comum. Ela era bailarina antes de uma fratura acabar com a sua carreira.

— Ah, merda, igual aconteceu com você. — Ele riu. — Bem, não a parte do balé. Mas a mesma situação.

— Sim, então a gente se entende. Mas além disso, a gente se dá bem, sabe? Nossas conversas são confortáveis e fáceis. Ela é linda por dentro e por fora. E a maneira como lida com tudo o que aconteceu na vida dela? É tipo a personificação da elegância no meio do caos.

Um olhar divertido cruzou o seu rosto.

— É, você não gosta dessa mulher de jeito *nenhum*.

Embora meus sentimentos fossem aparentemente transparentes, balancei a cabeça e ri numa tentativa de escapar de sua afirmação.

— E a filha dela é uma coisinha linda. Mesmo no pouco tempo que as conheço, Sunny já se acostumou comigo. Ela me conhece. Isso é perigoso. Não quero que ela fique se perguntando onde estou quando eu inevitavelmente parar de aparecer. — Suspirei. — É difícil, porque elas são as minhas vizinhas da porta ao lado.

— Merda, ok. Essa é a vizinha. A que você mencionou tomar café.

— Aham.

— Eu não tinha juntado dois mais dois. — Adrian pareceu perplexo. — Então, nós nunca falamos sobre isso, mas por que o lance da criança é um problema? Você não quer ser pai algum dia? Ou só não quer ser pai do filho de *outra pessoa*?

A ideia de rejeitar Sunny porque ela não era sangue do meu sangue doía um pouco o meu coração. Não era sobre isso. Isso era sobre mim, não sobre ela. Ela merecia mais.

— Tomei uma decisão há muito tempo sobre não ter filhos.

Eu tinha os meus motivos; só preferiria não ter que entrar naquele assunto naquele momento... ou nunca.

— Por quê?

— Apenas uma decisão pessoal. Se eu sei que não quero filhos, não é justo me envolver com uma mulher cuja vida é a filha.

— Então, se você se sente assim, o que houve? Você deu uma escorregada? — Ele se inclinou e sussurrou: — Você transou com ela?

— Na verdade, não. As coisas não foram tão longe assim. Mas não deveriam ter ido tão longe quanto já foram.

— O que vocês fizeram?

Por algum motivo, não me senti confortável em contar para ele. Parecia que eu estava expondo o que aconteceu de alguma forma, o que era estranho porque nunca hesitei em falar sobre sexo. Mas me sentia protetor em relação a Carys. Não ia sair por aí contando.

Estendi a palma da mão.

— Não importa o que fizemos. Eu só acho que não posso olhar para ela do mesmo jeito agora. Isso é uma merda, porque não quero perder a amizade dela.

Ele coçou o queixo.

— Se você não morasse bem ao lado, seria mais fácil evitá-la.

— Esse é o problema. Eu *não* quero evitá-la. Só não quero estragar as coisas mais do que já estraguei.

— Você acha que ela tem sentimentos por você?

No fundo, eu acreditava que sim.

— É uma possibilidade.

Por muito tempo, não tinha certeza. Mas ultimamente, mesmo antes da noite do aniversário dela, havia algo no jeito como Carys me olhava — provavelmente do mesmo jeito que eu olhava para ela. E o que aconteceu entre nós tinha confirmado que ela pelo menos estava atraída por mim. Pelo resto da minha vida, eu nunca me esqueceria dela me implorando para fodê-la. Fingir que não tinha ouvido aquilo no momento foi quase impossível, e desde então fiquei com essa fala na cabeça. Minha mente continuava voltando às palavras dela, à necessidade na voz dela. Passei aquela noite inteira excitado, mesmo depois de me masturbar. Fiquei acordado até de manhã, incapaz de esquecer o gosto dela, ainda saboreando-a na minha língua e sentindo o cheiro dela no meu corpo. Estava quase excitado de novo só de pensar nisso.

Adrian me tirou dos pensamentos.

— Se você acha que ela tem sentimentos por você e se tem certeza absoluta de que não quer nada mais do que uma amizade, continuar perto dela é uma receita para o desastre. Você não pode ter as duas coisas, sabe? Parece que você chegou num beco sem saída. Não dá para voltar a ser amigo depois de ter ultrapassado o limite com uma mulher. Falando por experiência própria, isso não funciona. Não se pode ter tudo na vida. A vida não é só sobremesa.

Lá estava aquela maldita expressão de novo. Ela continuava me assombrando. Exceto que agora o ditado me remetia ao bolo de chocolate que comi na casa dela, quase tão doce quanto aquela boceta. Meu jeans ficou apertado.

Balancei a cabeça.

— Não quero perder a amizade dela, mas também não acho que consigo esquecer o que aconteceu entre nós.

— Não acho que você tenha escolha. *Já* estragou a amizade. Sendo sincero, isso entre vocês algum dia já foi "só amizade" se estava atraído por ela desde o começo?

Ele tinha razão. Luto contra a minha atração por Carys praticamente desde o primeiro dia em que ficamos juntos.

— Então, como eu devo lidar com isso?

— Você tem que parar de tentar ser amigo dela. Odeio dizer isso, mas é uma situação de "ou fode ou sai de cima". Se você continuar por perto, *vai* ultrapassar o limite de novo. Alguém vai se machucar.

Adrian era direto; era raro ele estar errado. E eu odiava saber que ele estava certo nesse caso. Não era justo brincar com as emoções de Carys. Eu queria estar lá se ela precisasse de mim, mas tinha que parar de tentar me aproximar se não pudesse confiar em mim mesmo.

Apesar do aviso de Adrian, quando passei pela Starbucks a caminho de casa, entrei e peguei um latte para Carys. Meu plano era ir até o apartamento dela e ver se as coisas pareciam diferentes entre nós. Se estivessem, eu saberia que tinha estragado tudo e não tinha mais volta. Se por acaso ela agisse normal, talvez isso significasse que eu não tinha arruinado completamente a nossa amizade.

Quando cheguei ao apartamento dela, mandei uma mensagem do lado de fora da porta, caso a bebê estivesse dormindo.

Poucos segundos depois, ela abriu.

— Oi. — Seu rosto pareceu corado.

— Oi — eu cumprimentei.

E lá estava. Imediatamente. Uma energia implícita que era diferente do que eu normalmente sentia.

Entreguei o café para ela.

— Obrigada — Carys agradeceu e pegou.

— De nada. — Depois de entrar, olhei para os meus sapatos por um momento. — Depois da outra noite, eu, ãhn, queria vir aqui e... ver você... sentir você. — Fechei os olhos e corrigi. — Merda. O *clima!* Sentir o *clima.*

Jesus Cristo. Eu mal havia chegado e já estava pirando. Era fácil falar para mim mesmo que eu deveria agir normalmente, mas com ela ali, na minha frente, isso era impossível. Seu perfume de imediato já me desestabilizava, trazendo de volta lembranças do meu rosto enterrado em sua boceta. Acho que nunca mais vou conseguir sentir o cheiro dela de novo sem perder a cabeça. Eu era um caso perdido, um idiota por pensar que as coisas poderiam voltar ao que já foram um dia.

— É gostoso te receber — ela disse, ficando vermelha. Balançou a cabeça. — Acho que também estou falando frases com duplo sentido.

— Que porra está acontecendo com a gente? — perguntei.

Quando notei Sunny chutando as pernas no ar em seu tapete de atividades, coloquei o café na mesa e caminhei até lá.

Eu me ajoelhei.

— E aí, Solzinha. Como vai?

Nunca fui tão grato pela presença de Sunny, porque era exatamente a válvula de escape de que eu precisava naquele momento. Ela gorjeou, mas não chorou para que eu a segurasse.

Virei-me para Carys.

— Como está indo a terapia com os Bee Gees?

— Incrível. Eu coloquei o álbum há pouco tempo, e isso a deixou de bom humor. É um milagre. Você viu como ela nem está chorando para você segurá-la? Acho que nós a desacostumamos do hábito.

— Quem diria que a solução era alguns caras que cantavam com a voz aguda o tempo todo? — Fiquei em pé. — Fico feliz em poder ajudar.

Cerca de quinze segundos de silêncio se passaram, mas juro que pareceram quinze minutos.

Então, nós dois começamos a atropelar a fala um do outro.

— Você primeiro... — ofereci.

— Sobre a outra noite... — Carys deixou escapar as temidas palavras.

Lá vem.

Meu coração começou a bater forte.

— Sim...

— Eu não quero que as coisas fiquem estranhas entre nós.

Dei um longo suspiro, feliz que ela tivesse articulado o que eu estava lutando para dizer.

— Eu também não, Carys.

— Não há razão para ficarem, certo? — Ela deu de ombros. — Quero dizer, nós somos adultos.

— O que aconteceu... pareceu certo na hora. — Me forcei a dizer a verdade. — Mas é provável que eu tenha ido longe demais. Me importo com você e nunca quis fazer nada para acabar com a nossa amizade.

Ela piscou várias vezes.

— Não está acabada — sussurrou.

Um alívio me inundou, embora eu não acreditasse por completo nela. Eu *queria* acreditar.

— Fico feliz que você tenha dito isso. Não faz ideia do quanto.

Então meu peito ficou pesado de novo, porque, embora o elefante na sala não estivesse mais presente, aquela tensão silenciosa permanecia. Não importava o que nós tínhamos acabado de dizer um para o outro, alguma coisa tinha mudado. Nossas palavras não saíam tão fácil, e eu mal conseguia olhar para ela sem me lembrar do seu gosto. Na verdade, eu mal conseguia olhar para ela. Enquanto isso, os olhos de Carys estavam nos meus lábios. Se eu vim até aqui para testar se as coisas entre nós poderiam parecer "normais", nós dois tínhamos falhado miseravelmente.

Eu tinha que enaltecer o fato de ela tentar convencer a si mesma de que nossa amizade poderia continuar de onde parou. Mas não estava funcionando porque eu podia ver em seus olhos que ela também sentia a mudança na nossa dinâmica.

Adrian estava certo. Ele estava certo pra caralho, e eu não sabia o que fazer a respeito.

Acabei escolhendo o caminho mais covarde.

— Tudo bem, então, eu tenho uma reunião on-line com o meu supervisor. Só quis trazer o seu café e ver como você está.

— Obrigada. — Ela sorriu, mas pareceu falso.

Porra.

Caminhei até Sunny.

— Seja boazinha com a sua mãe.

Ela tirou o brinquedo que estava mordendo da boca e me deu um sorriso largo. Não sei o motivo, mas esse sorriso doeu dessa vez. Talvez porque, lá no fundo, eu soubesse que o veria bem menos. Isso, claro, se eu conseguisse fazer o que precisava ser feito.

Capítulo Treze

Carys

ELE NÃO ESTAVA SOZINHO

Não conseguia acreditar que estava pensando nisso, mas desejava que Deacon nunca tivesse me chupado. Desejava nunca ter ouvido seus gemidos na minha pele. Desejava que ele nunca tivesse me proporcionado o orgasmo mais incrível da minha vida. Desejava poder apagar aquela noite por completo, porque nada havia sido o mesmo desde então.

Eu não era idiota. Sabia que ele vinha mantendo distância desde o meu aniversário. Já fazia uma semana, e a cada dia que passava, ficava mais claro que tínhamos arruinado uma amizade que era perfeita. O que mais me incomodava era a sensação de falsa esperança que tive depois daquela noite — que, de alguma forma, Deacon decidiria que queria ser mais do que o meu amigo. Em vez disso, não o tinha visto e nem ouvido falar dele por dias. Normalmente, ele já teria passado aqui com outro café, mas escolheu se distanciar. Não tenho certeza se podia culpá-lo. Na última vez que Deacon esteve no meu apartamento, as coisas ficaram estranhas. E eu odiava isso. Nunca tinha sido assim — havia tensão sexual, talvez, mas nunca um clima estranho.

Coitadinha da Sunny.

Enquanto eu remoía sobre Deacon, continuei a alimentá-la sem pensar, fazendo com que um pouco do cereal de arroz escorresse por seu queixo.

— Desculpa, bebezinha. A mamãe está com a cabeça em outro lugar hoje.

Felizmente, Sunny só abriu ainda mais a boca para receber a próxima colherada. Não precisava de muito para agradá-la.

Depois que a terapeuta de intervenção precoce de Sunny veio visitá-la naquela manhã, decidi que precisávamos sair de casa. Encontrei uma aula de Yoga Mamãe & Bebê, com disponibilidade para participação imediata à tarde, então arrumei a bolsa dela e levei a minha filha para uma mudança de ares.

Por uma hora, fiz posições de yoga segurando Sunny, e ela pareceu adorar. Também conversei com outras mães, e uma delas também era mãe solo. Foi muito bom sair, e prometi a mim mesma fazer isso com mais frequência. Eu geralmente só saía de casa para ir ao escritório ou para comprar comida. Isso precisava mudar.

Após a sessão, levei Sunny até a Starbucks do bairro. Depois de limpar a cadeirinha, alimentei-a com algumas bananas enquanto saboreava o meu latte. Começou a chover, então fiquei grata por estarmos perto de casa antes que o tempo piorasse.

Tinha sido um dia tão relaxante. Mas tudo acabou quando Deacon entrou no café. Gotas de chuva cobriam o vidro da entrada, então eu nem tive alguns segundos de aviso antes de ele entrar. Meu coração acelerou enquanto eu o observava. A pior parte? Ele não estava sozinho.

Reconheci a garota com ele — Kendra, a ruiva que ele havia levado para o seu apartamento pelo menos uma vez antes.

Por que isso tinha que acontecer? Nas duas últimas vezes que estive ali, encontrei com ele. Talvez uma parte de mim *esperasse* encontrá-lo. Mas com certeza nenhuma parte de mim esperava encontrá-lo com *ela*.

Quando nossos olhares se cruzaram, engoli a tensão que se formou na minha garganta.

Ele não teve escolha senão se aproximar de nós, mas eu desejava que pudéssemos ter evitado esse encontro desconfortável. Desejava que fôssemos invisíveis.

— Oi, Carys — ele disse com rigidez.

— Oi. — Eu mal consegui olhar para ele. Em vez disso, olhei para ela. — Bom te ver de novo — menti. Era bastante triste que olhar para ela fosse mais fácil do que olhar para ele.

— Também — Kendra falou.

Ele colocou a mão na cabeça de Sunny.

— Oi, Solzinha.

Partiu um pouco meu coração ver o rosto dela se iluminar. Era assim que eu me sentia quando o via também. Sunny agitou os braços e as pernas na cadeirinha.

— Há quanto tempo vocês estão aqui? — ele perguntou.

— Não muito.

Minha resposta foi curta, e ainda evitei olhar nos olhos dele. Não consegui agir de outro jeito. Vê-lo com Kendra doía, e eu não estava no clima para conversas superficiais.

Ele provavelmente percebeu o meu desprezo.

— Então, vou deixar vocês a sós — ele se despediu. — Aproveitem.

— Sim — respondi, ainda sem fazer contato visual.

Eu sabia que ele não tinha trazido Kendra ali para me magoar, mas ainda assim doía. Ele estava passando um tempo com ela, em vez de comigo.

Me torturei, lançando olhares para eles enquanto esperavam na fila. Quando ele tirou a carteira para pagar, meus olhos se fixaram em suas mãos grandes e fortes. Mãos que me tocaram tão intimamente, mãos que me fizeram sentir coisas que eu nunca tinha sentido antes. Mãos que estariam tocando o corpo *dela* mais tarde.

O leite me causou azia enquanto a inveja queimava dentro de mim.

Naquela noite, justo quando pensei que meu dia não poderia piorar, o telefone tocou. Olhei para o identificador de chamadas e percebi que era Charles — o pai de Sunny.

Por que ele estava me ligando?

— Alô?

— Carys...

— O que você quer?

— Queria te parabenizar pela vitória do City Ballet na doação de Neil Spectra.

— Obrigada. Não precisava ter ligado.

— Também queria saber como você está, de modo geral.

Ele estava falando sério?

— Por quê? Você não é de se importar.

Charles suspirou.

— Sei que as coisas entre nós têm sido difíceis há algum tempo. Realmente me arrependo disso.

Olhei para Sunny, que estava balançando tranquila, bem alheia ao fato de que seu "pai" estava aprontando alguma coisa.

Senti um nó na garganta.

— Você deveria se arrepender de não reconhecer a sua filha, de não fazer nada além de depositar algum dinheiro para nós de vez em quando. Disso que você deveria se arrepender.

— Eu sei. E me arrependo disso. De verdade.

— Olha, é tarde demais. Você teve sua chance.

Ele fez uma pausa.

— Eu errei feio.

— Qual é o verdadeiro motivo dessa ligação, Charles?

Após uma breve demora, ele finalmente disse:

— Eu quero vê-la.

— Por quê? Por que agora?

— Porque ela é minha filha.

— Espera... sua ficha só caiu agora? Eu pensei que você não queria nada com ela. Seu nome nem está na certidão de nascimento, como você mesmo pediu.

— Eu sei. Eu estava com medo, Carys. Na época, Violet ameaçou tirar tudo de mim se eu assumisse Sunny. Ela não queria que Talia e Xavier soubessem. Ainda não quer. Eu lidei com tudo de maneira errada. Não deveria ter cedido.

— Por que está percebendo isso agora?

— As coisas têm estado ruins em casa. Ficou claro para mim que joguei fora o meu relacionamento com você por nada. Não só abandonei Sunny, como você também. Eu realmente te amava, Carys. Não sei no que eu estava pensando quando decidi voltar para aquela mulher quando tinha você. Eu estava tentando salvar a minha família.

Que audácia a dele.

— Ah, entendi. Você salva uma família jogando a outra fora. Isso faz todo sentido.

Ele estava realmente esperando que eu fosse ser compreensiva com essa merda? Era tarde demais para isso.

— Por favor, me ouça, Carys. Eu...

— Não sei o que você espera que eu diga, Charles, mas...

— Diga que vai falar comigo. — A voz dele ficou mais alta. — Diga que não vai me deixar de fora. Diga que vai considerar me deixar ver a minha filha.

Olhando para ela, me senti dividida.

— Não sei. Ainda tenho muitos sentimentos negativos em relação a você, e ela é muito intuitiva. Ela vai sentir as coisas. Não quero energia negativa ao redor dela. E com certeza não quero você entrando na vida de Sunny para depois sair de novo. Não confio em você e nunca confiarei.

— Tenho que reconhecer essa situação como minha culpa. Mas, por favor, diga que vai considerar falar comigo de novo. Talvez isso possa, em algum momento, te levar a considerar eu poder ver Sunny. Nos seus termos.

— Você vai contar aos seus filhos sobre ela? Porque não deveria poder vê-la se não está disposto a reconhecê-la como os reconhece.

— Você sabe que não é a minha escolha. Violet não quer que eles saibam. E eu entendo o motivo. Eles ainda são muito jovens. Quando forem mais velhos, talvez eu possa contar a eles. Eu *planejo* contar em algum momento.

Esse foi o único argumento dele que meio que entendi. Seria devastador para eles descobrirem que o pai teve um filho com outra mulher. Xavier tinha treze anos e Talia, dez. Sua filha, em particular, ainda nem tinha idade suficiente para entender sobre sexo.

— Fale comigo, Carys — ele pediu, depois de eu não dizer nada por vários segundos.

— De verdade, não tenho nada a dizer. Estou confusa com o que você está jogando no meu colo agora. Não acho que mereça vê-la, mas ao mesmo tempo, Sunny tem o direito de saber quem é o pai, mesmo que você tenha sido uma decepção. Então, acho que vou pensar nos prós e contras sobre te deixar se aproximar dela.

— É um começo. — Ele soltou um suspiro no telefone. — Obrigado. Era tudo que eu precisava ouvir.

Capítulo Catorze

Deacon

PODE ME CHAMAR DE DICK

Alguns dias depois de ter visto Carys na cafeteria, Kendra estava na minha casa mais uma vez. Ela se abaixou para pegar alguma coisa do chão.

— O que é isso? — ela perguntou.

Era uma chupeta. Nem podia acreditar que não tenha visto isso antes.

— Onde você achou?

— Embaixo dessa mesa. Eu estava colocando meus sapatos ali embaixo e encontrei.

Eu tinha um aparador pequeno perto da porta do meu apartamento, onde costumava deixar as chaves. Era ao lado do espelho de parede — o mesmo que Sunny adorava se olhar. Não fazia ideia de que ela tinha deixado cair a chupeta que estava presa à sua camiseta naquele dia.

Pegando-a de Kendra, olhei para a ponta de borracha empoeirada. Senti um peso no coração. Não fazia nem duas semanas que eu tinha prometido me afastar das duas, mas eu já sentia falta de Sunny. Sentia falta de Carys. Sentia falta delas.

— Por que tem uma chupeta aqui?

— É da bebê da vizinha, Sunny — respondi, ainda olhando para a chupeta. — Eu tive que cuidar da bebê um dia, em uma emergência. Ela deve ter deixado cair.

— Ah. — Ela inclinou a cabeça. — E qual é a história delas?

— Como assim?

— Por que o pai da criança não está com elas?

Quando Kendra conheceu Carys, eu havia mencionado que a minha vizinha era mãe solo. A história de Carys realmente não era da conta de Kendra. Então, dei de ombros.

— Não deu certo.

— Que triste. A bebê é tão nova para não ter o pai por perto. Ainda mais considerando a condição dela. É uma pena.

Meu corpo ficou tenso. Então, uma onda de adrenalina percorreu minhas veias.

— Por que é uma pena?

— Você sabe...

— Não, eu não sei. — Minha voz saiu dura. — Por que é uma pena?

— O fato de ter alguma coisa errada com a bebê.

Minha raiva fervilhou.

— Não tem nada de errado com ela. — Cerrei os dentes. — Absolutamente nada. Entendeu?

— Jesus, não quis ofender.

— Você pode achar que ela é diferente, mas não tem nada de errado com Sunny. Está na hora de pessoas como você perceberem isso. Ela é como qualquer outro bebê. E mais feliz que muita gente. Não há motivo algum para ela não crescer e ser como qualquer outro adulto. Ela tem um cromossomo a mais. É só isso.

— Tudo bem. — Ela estendeu as mãos em rendição. — Desculpa se te chateei.

— Você não me chateou. Só achei que precisa se informar melhor sobre esse assunto.

— Entendi. — A voz dela saiu suave.

Ficamos em silêncio por vários minutos antes de Kendra se retirar para o banheiro.

Senti um pouco de remorso por ter sido ríspido com ela, mas agora entendia a frustração de Carys. A síndrome de Down não mudava quem Sunny era, apenas como as pessoas a viam.

Kendra e eu assistimos a um filme em silêncio, e já era começo da noite quando finalmente voltamos a nos falar.

Depois de desligarmos a TV, ela me pegou pela mão e me levou até o quarto. Já fazia um tempo que não transávamos, e ela tinha me dado todos os sinais hoje de que estava esperando por isso. Mas eu não sabia se conseguiria levar adiante. Não só porque eu não estava no clima, mas como lidaria com o fato de Kendra fazer sons que Carys poderia ouvir? De jeito nenhum eu colocaria Carys nessa situação. Mas se eu estava falando sério sobre seguir em frente, não poderia ficar celibatário para sempre.

Quando Kendra e eu começamos a nos beijar, pareceu... estranho.

Então, o som de choro vindo do apartamento ao lado acabou com qualquer esperança que me restasse. Mesmo que minha cama agora estivesse no lado oposto do quarto, longe da parede de Carys, eu ainda conseguia ouvir Sunny em alto e bom som.

Depois que recuei, Kendra revirou os olhos.

— Nossa, um *déjà vu*.

Suspirei.

— É, parece que sim.

— Qual é? Essa bebê tem um radar que detecta sempre que estamos prestes a transar?

— Eu sei. É meio engraçado — eu disse.

Ela cruzou os braços, irritada.

— Não acho nada engraçado. Que bom que você acha.

Kendra provavelmente estava mais irritada pelo fato de eu achar a situação divertida do que pela interrupção em si.

— Sabe de uma coisa? — Ela pulou da cama. — Preciso ir embora.

— Você vai embora porque a bebê está chorando?

— Não, Deacon. Estou indo embora porque você acha essa situação engraçada, a nossa privacidade realmente não importa para você. *Também* estou indo porque você me esculachou mais cedo por eu ter pena daquela pobre bebê.

Permanecendo calado, não tentei convencê-la a ficar enquanto a seguia para fora do quarto. Observei enquanto ela calçava os sapatos.

Ela jogou o casaco sobre os ombros de um jeito dramático.

— Me liga quando estiver pronto para parar de rir de mim ou de me repreender. — Ela bateu a porta ao sair.

Eu era um babaca, porque por mais chateada que ela estivesse, isso nem me afetava. Na verdade, ela ter ido embora foi um alívio. Continuar vendo Kendra era mais sobre tentar superar Carys. Kendra era apenas uma distração, e ela merecia mais do que isso. Então, que ela ficasse brava e encontrasse alguém com quem passar o tempo.

Eu tinha assuntos mais importantes para resolver esta noite. Queria ir até o apartamento ao lado para ver se Carys precisava de alguma coisa. Sunny ainda estava chorando, e quando ouvi os Bee Gees tocando e percebi que isso não a acalmou, decidi que era a minha deixa.

Meu coração acelerou enquanto eu ia até o apartamento ao lado. Usaria a devolução da chupeta como a minha desculpa oficial.

Quando ela abriu a porta, não pude acreditar no que vi. Esperava que Carys parecesse abalada ou desarrumada após o colapso de Sunny. Em vez disso, ela estava com um vestido preto de paetê e deslumbrante.

Ela estava de saída?

Carys ficou parada ali, ofegante, segurando a chorosa Sunny.

— E aí? — ela disse.

— Você vai sair?

Em vez de responder a minha pergunta, ela soprou o ar em direção à testa.

— O que você quer, Deacon?

Bom te ver também.

Levantei a chupeta e a balancei entre meus dedos.

— Vim devolver. Encontrei no chão. Provavelmente deveria ter lavado, mas imaginei que você a colocaria na lava-louças. Não sei bem qual é o jeito certo de higienizar essas coisas.

Ela assentiu uma vez. O fato de ainda estar fria comigo não foi surpresa. Eu sabia que me ver com a Kendra no outro dia deve ter sido ruim. Mas era exatamente isso que eu queria. Eu estava tentando superar Carys e esperava que ela visse que as coisas estavam "voltando ao normal", como eram antes de eu foder com tudo.

Sunny chutou as perninhas no ar, parecendo querer sair dos braços de Carys.

Estendi as mãos.

— Posso?

Carys olhou para Sunny, depois para mim, como se aceitar a minha oferta não fosse uma decisão fácil. Mas, em algum momento, ela me entregou Sunny.

Depois de alguns minutos em meus braços, o choro de Sunny reduziu a soluços silenciosos.

Balançando-a suavemente, perguntei:

— O que aconteceu com os Bee Gees? Eu ouvi a música mais cedo. Eles não ajudaram muito desta vez, né?

— Não. Acho que eles já deram o que tinham que dar... como muitas outras coisas.

Ai. Fingi que isso não me afetou.

— Que pena. Vamos ter que encontrar outra coisa.

Alguns segundos de silêncio constrangedor se passaram.

— De verdade, por que você veio? — ela perguntou. — Duvido que tenha sido para devolver essa chupeta cheia de pó.

Olhei para Sunny para organizar os pensamentos.

— Eu queria ver como você está, ver como estão as coisas. Já faz um tempo.

— Olha, no momento, não estão indo bem, Deacon. Porque eu deveria estar em um evento importante do trabalho agora e a Sharon teve que cancelar.

Merda.

— Por que não me ligou? — questionei sem pensar.

— Você não sabe mesmo a resposta?

Claro, foi uma pergunta idiota.

— A que horas você deveria estar lá?

— Eu deveria estar lá há quinze minutos.

Acenei com a mão para ela ir.

— Vai. Eu cuido dela.

Ela negou com a cabeça.

— Não posso deixar você fazer isso.

— Carys... eu sei que estraguei a nossa amizade. E me arrependo. Mas ainda me importo com você. E não quero que perca esse evento se for importante. Então, talvez, seria bom só aceitar a minha oferta para não ter problemas com a sua chefe. Depois você pensa sobre isso. Conversamos quando você voltar. — Quando ela não disse nada, insisti. — Você precisa desse emprego. Agora não é hora para ser orgulhosa.

Ela suspirou.

— Não sei...

— Veja como Sunny está calma agora. Vai ficar tudo bem. Nós vamos ficar bem.

Nós vamos ficar bem.

Sunny e eu? Sim.

Você e eu? Não tenho tanta certeza.

Piscando várias vezes, ela finalmente cedeu.

— Ok.

— Ótimo — eu disse. — Agora vai, para não perder mais tempo.

Carys se apressou em busca de suas coisas, pegou a bolsa e bebeu um copo d'água bem rápido. Ela tinha calçado saltos altos vermelhos. Cacete, suas pernas ficavam incríveis naqueles sapatos. Minha boca salivou enquanto eu admirava a curva da sua bunda pequena e redonda naquele vestido. Então o ciúme se instalou ao pensar nos homens que a cobiçariam naquela noite.

— Seja uma boa menina — ela falou, dando um beijo na cabeça de Sunny.

Inspirei profundamente o aroma dela pelos poucos segundos em que esteve perto.

Ela finalmente olhou para mim.

— Não voltarei muito tarde.

— Demore o tempo que precisar.

Outra lufada do seu perfume me atingiu quando ela saiu pela porta.

Depois que ela se foi, olhei para Sunny.

— A gente consegue, né? Sem surpresas esta noite. — Coloquei a testa contra a dela. — E você sabe o que isso significa.

Quando ela sorriu, me lembrei do quanto senti falta da sua pureza e doçura que vinha sem qualquer julgamento. Ninguém nunca olhou para mim como Sunny Kincaid olhava. E eu não merecia isso nem um pouco. Eu queria poder avisá-la para não se apegar demais ao vizinho da porta ao lado. Só acabaria decepcionando-a, como fiz com tantas outras pessoas que confiaram em mim.

— Você já se perguntou quem eu sou? — falei baixinho, caminhando pelo quarto com ela nos braços. — Nem tenho certeza se me apresentei formalmente, Sunny. Você só deve me ver como o cara grandão e estranho que às vezes vem aqui e te pega no colo. — Sorri. — De qualquer forma... eu sou Deacon. Consegue dizer Deacon? — Apontei para o meu peito. — Deacon.

Ela murmurou.

Sunny até me deixou colocá-la no tapete de atividades, o que me surpreendeu.

Passei a maior parte da próxima hora sentado no sofá enquanto a observava brincar no chão.

— Deacon — repeti ocasionalmente, para ver se por acaso ela tentaria dizer o meu nome. Já tinha quase desistido quando a ouvi dizer algo que soava como... *"dick"*.

— Deek — ela repetiu.

Eu ri.

— Isso mesmo!

Ela tinha balbuciado muitos sons diferentes esta noite, e poderia ter sido uma coincidência, mas eu estava convencido de que ela estava tentando dizer Deacon. Ou talvez *Dick*[1] fosse uma descrição mais precisa de mim. De qualquer forma, estava bom. Deacon ou Dick. Da mesma forma que algumas pessoas falam tomate e outras falam *tomati*. Nada importava. Eu aceitaria qualquer som de D que ela quisesse me dar.

Uma batida à porta interrompeu a minha pequena celebração. Imaginei que pudesse ser Carys voltando mais cedo, embora isso não fizesse sentido.

Depois que abri, me arrependi de não ter olhado pelo olho mágico primeiro, porque era um homem que eu não reconhecia. Ele usava um smoking preto e parecia estar no fim dos trinta anos.

— Quem é você? — perguntou.

Meu corpo ficou tenso.

— Não deveria ser eu fazendo essa pergunta?

— Sou o Charles, o pai de Sunny.

Que porra é essa? Cerrei os dentes e fechei os punhos.

— Carys sabe que está aqui?

---

1 Dick, em inglês, é um xingamento. Como "babaca." (N.T.)

Quando ele não respondeu de imediato, soube que a resposta era não.

Esse cara não era nada como eu tinha imaginado. Tinha aparência comum, com cabelos loiros e mais baixo do que eu imaginava. Carys poderia ter arranjado um homem muito melhor.

— Deixe-me adivinhar... você esperava encontrar uma mulher vulnerável e idosa cuidando da bebê para poder se infiltrar aqui enquanto Carys está fora?

Quando ele deu alguns passos à frente, estendi a mão.

— Não. Fica aí. Não vou deixar você entrar.

Ele soltou um suspiro frustrado.

— Olha, de homem para homem, eu só quero ver a minha filha por alguns minutos.

— De homem para homem? — zombei. — Um verdadeiro homem não precisaria se esgueirar para ver sua filha, porque já estaria na vida dela.

— Escuta, eu vou ao mesmo baile que Carys. Um colega disse que ela já está lá, então pensei que eu poderia passar aqui só para ver Sunny sem ter que chatear Carys. Não quero causar problema.

Ele tentou olhar por cima do meu ombro, mas ajustei o corpo para que ele não pudesse ver além de mim.

Cruzei os braços.

— É, mas isso não vai acontecer. Não sem a permissão de Carys.

Ele fez uma careta.

— Quem você disse que era?

— Pode me chamar de Dick. E sugiro que você vá embora antes que eu mostre exatamente por que me chamam assim.

Ele soltou um suspiro frustrado, bufou e saiu pelo corredor.

Depois que ele sumiu de vista, fechei a porta, tranquei e fui até onde Sunny estava brincando no chão.

Levantei-a e a segurei por um tempo, sentindo-me protetor. Me irritava que o ex de Carys tentasse fazer aquilo, e agora eu teria que contar a ela.

Sunny olhou para cima, desta vez não sorrindo como normalmente fazia. Talvez ela sentisse que eu estava irritado.

— Você merece mais do que esse cara. Sinto muito que você tenha um pai tão ruim. Mas a sua mãe compensa.

Caminhei até a janela com ela, e olhamos para o tráfego lá embaixo.

— Posso te contar um segredo, Sunny? — Depois de uma pausa para que ela respondesse, eu continuei. — Tudo bem. Vou te contar de qualquer jeito. — Olhei para ela. — Estraguei tudo com a sua mãe. Tem alguma dica de como eu posso consertar?

Alguns segundos depois, senti uma vibração vinda de sua fralda.

É, acho que essa era a minha resposta.

Capítulo Quinze

Carys

AGUENTA FIRME

Acabei saindo mais cedo do baile. Não consegui relaxar sabendo que Deacon estava cuidando de Sunny. Talvez, se as coisas estivessem diferentes entre nós, eu me sentiria mais confortável com a situação.

E quando Charles apareceu, soube que era a minha deixa para ir embora. Não fiquei surpresa ao vê-lo — era um evento da indústria do balé —, mas isso não tornava mais fácil. Consegui evitá-lo enquanto fazia a conversa social e obrigatória. Depois, disse à Cynthia que precisava ir embora. Ela pareceu aceitar bem, já que eu tinha ficado no evento por um certo tempo.

Eram onze horas quando entrei no meu apartamento. Fiquei surpresa ao ver que Sunny não estava no berço, mas sim deitada de bruços no peito de Deacon. Ambos estavam dormindo no sofá. Parei por um segundo para absorver a cena, que mexeu com o meu coração de um jeito agridoce.

Por que você tem que ser tão fofo e tão idiota ao mesmo tempo, Deacon?

Fui até eles, pisando bem leve, e comecei a tirá-la cuidadosamente de seu abraço.

Os olhos de Deacon piscaram até se abrirem.

— Oi. Você acabou de chegar? — ele sussurrou, ainda sonolento.

— Sim. Vou colocá-la na cama. Já volto.

Coloquei Sunny no berço e esperei para ter certeza de que ela não acordaria. Depois de confirmar que ela estava dormindo, voltei para a sala. Deacon estava em pé agora, seus cabelos grossos e acobreados uma bagunça desalinhada. Ele enfiou as mãos nos bolsos, parecendo tenso.

— Tem algo que preciso te contar — ele falou.

Meu coração afundou no peito.

— Aconteceu alguma coisa?

— Seu ex veio aqui esta noite. Ele sabia que você estava fora. Tentou aproveitar a situação para ver Sunny.

— Ai, meu Deus. O quê? — Meu coração começou a acelerar. — Ele sabia que eu estava no evento de gala. Ele chegou tarde. Agora faz sentido o porquê. Não acredito que ele fez isso.

— Eu queria dar um soco na cara dele, mas em vez disso, o coloquei pra correr. Com certeza ele não esperava me encontrar aqui.

— Não. Tenho certeza de que não. — Levei a mão ao coração.

— Não quero te chatear, mas obviamente eu tinha que contar.

— Obrigada por ter lidado com a situação.

— Sunny estava no tapete de atividades quando ele veio. Acho que não percebeu o drama. Ele já fez algo assim antes?

Neguei com a cabeça.

— Não, mas ele me ligou outro dia, do nada, perguntando se podia visitá-la. Eu disse que precisava pensar. Parece que essa resposta não foi o suficiente para ele.

— Por que ele quer vê-la de repente?

— Ainda não sei se as intenções são genuínas, ou se há algo mais nisso. Ele mencionou que está tendo problemas com a esposa.

Deacon franziu os lábios.

— Acha que ele está tentando usar Sunny para voltar com você?

— Não acho, não. Acredito que a mulher dele foi o motivo de ele ficar longe de Sunny esse tempo todo. E agora que eles estão em crise, é provável que ele esteja enxergando como uma oportunidade para fazer algo que deveria ter feito há muito tempo. Talvez, lá no fundo, ele tenha um coração e se sinta culpado.

Os olhos de Deacon se estreitaram.

— Você nunca mais vai confiar nele, vai? Depois de toda merda que ele te fez passar? Me diga que não vai deixá-lo entrar na sua vida de novo.

— Não romanticamente. — Expirei. — Embora eu não goste do que ele tentou fazer hoje, estou dividida desde que ele ligou. Sunny tem o direito de saber quem é o pai e vê-lo, mesmo que ele não seja digno do amor dela. Eu não tinha decidido o que fazer, mas ele aparecer assim de supetão com certeza não é nada bom para ele. — Suspirei. — Obrigada de novo por proteger Sunny.

— De jeito nenhum eu o deixaria chegar perto dela.

Fechando os olhos, soltei o ar e me joguei no sofá.

— Charles foi o segundo homem em quem confiei. E ambos me decepcionaram.

— Seu pai foi o primeiro — ele adivinhou corretamente.

Assenti.

Enquanto Deacon se sentava do outro lado do sofá, percebi o quanto tinha sentido falta de conversar com ele. Eu precisava consertar a nossa amizade, então me abri um pouco.

— Quer saber a parte estranha? Minha mãe se envolveu com um homem mais velho também, quando tinha mais ou menos a minha idade. O meu pai. Ele também deixou a minha mãe para voltar com a esposa. Que loucura, né?

— Porra, sério?

— É. Não dizem que a história se repete? Exceto que, ao contrário da minha situação com Charles, meu pai *ainda* estava com a esposa quando começou a se relacionar com a minha mãe. Ele tinha três filhos. A situação é muito parecida, embora Charles tenha dois filhos, não três.

— Você já conheceu os outros filhos do seu pai?

— Não.

Esse assunto era delicado. Meu pai vinha me visitar bem pouco quando eu era pequena, mas até eu ter idade suficiente para me lembrar de qualquer coisa, ele já tinha ido embora. Ele morava em Delaware, e seus filhos moravam perto. Ninguém nunca entrou em contato comigo, mas descobri através de um amigo em comum que meu pai acabou contando aos filhos sobre mim. A vida é assim. Mas eu queria algo muito melhor para Sunny. Só não sabia o que isso significava em relação a Charles.

— Você disse que tem um irmão — Deacon mencionou. — De pais diferentes?

Fiz que sim.

— Minha mãe se casou com meu padrasto alguns anos depois que nasci. Ele é o pai biológico do meu irmão, Aaron. Depois eles se divorciaram, e eu também não o vi muito depois disso. Que família incrível eu tenho, hein?

— Todo mundo tem problemas, Carys — ele disse, apoiando o braço no encosto do sofá e se acomodando. — Meus pais têm um relacionamento bem legal de uma forma meio superficial, porque o foco dele sempre foi a carreira como treinador de futebol, não o casamento. Sei que ele e minha mãe tiveram suas dificuldades ao longo dos anos. Tenho quase certeza de que houve alguma infidelidade da parte dele que ele nunca admitiu. Nenhuma família é perfeita. Mas vejo como fui sortudo por crescer com dois pais quando muitas pessoas não têm isso.

— Sim, e Sunny também não terá.

O olhar dele suavizou.

— Sunny tem uma mãe incrível. Sei que você vai garantir que ela não precise de nada, especialmente amor e segurança. — Ele encarou os seus sapatos por um momento, depois ergueu o olhar para me encontrar. — Me desculpe por ter agido como um idiota.

Balancei a cabeça.

— Tudo bem, Deacon.

— Não, não está tudo bem. Escolhi ser um covarde quando parei de aparecer, em vez de resolver as coisas com você. Sunny me chamou de babaca hoje à noite, e ela está certa.

Não pude deixar de rir.

— O quê?

Ele deu de ombros.

— Estava tentando ensiná-la a dizer Deacon. Saiu "Deek". Soou como "Dick". — Ele suspirou. — De qualquer forma... ela está certa. Eu *tenho* sido um completo babaca, Carys, e peço desculpas.

— Talvez um pouco babaca — concordei. — Mas no fundo, eu entendo, Deacon. Também assumo a responsabilidade pelo que aconteceu entre nós naquela noite. Eu estava... com tesão. Nós dois bebemos um pouco demais e nos deixamos levar. E agora você não sabe como lidar com a tensão. Porque acha que não podemos ser mais do que amigos. Você não pode... *ir além* em relação a mim. Eu entendo.

Ele pareceu dividido.

— Sinto muito que esteja pensando que me afastei porque não te quero o suficiente para aceitar a sua vida. Não é isso. Eu tenho lutado contra os meus sentimentos por você há um tempo, bem antes daquela noite. Isso não tem nada a ver com não te querer. Tem tudo a ver com não ser bom para você a longo prazo, e com certeza não bom o suficiente para Sunny. Não vivo um relacionamento estável desde Deus sabe quando, e, no passado, já machuquei pessoas que eu amava. Não quero acabar machucando você ou Sunny no futuro, principalmente Sunny.

Por mais que eu admirasse sua honestidade, ainda assim doía ouvi-lo confirmar o que eu já sabia. Não havia chance para nós.

— Entendo. — Suspirei. Quem sou eu para convencê-lo a confiar em si mesmo? Eu mesma não confiava em ninguém.

— Eu fingi que o que aconteceu na noite do seu aniversário era mais sobre você, mas eu queria aquilo mais do que você pode imaginar — ele continuou. — E queria fazer com você bem mais do que fizemos, também. Só não me permiti ir mais longe. Não quero te machucar, Carys. Você é uma das melhores pessoas que conheço e uma boa amiga, e ultrapassei os limites. Mas é tarde demais. Não posso voltar atrás. Sei que arruinei a nossa amizade, independentemente do que você diga.

— Você está certo — concordei. — Você meio que arruinou a nossa amizade do jeito que a conhecíamos. Não porque estou brava com você ou te respeito menos, mas porque não consigo parar de pensar em como foi aquela noite ou quanto de ciúmes eu senti quando te vi com a Kendra. Não consigo controlar meus sentimentos. Por mais que eu não queira que as coisas fiquem estranhas entre nós, elas já estão.

— Pois é. Eu sei. — Ele exalou fundo. — Não quero perder a sua amizade. E não quero te machucar. Então diga o que devo fazer.

Havia apenas uma maneira de lidar com isso, a menos que um de nós se mudasse.

— Acho que temos que agir como adultos. Precisamos aceitar que as coisas podem ficar um pouco estranhas entre nós e deixar que elas fiquem estranhas. É isso ou nunca mais nos vermos. Prefiro saber que posso contar com você quando precisar. Se isso significa lidar com um pouco de tensão sexual desconfortável, que seja. Quero poder tomar um café com você e falar sobre o meu dia. Não quero te perder, Deacon. Então acho que só temos uma escolha. E é aguentar firme.

Ele me encarou por um tempo.

— Eu também não quero que seja o nosso fim. De verdade. Valorizo muito nossa amizade.

— Então está decidido. Nós vamos lidar com isso.

Um sorriso se formou em seu rosto.

— Você pode ser mais nova do que eu, mas é muito mais madura, sabia?

— É, acho que tive que amadurecer rápido — respondi.

— É, você teve.

Levantei, fazendo com que ele também se levantasse.

— Obrigada de novo por esta noite — eu disse.

— Sempre que precisar, Carys.

Fechei a porta atrás dele e soube que demoraria muito para conseguir dormir.

Capítulo Dezesseis

Carys
PEGA DE SURPRESA

Seis meses depois

Muita coisa havia mudado nos últimos meses, e não era apenas o clima que havia passado de gélido a quente na cidade.

Estávamos em julho, e eu tinha uma filha de um ano e três meses que estava tentando andar, embora sem sucesso até o momento. Os meses estavam voando. Parecia que foi ontem que ela completou um ano. Quando Sunny comemorou essa data em abril, fiz uma pequena festa para ela no apartamento com alguns amigos da nossa turma das aulas de Yoga Mamãe & Bebê. Simone foi também, e, claro, Deacon. Charles, por outro lado, não havia sido convidado. Ele continuava a ligar de vez em quando e seguia se desculpando por ter aparecido sem avisar no início do ano, mas eu ainda não me sentia à vontade com a ideia de tê-lo perto de Sunny. No entanto, suspeitava que um dia isso mudaria.

Meus sentimentos por Deacon haviam sido testados mais do que nunca. Kendra era coisa do passado, mas ele começou a sair com uma nova mulher em maio... Rachel. Ela tinha longos cabelos escuros e grandes olhos verdes e trabalhava nos bastidores de uma agência de modelos. Ela era linda, e eu a odiava. Ele foi honesto a respeito dela desde o início, nunca tentou esconder, mas ainda assim doía. A situação toda era péssima. Eu não tinha certeza de quão sério era o relacionamento deles, mas o fato de ele tê-la conhecido foi como o último prego no caixão do meu coração.

Se Deacon e eu íamos ser amigos, eu tinha que aceitar tudo — assim como ele teve que aceitar quando decidi me aventurar no mundo dos encontros, no mês passado. Avisei a Deacon que Sharon viria à noite para cuidar de Sunny enquanto eu saía para o meu primeiro encontro oficial em anos. Foi uma conversa estranha. Eu podia jurar que Deacon ficou com ciúmes. Ele quis saber o nome do cara para poder fazer uma verificação de antecedentes.

Sean Colmes era o homem que conheci on-line, e Deacon o apelidou de "P-Diddy" porque tinha o mesmo nome do cantor, só que escrito de forma diferente. Enfim, o encontro não resultou em nada — ele não me deixou balançada. Não tinha saído com um cara desde então, mas foi bom voltar à vida dos encontros. Deus sabia que eu precisava praticar.

Deacon ainda me trazia café quase todos os dias. Ele não falava muito sobre a Rachel, o que eu agradecia. Por fora, parecia que a nossa amizade havia sobrevivido ao que houve na noite do meu aniversário em janeiro. Então era importante que eu não deixasse transparecer que meus sentimentos por ele só haviam aumentado. Eu queria Deacon mais do que nunca. Sempre que Rachel estava em seu apartamento, eu ficava arrasada.

Arrasada.

Eu achava que meus sentimentos complicados eram o maior dos meus problemas quando se tratava dele. Até que, uma tarde, ele parou na minha porta com os cafés de sempre. A expressão incomumente sombria em seu rosto me disse que algo estava errado.

— O que aconteceu? — perguntei.

— Você percebeu, né?

— Sim. Eu te conheço bem. Você não está sorrindo. Aconteceu alguma coisa? Está tudo bem com a sua família?

— Não é nada disso. Todos estão bem. — Ele me entregou o café. — Deixe-me só dar um oi para a Solzinha primeiro. Depois conversamos.

Deacon foi até o balanço de Sunny e pareceu demorar muito mais tempo do que o habitual, acariciando a cabeça dela e sussurrando qualquer coisa.

Um pressentimento ruim me invadiu.

— O que está acontecendo, Deacon?

Ele se levantou.

— Eu tenho novidades.

Meu coração acelerou.

— Tudo bem...

— Eu fui promovido.

A primeira coisa que senti foi... confusão.

— Isso é ótimo. É bom, certo?

— Sim. Paga quase o dobro. O que é uma loucura.

— Meu Deus, uau.

— O único problema é que... o novo cargo exige que eu trabalhe no escritório em Tóquio. Eu teria que me mudar para lá.

— Ah. — Meu coração desabou do peito.

Ele engoliu em seco.

— É um cargo diferente, uma posição gerencial com menos trabalho de design. Então não é remoto. Eu teria que ir ao escritório todos os dias porque vou ter que treinar as pessoas a mexerem com o nosso software. E, ao mesmo tempo, eu ainda continuaria a minha série anterior de trabalhos. É mais coisa pra fazer, mas uma grande oportunidade.

Demorou uma eternidade para eu formular uma resposta. Apesar de todos os sentimentos complexos que eu tinha por esse homem — ciúme, desejo, frustração —, *nada* parecia tão horrível quanto a ideia de ele desaparecer da minha vida.

— Uau... não sei o que dizer, Deacon.

Ele soltou um longo suspiro.

— Estou em dúvida se devo aceitar. É uma merda, né? Algo bom acontece e há um preço tão alto a pagar. Eu amo a minha vida aqui e não quero ir embora.

— Não quero que você vá embora, também — eu disse, lutando contra as lágrimas. — Você é como... alguém da família.

— Eu sei. Me sinto assim em relação a vocês também. Você não tem ideia de como quero ficar. Mas… ao mesmo tempo, estou dividido. Essa oportunidade pode me levar a coisas ainda melhores, mesmo que eu fique lá só por um ano e depois volte.

As palavras *depois volte* me deram um pouco de esperança. Mas quem eu queria enganar? Se Deacon fosse embora por um ano, as coisas nunca mais seriam as mesmas.

No entanto, me forcei a ser a melhor amiga que eu poderia ser.

— Parece uma oportunidade única na vida, né? Quer dizer… você não pode recusar.

Ele pareceu pensar muito antes de falar.

— É provável que não. — Ele assentiu. — Provavelmente eu devo aceitar.

— Então você tem a resposta.

Ele olhou para o chão.

— Porra — murmurou.

Minhas emoções logo se transformaram de choque para desolação. Não só ele havia recebido uma oferta de emprego do outro lado do mundo, como ia aceitar.

Deacon estava indo embora.

Não haveria mais conversas diárias. Não haveria mais cafés. Não haveria mais a segurança de saber que ele estava bem ao lado se eu precisasse. Não haveria mais a esperança de que um dia ele perderia a cabeça mais uma vez comigo — e escolheria nunca me deixar ir dessa vez. Toda a esperança se foi.

— Há quanto tempo você sabe que esse emprego era uma possibilidade?

— Cerca de um mês. Eu me candidatei, mas não achava que conseguiria. Por isso não mencionei.

Olhei para o vazio e assenti, tentando absorver a informação.

— Você está bem? — ele perguntou.

Neguei com a cabeça.

— Não muito. Mas vou ficar. — Continuei lutando contra as lágrimas que se formavam em meus olhos. — Vou sentir sua falta.

— Eu vou sentir sua falta, também. — Ele franziu a testa. — Na verdade, descobri que consegui o emprego ontem, mas não sabia como te contar. Dormi mal à noite. Não havia uma boa maneira de dar a notícia.

Eu sabia que ele estava sendo sincero quando disse que sentiria saudades. O jeito como ele estava me olhando, tão profundamente, me deu calafrios.

— Quando você vai se mudar?

— Eles disseram que eu teria que começar a trabalhar em um mês. Tenho que ver se o proprietário me permite quebrar o contrato de aluguel.

Apesar de me sentir sem esperança, tentei fingir otimismo.

— Então ainda temos um tempinho, né?

— Sim — ele murmurou.

Inesperadamente, Deacon se inclinou e me puxou para um abraço. Muitos segundos se passaram enquanto ele apenas me segurava. Soltei um longo suspiro de frustração em seu peito. Eu podia sentir o coração dele batendo no meu ouvido, e me perguntei se ele podia sentir o *meu* coração se partindo.

As duas semanas e meia que se seguiram ao anúncio de Deacon passaram rápido demais.

Ele conseguiu rescindir o contrato de aluguel e começou a empacotar as coisas um pouco a cada dia. O proprietário disse que ele poderia deixar os móveis para o próximo inquilino, então, Deacon não precisava se preocupar em limpar o lugar. Ele ficou aliviado por não ter que resolver como tiraria suas coisas de lá.

Todos os dias ele trazia café, e fingíamos que as coisas estavam normais, embora fosse o oposto. Cada dia parecia mais sombrio que o anterior.

No penúltimo fim de semana de Deacon em Nova York, decidimos fazer algo que nunca tínhamos feito juntos: uma pequena viagem para fora da cidade. Como Sunny nunca tinha ido à praia e o clima estava previsto para ser quente, alugamos um carro e planejamos uma viagem para os Hamptons. Sair do ambiente usual seria uma maneira de nos distrair do que estava acontecendo. Ou uma maneira de nos despedir, dependendo do ponto de vista.

O amigo de Deacon, Adrian, tinha uma casa pequena em Easthampton e a ofereceu para ele sem cobrar nada. O plano era sair na manhã de sábado e passar a noite lá antes de voltar no domingo. Seria agridoce passar um tempo com Deacon assim, sabendo que em breve eu talvez nunca mais o veria. Ao mesmo tempo, foi exatamente por isso que aceitei essa viagem.

Pedi a ele para ir à loja comprar algumas coisas de que precisaríamos na praia.

Recebi uma mensagem enquanto ele estava fora.

Deacon: Qual é a diferença entre uma fralda para praia e piscina e uma fralda comum?

Ah, lá vamos nós.

Carys: As fraldas comuns ficam muito pesadas, super caídas e se soltam quando molhadas.

Deacon: Poxa, isso é ruim.

Carys: Pois é. Então as fraldas próprias para água não fazem isso.

Deacon: E o que elas fazem, então?

Carys: Nunca pensei muito sobre isso, mas basicamente elas não absorvem.

Deacon: Então, pra que servem? Parece uma falsa segurança.

Carys: Acho que o xixi vai direto para a água kkkk.

Deacon: Que desperdício. Por que não deixar o periquito livre, então?

Carys: Bom, para começar, quem fala "periquito"?

Deacon: Deixa a menina à vontade.

Carys: A fralda protege o maiô dela.

Deacon: Ok. Existem três tipos de fraldas "para praia e piscina".

Eu estava morrendo de rir.

Carys: Qualquer tipo está bom.

Deacon: Como você reutiliza uma fralda dessas? Esta aqui diz que é reutilizável. Por que alguém faria isso?

Carys: Você pode levar para casa e lavar.

Deacon: Três horas depois de ficar embaixo do sol e na praia? Parece errado. E se ela fizer um cocô explosivo?

Carys: Aí provavelmente você jogaria fora.

Deacon: Então é realmente descartável.

Carys: Exato HAHA. Pega a descartável.

Deacon: As únicas fraldas de praia do tamanho dela são azuis com coisas de menino.

Carys: Ela vai sobreviver.

Deacon: Espera! Achei! Consegui uma com estampa de flores.

Carys: Todas vão para o mesmo lugar no fim das contas. Mas estampa de flores é legal.

Deacon: Estou pegando vários baldes e pás.

Carys: Não precisamos de mais de um de cada. É só pra ela.

Deacon: E eu. E você. Precisamos de baldes, Carys. E de pás.

Carys: Ok HAHA.

Deacon: E quanto a este chapéu?

Ele enviou uma foto de algo que parecia uma touca cor-de-rosa.

Carys: Para quem? Minha avó?

Deacon: Para Sunny.

Carys: Isso é para uma pessoa adulta, não é?

Deacon: Não sei. Talvez?

Carys: Tenho certeza de que isso cobriria a cabeça dela inteira. De qualquer forma, ela já tem um chapéu.

Então ele enviou uma foto dele mesmo usando a touca. Cobriu toda a cabeça dele.

Deacon: Você está certa. Ok... vamos para o próximo item. Protetor solar.

Carys: Só pega o de FPS mais alto. Um infantil com a composição menos agressiva.

Ele enviou uma foto de um tubo de protetor solar.

Deacon: Este aqui é o melhor.

Carys: Como você sabe?

Deacon: Vi algumas resenhas.

Carys: Você foi olhar resenhas?

Deacon: Sim.

Isso era tão fofo.

Carys: Obrigada. Pega esse.

Deacon: Ela tem óculos de sol? Você não colocou na lista.

Carys: Não. Mas talvez seja uma boa ideia.

Deacon: Peguei uns óculos pequenos! Estou voltando agora.

Carys: Tudo bem :)

Meu sorriso desapareceu. *Vou sentir falta disso.*

Meu coração parecia estar sendo sufocado. Continuei olhando para o telefone enquanto uma lágrima caía pelo meu rosto.

Capítulo Dezessete

Deacon

PSEUDO-FAMÍLIA

Depois de estacionar o carro alugado em fila dupla na rua do prédio, liguei o pisca-alerta e corri para ajudar Carys a trazer as nossas coisas.

— Está pronta para ir?

— Sim — ela disse, carregando Sunny, que já estava de chapéu.

Toquei na aba.

— Ela fica tão fofa com isso.

— Pois é, embora o nome dela possa sugerir que ela gosta de tomar sol, essa pele branca com certeza não gosta.

— Bem, Sunny, não se preocupe porque o Deek comprou protetor solar pra você.

Quando olhei para Carys, vi um enorme sorriso em seu rosto.

— O que foi? — perguntei.

— Nada. Só estou feliz por passar esse tempo com você.

As palavras dela me atingiram em cheio. Ela não fazia ideia de como me senti pra baixo durante toda a manhã, embora tentasse manter um sorriso no rosto. A cada instante, eu tinha mais dúvidas sobre a minha decisão de me mudar. Esperava que nossa viagem significasse uma pausa nas incertezas.

A viagem para os Hamptons foi longa e congestionada — com o clima tão bom, não fiquei surpreso que todos tiveram a mesma ideia.

Levei um tempo para descobrir como instalar a cadeirinha de Sunny no carro alugado. Ela ficou no banco de trás, virada de costas para nós, mas podíamos ver seu rostinho através de um espelho que Carys fixou no assento. Tocamos *Os Melhores Sucessos dos Bee Gees* durante boa parte do caminho, o que manteve Sunny relativamente calma. Ela até adormeceu em algum momento.

Era difícil acreditar que eu ia embora dali a pouco mais de uma semana. Embora eu tivesse resolvido a maioria das pendências, mentalmente estava bem longe de estar pronto para deixar Nova York. Terminei com a Rachel, a garota com quem estava saindo — não que houvesse algo para terminar. Não estávamos juntos há muito tempo. Nos divertimos, mas eu sabia que não havia um futuro a longo prazo, mesmo que eu não estivesse indo embora. Terminar o relacionamento não me afetou nem um pouco. Deixar Carys e Sunny, por outro lado? Isso era uma coisa da qual ainda não havia me conformado. Partir teria que ser como arrancar um curativo, porque não havia uma maneira fácil de dizer adeus.

Depois da longa viagem, finalmente chegamos à casa da família do Adrian. Era um chalé pequeno com dois quartos — perfeito para o que precisávamos. A rua principal ficava a uma distância que dava para ir a pé, e a praia, a uma curta viagem de carro.

Carys sorriu ao entrar no espaço iluminado.

— Esse lugar é incrível, Deacon. Olha só os raios do sol entrando. Obrigada mais uma vez por nos convidar.

Levei Sunny para dentro.

— Está brincando? Não ia querer trazer mais ninguém aqui.

Quando Carys sorriu, literalmente doeu. Eu tinha passado muito tempo enterrando os meus sentimentos por ela. Mas fazer isso hoje parecia impossível.

Montamos o cercadinho portátil no quarto onde Carys dormiria com Sunny. Não valia a pena tentar encontrar um berço só para uma noite. Carys disse que Sunny às vezes dormia no cercadinho sem problemas, então eu esperava que desse certo. Caso contrário, é provável que eu fosse ser a pessoa a ficar acordada a noite inteira segurando-a. E, secretamente, nem me importaria, porque os dias de segurar Sunny, ser capaz de acalmá-la e fazê-la sorrir estavam prestes a acabar. Logo eu estaria fora da vida dela, e provavelmente ela nem se lembraria de mim. Senti uma dor de estômago, mas Sunny me esquecer seria o melhor, não? Não era isso que eu queria?

Bati as palmas das mãos juntas e o som me arrancou dos pensamentos.

— Você prefere ir à praia primeiro ou deveríamos comprar algumas coisas para não termos que fazer isso mais tarde?

— Ainda temos algumas boas horas de luz do sol. Prefiro ir à praia quando o sol não estiver tão forte. Então, talvez devêssemos ir ao mercado primeiro?

— Você quer ficar enquanto eu vou, ou a levamos junto?

— Eu gostaria de ir — ela disse. — Quero escolher os ingredientes para fazer um jantar gostoso.

Voltamos para o carro e dirigimos até o mercado mais próximo, que por acaso era uma loja de produtos orgânicos a cerca de dois quilômetros da casa. Carys parecia uma criança em uma loja de doces, demorando-se nos corredores. Sunny ficou um pouco inquieta, então a carreguei e tentei entretê-la enquanto a mãe dela fazia compras. Eu sabia que era raro Carys poder olhar as prateleiras sozinha, então queria que ela aproveitasse.

Em um momento, sentei com Sunny na área de alimentação do mercado. Como eles vendiam comidas prontas, era quase um restaurante.

Uma mulher sentada à mesa ao lado sorriu para mim. Mas quando Sunny se virou para ela, a expressão da mulher mudou. Meu coração ficou pesado. Era exatamente aquele olhar que as pessoas davam que Carys havia descrito. Era horrível. Suspeitava que Carys nunca dizia nada quando isso acontecia, mas eu não consegui me conter.

— Com licença.

Ela se virou para mim e sorriu de novo.

— Sim?

— Não pude deixar de notar como a sua expressão mudou quando a minha pequena amiguinha aqui se virou para você. Sei que não teve intenção de causar algum mal, mas você deveria saber que não há motivo para se sentir diferente em relação a ela. Ela é a bebê mais feliz que conheço. E a mais linda. Ela não pode entender o que sua mudança de expressão significa agora, mas um dia, quando for mais velha, ela será capaz de sentir o que as pessoas podem pensar quando olharem para ela de uma certa forma. Então, por favor, guarde a sua pena para alguém que precise.

A mulher franziu a testa, surpresa.

— Eu... sinto muito. Não quis magoá-los. Não percebi que tinha feito isso.

Em vez de responder, levantei e saí com Sunny para tomar um ar. Ela encostou a cabeça no meu ombro, e eu beijei o topo de sua cabeça.

Minha reação ali foi um pouco exagerada; minhas emoções estavam fora de controle com a despedida iminente. Acho que senti que precisava defender Sunny agora, porque não poderia fazer isso mais tarde.

Depois de me recompor e voltar para dentro, o sorriso de Carys me trouxe de volta ao presente. Ela se aproximou de nós com o carrinho cheio de comida.

— Este lugar é ótimo. Desculpe por demorar tanto. Nunca consigo fazer compras assim.

— Eu sei. Por isso te dei espaço. Aproveite o tempo que precisar.

— Ah, não. Já terminei. Vamos pagar para não perdermos o sol.

Depois de voltarmos para casa e guardarmos a comida, Carys levou Sunny ao quarto para trocá-la. Carys apareceu com um vestido de verão que cobria o biquíni. O laço do seu top estava amarrado atrás do pescoço. Sunny usava um pequeno maiô de bolinhas com um chapéu combinando.

Puxei a aba do chapéu de Sunny para baixo.

— Você está pronta para ir à praia?

Ela balançou as pernas e deu um grito.

Enquanto se arrumavam, eu tinha preparado lanches e bebidas em uma caixa térmica. Carregamos o carro e partimos. A praia ficava a apenas alguns minutos de carro.

Depois de estacionarmos, encontramos o lugar perfeito na areia, um pouco afastado do grupo mais próximo de pessoas.

Estendemos uma manta, e Carys tirou os brinquedos de praia que eu tinha comprado.

Minha atenção se voltou por um segundo para um terrier Jack Russell brincando na areia.

Quando voltei a olhar para Carys, ela havia tirado o vestido. Meu coração bateu forte ao ver seu corpo naquele biquíni. Eu tinha esperado tanto quanto havia temido esse momento. De imediato, a visão de seus seios firmes esticando o tecido da parte de cima do biquíni me lembrou da noite em que os chupei, de como se encaixavam perfeitamente nas minhas mãos. Minhas palmas formigaram com a necessidade de tocar a pele firme e acetinada de sua barriga. O corpo dela não poderia ser mais perfeito. Eu nunca a tinha visto tão despida à luz do dia. Não consegui parar de encarar. Quando meus olhos encontraram os dela e ela corou, percebi que Carys sabia exatamente no que eu estava pensando.

— Eu ia passar o protetor solar — ela falou. — Mas não acho que precisa, já que o sol não está tão forte agora. Passei bastante na Sunny antes de sair.

Sabia que me mataria tocá-la, mas o meu lado oportunista não ia se segurar.

— Melhor prevenir do que remediar. — Peguei o frasco. — Deixa que eu passo.

Carys deslizou para mais perto, e comecei a massagear o protetor em suas costas. Ela tinha a pele mais lisa que eu já havia tocado. Meu pau imediatamente ficou duro sob a bermuda. Isso não era bom. Depois de terminar, virei-me para me concentrar no Jack Russell mais uma vez, esperando que a ereção diminuísse antes que ela notasse.

— Posso passar um pouco em você? — ela perguntou.

— Sim. Obrigado.

Agora não havia nem uma chance do meu pau diminuir. O toque de suas mãos macias esfregando as minhas costas era o paraíso. Soltei um suspiro frustrado enquanto ela continuava.

— Obrigado — eu disse quando ela parou. Não me virei, não querendo que ela visse que eu estava excitado.

Focando em algumas gaivotas, tentei me distrair. Quando finalmente estava bem o suficiente para me virar, notei Sunny batendo as mãos na areia. Ela estava se divertindo muito.

Nos minutos seguintes, Carys ficou indo e voltando até o mar, várias vezes, para colocar água nos baldes.

Não consegui conter meu sorriso.

— Não acredito que esta é a primeira vez de Sunny na praia. Estou tão feliz que ela gostou.

— Pois é. Vou ter que encontrar uma maneira de trazê-la mais vezes. Não é muito fácil, já que moramos na cidade.

Depois de pegar o meu balde, construí um castelo de areia que Sunny logo destruiu, transformando-o em nada. Estávamos nos divertindo bastante. As pessoas olhavam para nós e sorriam, provavelmente pensando que éramos uma família. *De certa forma, nós éramos.* Uma pseudo-família. Quase desde o início, Carys e Sunny me pareceram uma família, embora eu tenha tentado resistir a esse sentimento.

Sunny se divertiu brincando na areia até decidirmos levá-la para um mergulho antes que o sol se pusesse e esfriasse. Nos revezamos, segurando-a enquanto ela espirrava a água e ria. Eu a girei, com os pés dela roçando a água, e a levantei por cima das pequenas ondas que chegavam. Não me lembrava da última vez que me diverti tanto. Havia alguma coisa sobre estar perto de Sunny que te fazia esquecer todas as merdas desnecessárias do mundo. O sorriso e a risada dela eram contagiantes.

Quando voltamos para nosso lugar na areia, Carys enrolou Sunny em uma toalha e sentou por um tempo, embalando-a e olhando para a água. Uma brisa do oceano soprou o seu cabelo úmido. O cabelo loiro-acobreado de Carys parecia mais castanho-avermelhado quando estava molhado.

Enquanto elas relaxavam, abri a caixa térmica e peguei uma cerveja. Continuei observando-as de frente para a água. Nunca esqueceria esse momento pacífico. *Nunca as esqueceria.*

Gotas d'água escorriam pela pele macia de Carys, e desejei mais do que qualquer coisa poder lambê-las. Meu pau se contraiu e eu me repreendi por transformar o que deveria ser um momento inocente em outra coisa.

Quando Sunny voltou a brincar na areia, Carys se virou para mim, seu corpo esguio agora de frente para o meu, proporcionando uma visão clara do top do biquíni. Meus olhos ficaram fixos ali, o desejo bem óbvio. Eu não conseguia evitar. Ela era linda pra caralho.

A próxima coisa que senti foi um monte de areia molhada no meio da minha cara. Estava tão absorto em devorar Carys com os olhos que não notei Sunny se preparando para lançar um bolo de areia em mim. Isso certamente me tirou dos pensamentos. Carys e eu caímos na risada, e Sunny soltou um gritinho.

Eu deveria estar completamente feliz, mas havia uma tensão no meu peito que não diminuía. Com certeza era meu cérebro lutando com meu coração.

Mais tarde, naquela noite, enquanto Carys tomava banho, fiquei cuidando de Sunny na sala de estar. Ultimamente, Sunny vinha se segurando nos móveis e tentando andar. Mas eu nunca esperei vê-la dar alguns passos em minha direção por vontade própria. Ela caiu de bumbum no chão logo depois, mas foi um esforço corajoso.

Carys havia me dito que, embora muitos bebês conseguissem andar com um ano de idade, poderia haver um atraso com Sunny. Crianças com síndrome de Down geralmente começam a andar mais tarde, por volta dos dois anos. Com quinze meses, Sunny estava na frente, pois ela com certeza estava tentando.

Liguei a TV e estiquei os pés, sem esperar vê-la se movimentando na minha direção de novo, espiando-a pelo canto do olho. Logo percebi que ela não estava se segurando em nada. Um pé na frente do outro, Sunny estava andando em minha direção.

— Epa, epa, epa — murmurei, tirando os pés do pufe.

Lutando para se equilibrar, com as pernas bambas, Sunny abriu um sorriso enorme. Meu coração acelerou enquanto estendia as mãos para recebê-la. Seu sorriso se alargou até que ela aterrissou em meus braços.

Ai, meu Deus. Sunny tinha andado oficialmente. *Ela andou. Ela já estava andando.* Puta merda. Eu tinha acabado de testemunhar os seus primeiros passos, e Carys estava na porra do banho! Ela tinha perdido tudo.

Pegando Sunny no colo, corri até a porta do banheiro e bati.

— Carys!

— Oi? — ela respondeu.

— Sunny acabou de andar! Ela deu vários passos na minha direção.

— Você está zoando? — A voz dela ecoou.

— Não! Queria ter filmado, mas foi muito rápido.

Ouvi o chuveiro sendo desligado.

Poucos minutos depois, Carys apareceu, enrolada em uma toalha, com o cabelo encharcado.

— Não acredito que perdi isso. Fiquei tentando fazê-la andar por semanas e nada. Ela chegou perto, mas nunca aconteceu.

— Eu sei. É por isso que me sinto tão culpado. Eu nem fiz nada. Ela só... andou — contei, ainda processando o que tinha acontecido.

A pele de Carys estava vermelha, provavelmente por causa da água quente. Ela negou com a cabeça.

— Ela te ama, Deacon. Só o fato de você existir, já é o suficiente para motivá-la.

Engoli em seco, sem saber como responder. Eu não queria que Sunny me amasse. Às vezes, desejava que ela me esquecesse no segundo em que eu fosse embora, para que não ficasse se perguntando onde eu estava.

Olhei para Sunny enquanto ela balbuciava, depois virei para Carys.

— Por que você acha que ela me ama?

— Acho que ela tem essa sensação inata de que existe bondade em você, algo que o resto de nós talvez não consiga ver. — Ela deu uma piscadinha. — Brincadeira. — Então ela desapareceu no quarto para se vestir.

Depois que Carys voltou, tentamos fazer Sunny andar de novo. Mas, apesar de muito incentivo, ela não repetiu os passos. Ela me fez parecer a porra de um mentiroso.

Mais tarde, apoiei-me no balcão da cozinha, observando Carys enquanto ela preparava o jantar e Sunny brincava com seus brinquedos no cercadinho. Ela tinha preparado um peixe assado com limão e ervas, que estava no forno, e agora estava picando a salada.

Mais uma vez, não conseguia tirar os olhos dela, incapaz de parar de pensar em como algum cara sortudo apareceria num futuro não tão distante. Essa seria a vida dele; ele estaria tão contente quanto eu estava agora. A diferença é que ele não as machucaria como eu com certeza faria. Eu sabia que não era o homem certo para Carys, mas isso não diminuía o que eu estava sentindo naquele instante. A ideia de partir me deixava nauseado.

Eu sou louco por ela.

Estava prestes a abandonar alguém com quem me importava muito. Eu tinha fingido, quando a verdade é que Carys estava presente em cada pensamento meu, provavelmente desde o primeiro dia em que tomamos café juntos. Ela só não sabia disso. E eu era covarde demais para admitir os meus sentimentos. O passado já tinha me mostrado que não dava para confiar em mim mesmo para mantê-las em segurança. Elas acabariam se machucando. E eu não me perdoaria se deixasse isso acontecer.

Capítulo Dezoito

Carys

ME PEÇA PARA FICAR

No final de semana após a nossa viagem, forcei a mim mesma a me arrumar, apesar de sentir como se o mundo estivesse prestes a acabar. Era a noite que eu tanto temia. O amigo de Deacon, Adrian, estava dando uma festa de despedida para ele em um restaurante no centro da cidade. Sharon, que amava Deacon desde que ele veio resgatá-la com os Bee Gees, não teve nenhum problema em cuidar de Sunny em um sábado à noite, para que eu pudesse ir.

Não era todo dia que eu me arrumava e saía de casa, então caprichei, coloquei um vestido sexy cor-de-rosa e saltos com brilho dos quais eu sabia que os meus pés se arrependeriam mais tarde. Usei o meu novo modelador de cabelo — outra compra impulsiva da madrugada — para criar cachos largos. Parecia meio bobo tentar impressionar os amigos de Deacon quando ele iria embora em dois dias, mas, para ser honesta, sabia que era o próprio Deacon quem eu queria impressionar. O que era ridículo. Eu achava que ele daria uma boa olhada em mim e decidiria magicamente não se mudar, recusando um cargo que pagaria o dobro? Claro, fazia muito sentido.

— Carys, se por algum motivo você quiser passar a noite toda fora, posso dormir no sofá — Sharon disse, antes de eu sair. — Meu marido não vai se importar de ficar longe de mim por uma noite, e não vou me importar de ter uma folga dos roncos dele.

Estreitei os olhos.

— Não tenho planos de ficar fora a noite toda. Tenho que voltar alguma hora para dormir.

Um leve ar de diversão cruzou o seu rosto.

— Então, eu estava pensando que talvez você e Deacon quisessem ficar... a sós.

— Você sabe que não estamos *juntos*, certo? — Senti a necessidade de esclarecer.

— Ah, eu sei... só... consigo sentir que há algo entre vocês e posso imaginar o quão difícil deve ser o fato de ele estar indo embora. Achei que talvez você quisesse se despedir *apropriadamente*. Sabe... — Ela deu uma piscadinha.

Ela estava falando sério? Minhas bochechas se aqueceram.

— Isso não vai acontecer.

Ela assentiu.

— Tudo bem. Só queria deixar claro que posso passar a noite. Não queria que você ficasse desconfortável em me pedir.

— Obrigada, mas não será necessário. — Quando ela continuou me olhando, precisei continuar. — Quer dizer, não é que eu não queira. No fundo, eu... sempre quis. Só que não deu certo, e agora, claro, ele está indo embora. — *E isso era um pouco demais para revelar à babá da minha filha.*

— Alguma coisa me diz que ele vai dar uma boa olhada em você nesse vestido hoje à noite e perder a cabeça.

Eu sorri. Ela estava me dando uma falsa esperança de que eu não precisava agora. Então, dei um beijo na Sunny e saí.

A sra. Winsbanger abriu a porta assim que caminhei pelo corredor. O que era uma raridade. Ela nunca abria a porta, apenas espiava. Ela estava com um vestido floral e um chapéu de pelúcia. Não sei se estava resfriada ou o quê, mas o chapéu fofinho parecia fazer parte das suas roupas casuais. Não fazia muito sentido usar no meio do verão. Era provável que ela estava na casa dos setenta anos e não devia ter mais que 1,40 m de altura.

Olhei para ela.

— Ah, oi, sra. Winsbanger.

Ela ergueu o queixo.

— Ouvi dizer que o puto está se mudando.

— Sim. Estou indo para a festa de despedida dele.

— Não escuto um pio do apartamento dele há muito tempo. Não desde o dia que você gritou com ele.

Pensando bem, ela estava certa. Nenhuma performance vocal veio do quarto de Deacon desde o dia em que expliquei que podia ouvi-lo através da parede. Eu sabia que ele tinha transado desde então, mas deve ter escolhido fazer isso fora de casa. Ou então, deve ter tapado a boca de alguém.

Estremeci.

— Ele se tornou um grande amigo desde então, sra. Winsbanger. E estou triste em vê-lo ir embora.

— Assisti-lo indo embora é a melhor parte, afinal, ele tem uma bela de uma bunda. — Ela deu uma piscadinha e fechou a porta abruptamente.

Safada. Ela era pior do que eu!

Os amigos e colegas de trabalho de Deacon tinham se reunido em um ambiente privado que Adrian alugou no fundo de um restaurante no centro da cidade. Era uma mistura de pessoas bem-vestidas, na faixa dos vinte e poucos anos, rindo e bebendo. Havia muitas mulheres atraentes, e me perguntei quantas delas estiveram com Deacon de maneiras que eu não tinha ficado.

Avistei Deacon no canto, conversando com alguns caras. Ele estava incrivelmente bonito, usando uma camisa polo que se ajustava em seu peito definido. Seu cabelo grosso estava penteado longe do rosto, um pouco mais do que o normal. Ele era mais alto que a maioria dos homens ao nosso redor e se destacava na multidão. Eu tinha certeza de que grande parte das mulheres ali queria escalá-lo como uma árvore — eu, inclusive.

Ele ainda não tinha me notado. Fiquei esperando, observando a sua interação com os amigos. Ele estava bebendo um licor âmbar e parecia um pouco aéreo — seu sorriso parecia forçado enquanto conversava. Me perguntei se a partida iminente o estava deixando nervoso. Ele olhou ao redor no meio da conversa, como se estivesse procurando algo. Ou alguém. *Será que era a mim?* Quando seus olhos encontraram os meus, ele sorriu largo e de imediato, então pediu licença para vir ao meu encontro. Talvez ele estivesse *mesmo* me procurando.

Para minha surpresa, ele se inclinou e me puxou para um abraço apertado.

— Muito obrigado por ter vindo — sussurrou no meu ouvido.

Sua respiração quente me deixou arrepiada.

— Eu não perderia por nada.

Quando ele me soltou, olhou de cima a baixo.

— Carys... você... — Suas palavras se perderam. — Você está absolutamente deslumbrante.

Sentindo as minhas bochechas corarem, olhei para mim mesma.

— Obrigada. Eu tentei. Quis estar bonita para sua festa.

— Você nem precisa tentar. Você é tão linda. O tempo todo. Mesmo quando está com uma camiseta velha manchada de café ou com comida entre os dentes. É só que, agora, você está de tirar fôlego.

Eu não sabia o que fazer, exceto dizer que, por vários segundos, pareceu que estávamos em nosso próprio mundo. Todos desapareceram.

Então ele pegou a minha mão.

— Vem. Quero que conheça os meus amigos.

Apreciando o calor da mão dele, atravessamos o ambiente.

Deacon me levou até um grupo no canto e me apresentou a vários amigos e algumas pessoas que trabalhavam na mesma empresa que ele.

Um homem bonito, de cabelo escuro e cacheado e ombros largos, juntou-se a nós.

— Você deve ser Carys.

Surpresa que alguém soubesse o meu nome sem eu ter me apresentado, sorri.

— Sim.

— Ouvi muito sobre você. — Ele estendeu a mão. — Sou o Adrian.

— É um prazer te conhecer. Deacon fala sobre você o tempo todo também.

— Não sei se gosto disso. — Ele piscou. — De qualquer forma, estou muito feliz em te conhecer pessoalmente.

— Eu também. E muito obrigada por nos deixar usar a casa de veraneio da sua família. Foi uma viagem incrível. — A lembrança da viagem para os Hamptons me deixou triste por um segundo.

— O que posso te trazer para beber? — Deacon sussurrou no meu ouvido.

De novo, sentir a respiração dele deixou meu corpo em alerta. Esta "celebração" com certeza pedia algo mais forte do que o meu normal.

— Um dry martini?

— É pra já.

Deacon saiu da área privada para ir até o bar no ambiente ao lado. As coisas pareceram mais frias na ausência dele, um gostinho do que estava por vir em apenas alguns dias.

Quando ele voltou com nossas bebidas, deve ter notado minha expressão sombria.

— Tudo bem? — perguntou enquanto me entregava o martini, que tinha várias azeitonas espanholas flutuando nele.

— Sim... acho que só estou me dando conta de que você realmente está indo embora.

Ele assentiu devagar.

— É estranho que nunca tenhamos saído assim juntos durante todo o tempo que nos conhecemos.

— Antes tarde do que nunca? — Forcei um sorriso ao responder.

— Acho que sim. Só queria que tivéssemos mais tempo. — Deacon deu um longo gole na bebida.

Espetei o palito em uma das azeitonas e a coloquei na boca.

— Como você está lidando com tudo?

Ele suspirou e olhou fixamente para o próprio copo.

— Sinceramente?

— Sim... seja sincero.

— Não muito bem. A festa está ótima. — Ele olhou ao redor. — Mas parece surreal. Essas últimas horas estão passando rápido demais.

— Eu sei. Acho que a ficha não vai cair até você ir embora.

Ele me encarou, e seus olhos percorreram o meu corpo.

— Você está tão linda que dói, Carys.

Meus mamilos ficaram duros e meu coração acelerou, mas antes que eu pudesse responder, um de seus amigos nos interrompeu.

— Aí está o homem do momento — disse o cara, dando um tapinha nas costas de Deacon. — Vem, precisamos da sua opinião sobre uma aposta que estamos fazendo.

— Desculpe — pediu Deacon enquanto era arrastado para longe. — Já volto — ele falou sem emitir som.

— Tudo bem. — Eu ri, tentando fazer qualquer coisa além de remoer o que ele tinha acabado de me dizer.

Enquanto Deacon conversava com os amigos, um homem se aproximou e estendeu a mão.

— Oi. Eu sou o Scott.

— Oi — respondi, me sentindo desconfortável, sem ânimo para conversa fiada. — Sou Carys.

— Karen?

— Carys... tipo Paris.

— Ah. Nome bonito. Você está com Deacon Mathers?

— Sou amiga dele. Nós somos vizinhos.

— Entendi. Então, não pude deixar de admirar como você está linda esta noite. Rosa definitivamente é a sua cor. Eu meio que esperava que o meu amigo D não tivesse te escolhido só para ele.

Quando Deacon percebeu que ele estava falando comigo, seus olhos escureceram e ele se afastou dos amigos para se juntar a mim. Seus olhos lançaram flechas no Scott.

— O que está acontecendo, Scott?

— Nada de mais. Só conversando com Carys aqui.

Deacon pegou a minha mão.

— Pode nos dar licença?

A próxima coisa que vi foi que ele estava me conduzindo para a área do bar no outro espaço.

— Quer outra bebida? — ele ofereceu.

— O que foi isso tudo?

— Não gosto daquele cara.

— Então por que ele está na sua festa?

— Eu não o convidei. Ele é amigo de um amigo que veio junto. Sei que fui rude, mas agora não dou a mínima. Não o quero perto de você. Ele é um babaca com as mulheres.

Uma camada de suor cobriu a testa de Deacon. Ele pareceu muito tenso. Decidi não insistir no assunto.

Ele foi até o bar e pegou mais duas bebidas, um líquido âmbar para ele e outro martini para mim. Ele tomou um longo gole enquanto eu o observava.

— Você está bem? — perguntei.

Ele fez uma careta como se o álcool tivesse queimado a garganta ao descer, e então limpou a boca com o dorso da mão.

— Estou cometendo um erro? — questionou.

— Sobre ir embora?

— É. Quero dizer… estou feliz aqui. Não há nenhuma parte minha que *queira* se mudar. Sinto-me obrigado a aceitar o trabalho porque é uma ótima oportunidade. Mas não posso deixar de me perguntar se vou me arrepender. — Quando não respondi, ele balançou a cabeça. — O que estou dizendo, né? Meu apartamento já está praticamente vazio, e eu deveria me apresentar no novo escritório na quarta-feira. Acho que é tarde demais para mudar de ideia.

Foi a primeira vez que percebi que ele poderia estar tendo sérias dúvidas. Presumi que fosse uma decisão óbvia com base no dinheiro. Minha opinião sobre o assunto não ajudaria em nada — eu estava muito envolvida —, então tentei não o fazer se sentir mal pela decisão que já tinha tomado. Meu coração, no entanto, gritava *"Não vá! Por favor, não vá"*.

Se Deacon nunca quis arriscar um relacionamento comigo, talvez fosse melhor ele ir embora. Talvez ele *tivesse mesmo* que ir para eu conseguir superá-lo. Independente se ele ficasse ou fosse, eu estava destinada a me magoar, considerando que não conseguia parar de sentir o que eu já sentia por ele.

— A que horas é seu voo mesmo? — perguntei.

— Oito e meia na segunda-feira de manhã.

Lágrimas se formaram em meus olhos, mas não deixei que caíssem.

— Preciso me despedir de Sunny — ele contou. — Não tenho certeza de como fazer isso. Acho que ela vai notar a minha ausência e se perguntar o que aconteceu. Não quero deixá-la triste. Mas sinto que devo uma explicação, mesmo que ela não possa entender.

A ideia de ele se despedir da minha filha, que eu sabia que gostava tanto dele, partiu meu coração. Não consegui mais controlar as emoções. Precisava escapar para o banheiro para chorar.

Toquei em seu braço.

— Eu já volto, está bem? Preciso ir ao banheiro.

Sem esperar uma resposta, abri caminho entre as pessoas para chegar ao banheiro unissex nos fundos do restaurante. Após bater para ter certeza de que estava vazio, entrei e limpei as lágrimas que caíram pelo meu rosto enquanto eu me olhava no espelho.

Merda. Merda. Merda. Por que você não disse para ele não ir quando expressou dúvida? Talvez ele tivesse ouvido. Talvez tivesse ficado.

Eu sabia que aquilo era loucura. Teria sido egoísta convencer Deacon a ficar por razões pessoais. Mas ele parecia triste naquela noite, não parecia? Quase como se desejasse que alguém lhe desse um bom motivo para ficar. Apesar da minha conversa interna, eu sabia que era uma batalha perdida. A tristeza que Deacon sentia naquela noite era normal — passageira. Ele iria para Tóquio, se acomodaria em seu novo e incrível cargo e nunca olharia para trás.

Imagens de Deacon caminhando entre as luzes brilhantes e a vibração daquela cidade estrangeira passaram pela minha cabeça. Ele teria à sua disposição qualquer japonesa linda que quisesse. E todas elas se amontoariam ao redor do lindo e imenso norte-americano.

Alguém bateu à porta do banheiro. *Merda.* Eu tinha passado tempo demais ali. Deacon ia se perguntar o que tinha acontecido comigo.

— Já estou saindo!

Meus olhos ainda estavam vermelhos. Deacon ia perceber que eu tinha chorado se eu voltasse agora. Mas, com alguém esperando para usar o banheiro, me senti pressionada a sair. Teria que sair por alguns minutos antes de voltar.

Quando abri a porta, uma mulher estava lá. Ela pareceu irritada.

Passei por ela e segui até a saída. O ar fresco da rua atingiu o meu rosto enquanto me encostava no prédio de tijolos, pensando em tirar o pó compacto da bolsa e corrigir a maquiagem antes de voltar para a festa. Esconder as lágrimas com mais um pouco de pó seria um desafio, mas eu ia conseguir. Mascarar as emoções, por outro lado? Eu nunca tinha sido boa nisso, principalmente quando elas me atingiam com tanta força como naquela noite.

Antes que eu tivesse a chance de tirar o espelho da bolsa, ouvi a voz dele.

— Carys! Jesus. Adrian disse que te viu sair, e eu não sabia o que pensar. Eu... — Ele parou de falar. — Você está chorando?

Eu deveria negar? Um soluço escapou de mim.

— Desculpa. Eu não queria que me visse assim. Eu saí para respirar um pouco. — Olhei para o chão. — Me sinto tão idiota por você ter visto. É só que... quando começou a dizer todas aquelas coisas, como estava triste por ir embora, e ter que se despedir de Sunny, isso trouxe à tona tudo o que eu estava sentindo desde o dia em que você disse que ia se mudar. — Olhei para cima. — Deacon, e se depois de segunda-feira eu nunca mais te ver? Isso é horrível. E me desculpe por não lidar melhor com a situação. Eu não queria que me visse assim.

Fechei os olhos, lamentando o fato de ter deixado minha vulnerabilidade exposta. Então, senti suas mãos envolvendo o meu rosto. Meus olhos se abriram, apenas para fechar de novo ao sentir sua boca quente em meus lábios. Talvez eu tenha parado de respirar por um segundo. Minhas pernas ficaram fracas enquanto eu me derretia nele. Quando percebi o que realmente estava acontecendo, abri mais a boca, permitindo que sua língua entrasse, me lembrando muito bem o que ela fazia quando estava em outras partes do meu corpo. Mas, apesar da intimidade daquela noite, esse momento era diferente — mais apaixonado do que sexual. Eu o provei pela primeira vez, respirando-o como oxigênio. E não consegui ter o suficiente.

Ele moveu a língua para abrir ainda mais a minha boca. Seu peito pressionou contra o meu, minhas costas ainda contra os tijolos do prédio. O coração de Deacon bateu desenfreado enquanto as nossas línguas giravam em uma competição frenética. Ergui as mãos e segurei a sua cabeça, puxando-o mais para perto de mim, inalando o seu perfume inebriante. Tive uma vaga percepção de pessoas passando por nós, assim como o som abafado de conversas ao redor.

Seu gemido vibrou na minha garganta enquanto ele enredava os dedos em meu cabelo.

— Porra, Carys.

Pude sentir a ereção dele através da calça enquanto ele se esfregava em mim. Meu clitóris latejou de vontade. Se ele quisesse me tomar naquela maldita calçada, tenho certeza de que eu teria deixado.

Um tempo indeterminado passou, nosso beijo durou o que pareceram vários minutos, nenhum de nós querendo parar. Eu tinha certeza de que isso tornaria a partida dele ainda pior para mim, mas isso não foi suficiente para me afastar. Nada poderia ter me arrancado do sabor delicioso dos seus lábios quentes ou do cheiro do seu perfume inebriante.

Deacon finalmente quebrou o beijo, mas não antes de voltar com a sua boca na minha para morder o meu lábio inferior antes de soltá-lo.

Ele estava ofegante quando posicionou um braço de cada lado do meu corpo, me encurralando contra a parede.

— Seus lábios... eu sonhei em fazer isso por tanto tempo. E foi ainda melhor do que imaginei. Eu poderia te beijar pra sempre.

— Eu queria que você não tivesse parado — eu disse, ainda com as mãos envolvendo a nuca dele.

As luzes da rua se refletiram em seus olhos.

— Vou voltar lá para dentro e me desculpar com meus amigos, avisar que preciso ir embora mais cedo. A maioria está tão bêbada que nem vai se importar. Depois quero que você vá comigo até o meu apartamento para conversarmos. Tudo bem?

Eu não tinha ideia do que ainda havia para ser dito, mas concordei com a cabeça, atordoada enquanto ele se afastava. Esfreguei meus braços nus enquanto o esperava.

Poucos minutos depois, Deacon reapareceu e pegou minha mão enquanto eu o seguia até a calçada. Por sorte, um táxi vazio se aproximou quase de imediato. Deacon ergueu a mão para sinalizar. Nós dois entramos, e ele deu o nosso endereço ao motorista.

Não podia acreditar que ele tinha deixado a própria festa. Deacon segurou minha mão, sentado ao meu lado no banco de trás. A perna dele contra a minha foi o suficiente para manter o meu corpo inteiro em alerta. Eu queria montar nele ali mesmo. Mas a vibração que ele emanava naquele momento não era exatamente sexual. Eu desejava que ele me beijasse de novo, mas Deacon ficava desviando o rosto para o lado. Parecia tenso enquanto olhava pela janela, o joelho balançando para cima e para baixo. O que quer que ele quisesse me dizer estava pesando a sua consciência, e ele permaneceu assim — distante — durante toda a viagem para casa.

Depois de pagar o táxi, saímos do veículo e entramos no prédio, subindo as escadas. Foi estranho passar pelo meu apartamento sem parar para checar como tudo estava. Deacon se atrapalhou com as chaves antes de finalmente conseguir abrir a porta.

Meu coração bateu forte enquanto eu entrava no apartamento dele. Era a primeira vez que eu estava ali sozinha, sem Sunny. Eu me vi no espelho da entrada, o mesmo que eu sabia que minha filha adorava. Meus lábios estavam inchados, o batom borrado, o cabelo uma bagunça. *O que está acontecendo esta noite?*

Deacon continuou tenso enquanto jogava as chaves na mesinha. Ele não tinha dito uma palavra desde que saímos do restaurante. Olhei ao redor do seu apartamento quase vazio. Uma caixa com as coisas que era provável que fosse enviar para o Japão estava no chão. Havia uma grande mala no canto — o lugar sem fotos ou obras de arte penduradas me deixou muito triste.

— Posso te oferecer uma bebida? — ele perguntou.

— Talvez um pouquinho de água.

Eu o segui até a pequena cozinha, notando pela primeira vez como o layout era parecido com o meu.

Deacon pegou um copo do armário antes de abrir a geladeira e despejar água filtrada de uma jarra. Ele me entregou e observou enquanto eu bebia tudo de uma vez. A água foi como chuva sobre um deserto.

Ele estendeu a mão para pegar o copo vazio.

— Mais?

— Não. Obrigada — agradeci, devolvendo-o.

Ele bateu o copo no balcão, com mais força do que provavelmente pretendia. Seu peito subiu e desceu enquanto ele ficava ali, parado, na minha frente.

— Me peça para ficar — ele finalmente disse.

Meus olhos se arregalaram.

— O quê?

— Não fui honesto com você, Carys.

— Tudo bem… — Meu coração bateu forte contra o peito.

— Dei a impressão de que há coisas mais importantes para mim do que você, tipo o emprego que aceitei, ou dinheiro. Mas tudo o que eu queria era estar com você. Já te disse antes que tenho dificuldade em lidar com o que sinto por você, mas fiz parecer algo que eu poderia controlar ou ignorar. Mas eu quero você, Carys. Não apenas como amiga, mas de todas as maneiras, e não te dizer isso foi uma mentira por omissão.

Embora eu devesse ter dito algo, nada saiu. Eu estava em choque.

— Depois que aceitei o cargo, tive essa sensação de que tinha acabado de cometer um grande erro. Foi piorando a cada dia. Mas veja bem: eu sou um risco, Carys. Um grande risco. Não sei se sou o cara certo para você. E com certeza não posso garantir que não vou estragar tudo em algum momento. — Ele se aproximou. Seus lábios estavam quase nos meus. — Mas eu quero ficar. Só preciso saber que é isso que você quer. Pode ser o maior erro que você cometerá, mas se me pedir para ficar, eu ficarei.

Meu coração disparou.

— Queria te pedir para ficar desde o segundo em que você disse que estava indo embora. Mas nunca pensei que fosse uma opção. Achei que essa oportunidade de emprego significasse muito para você.

— Foda-se o emprego. — Deacon encostou a testa na minha, sua respiração se intensificando. — Foda-se o emprego. Me peça para ficar.

— Fica — sussurrei, uma lágrima rolando pelo meu rosto.

No momento em que a palavra escapou, seus lábios vieram para os meus, ainda mais intensos do que tinham sido no restaurante.

— Preciso de você, Carys. Agora — ele rosnou.

Deacon me levantou do chão. Parecia que eu estava flutuando no ar enquanto ele enrolava minhas pernas ao redor de sua cintura e me carregava para o seu quarto, nossos lábios nunca se separando.

De quatro em cima de mim, ele me prendeu embaixo dele na cama.

— Me peça para parar se não quiser.

— Não — eu ofeguei. — Por favor, não pare.

Virei de costas, sabendo que ele teria que abrir o vestido por trás. Ele abaixou o zíper antes de me virar para encará-lo. Deslizou o vestido e tirou o sutiã, desabotoando-o sem esforço. O ar frio atingiu os meus seios e meus mamilos endureceram. Arrepios cobriram a minha pele.

— Senti falta desses peitos lindos — ele gemeu enquanto chupava meu mamilo. — Sonhei com eles todas as noites desde o seu aniversário.

Meu clitóris latejou como se estivesse pronto para gozar. Eu já estava muito molhada, os músculos entre as minhas pernas pulsando com a necessidade de senti-lo dentro de mim.

Deacon beijou muito os meus mamilos, até viajar sua boca de volta ao meu umbigo.

— Você é tão linda, Carys. Eu amo tanto o seu corpo. — Ele beijou todo o caminho de novo, subindo, até a sua boca voltar para a minha.

Eu não me cansava do gosto dele e do cheiro do seu perfume. Puxei a camisa dele e a tirei pela cabeça. Jogando-a de lado, eu o beijei com mais intensidade enquanto saboreava a sensação de seu peito duro pressionado contra os meus seios nus. Seu corpo pareceu pesado sobre o meu. Eu sempre quis senti-lo em cima de mim assim. Estar pele com pele com Deacon era o paraíso. Os músculos entre minhas pernas se contraíram, tão ansiosos para recebê-lo.

— Você é a mulher mais linda que já toquei. — Ele parou de me beijar só para dizer. — Nunca pensei que poderia ter você assim. É literalmente um sonho que se tornou realidade.

Eu não me importava se ele estava dizendo todas essas coisas em uma névoa induzida pelo sexo. Mas a parte minha, desesperada e com tesão, amou cada palavra.

Ele se afastou para deslizar a calcinha pelas minhas pernas. Balancei os quadris para acelerar as coisas. Deacon voltou sua boca para os meus seios, chupando com ainda mais força. Ninguém jamais beijou o meu corpo assim, com tanta vontade.

Enfiando os dedos entre os fios do seu cabelo, pensei que poderia explodir se ele não entrasse em mim logo. Abaixando as mãos até a sua cintura, desafivelei o cinto e o joguei do outro lado do quarto com um tinido. Desabotoei sua calça, deslizando a mão para dentro, para tocá-lo.

— Vai com calma — ele murmurou na minha boca. — Você não tem ideia do quão perto estou de perder a cabeça, linda. Se me tocar, posso gozar na sua mão.

Deacon estendeu a mão para sua mesinha de cabeceira e procurou algo na gaveta. Ele puxou uma tira de preservativos e arrancou uma do topo.

— Você tem certeza? — ele perguntou.

— Acredita em mim, eu tenho.

Sua boca se curvou em um sorriso enquanto ele se abaixava para devorar os meus lábios. Quando afastou o beijo, abriu a embalagem da camisinha com os dentes. Ele deslizou a cueca boxer para baixo e abaixou seu corpo sobre mim de novo. Senti o seu pau quente e grosso contra o meu abdômen. Eu queria tanto sentir o espaço entre nós e tocar o seu comprimento. Enquanto ele me beijava, seu sexo deslizou contra o meu clitóris. Eu me pressionei com mais força contra ele, a minha umidade abraçando-o.

Ele se afastou e, depressa, deslizou a camisinha. Acompanhei cada segundo do processo, maravilhada pela glande do seu pau e as veias ao redor. Eu sempre imaginei como era o corpo de Deacon, mas nada tinha me preparado para aquela magnificência absoluta. Ele era lindamente grande e viril em todos os sentidos.

Antes que ele pudesse deslizar e entrar, envolvi a mão em seu pau e acariciei-o com leveza.

— Devagar — alertou. — Quando estiver pronta, me coloca dentro de você.

Por mais difícil que fosse resistir à ideia de só empurrá-lo para dentro de mim, esfreguei a cabeça do seu pau contra a minha entrada. Eu só estive com alguns caras, mas com certeza não me lembrava de estar tão preparada assim.

Incapaz de me conter, coloquei-o na entrada.

Em segundos, ele começou a se empurrar para dentro de mim.

— Pooorra. — Ele respirou no meu pescoço. — Me desculpa. Não consegui esperar.

Seu pau era tão grosso que queimou um pouco. Mas quando ele estava lá no fundo, envolvi as pernas em suas costas.

Ele estocou dentro de mim devagar, passando depois para as estocadas rápidas e fortes.

— Porra. Você é tão gostosa, Carys. Tão boa, linda. Puta merda.

Eu não tive certeza se era porque fazia muito tempo ou se porque ele era tão grosso, mas senti uma mistura de prazer e dor — indo além de tudo o que eu já imaginei. Não me importava se estava doendo. Eu *queria* que doesse.

— Nada, e eu quero dizer *nada mesmo*, jamais, foi tão gostoso quanto a sua boceta molhada em volta do meu pau. É a melhor coisa de todas.

Me contorci embaixo dele.

— Me foda com mais força, Deacon.

— Se você não parar com esse movimento, eu vou perder o controle. Você é tão apertada. Incrível.

Dito isso, contraí os músculos da minha boceta, apertando ainda mais ao redor dele.

Seu corpo estremeceu.

— Merda — ele gemeu.

Agarrei sua bunda enquanto seus quadris começaram a rodar em mim. Ele não poderia ir mais fundo do que aquilo. Mais uma vez, apertei os músculos ao redor dele.

— Para com isso. Quase perdi o controle. — Ele riu nos meus lábios. Então, claro, apertei com mais força. — Você é tão malvada. Só por causa disso, vou te foder com mais força.

Abrindo mais as pernas, Deacon fez um vai e vem, dentro e fora, com tanta força, que eu tinha certeza de que gozaria a qualquer momento. Prendi a respiração, esperando poder prolongar isso um pouco mais. Ele pegou meu mamilo entre os dentes e eu quase gozei.

Então trouxe sua boca até a minha, me beijando com força. Isso foi tão diferente da primeira vez que "experimentamos" um ao outro. Ser capaz de tê-lo por *inteiro*, saboreá-lo, cheirá-lo, senti-lo dentro de mim e, acima de tudo, saber que estava causando tanto prazer a ele, ampliou o meu prazer dez vezes mais.

Deacon desacelerou de repente, seu peito arfando sobre mim enquanto seus beijos diminuíam. Continuei a latejar, desejando mais enquanto ele tentava prolongar o inevitável. Seu cabelo estava uma bagunça desgrenhada. Eu amava aquele cabelo assim, sabendo que era por minha causa.

Lento, mas intenso, seus movimentos aceleraram de novo, e suas bolas bateram com força na minha bunda. Movi os quadris para combinar com a velocidade dele, e meus músculos se contraíram quando de repente tive um orgasmo.

— Estou gozando — exalei, me rendendo à perda de controle. — Ai, meu Deus, Deacon.

— Porra. — Deacon tremeu quando finalmente se permitiu gozar, indo e vindo profundamente dentro de mim enquanto chegava ao clímax. Pude sentir o calor do seu esperma através do preservativo enquanto ele soltava um gemido alto que ecoava pelo quarto.

Nossos movimentos finalmente diminuíram, e desejei que ele pudesse ficar dentro de mim para sempre. Depois que relaxamos, ele tirou seu pau devagar, deixando um arrepio no meu corpo pelo movimento.

— Volto logo. — Ele beijou a ponta do meu nariz.

Ainda em um delírio nebuloso, admirei seu corpo nu e esculpido enquanto ele se levantava para jogar a camisinha fora.

O que está acontecendo?

Deacon acabou de me foder — com força.

E ele *não* ia mais embora?

Parecia o melhor sonho de todos. Eu não queria acordar nunca.

Ele voltou para a cama e esfregou o nariz no meu pescoço.

— Não quero passar a noite longe de você. Posso passar a noite na sua casa?

— Tenho uma ideia melhor.

Peguei o meu celular, procurei o nome de Sharon e mandei uma mensagem.

Carys: A oferta para você passar a noite ainda está de pé?

Alguns segundos depois, ela respondeu.

Sharon: Sim. Não precisa explicar. As paredes são finas. ;-)

Ops. Eu nem consegui me sentir constrangida, porque a euforia tornou impossível eu sentir qualquer coisa além da sensação de que estava pisando nas nuvens.

Na manhã seguinte, o sol invadiu a janela do quarto de Deacon. Acordei com ele me observando a poucos centímetros de distância. Quanto tempo ele tinha ficado ali, me olhando dormir?

— A noite passada realmente aconteceu? — perguntei.

Ele se inclinou para beijar o meu nariz.

— Aconteceu.

— E você não vai mais embora?

— Como eu poderia te deixar depois do que fizemos ontem à noite? — Ele me puxou para mais perto, seu pau duro contra a minha perna. — Vou precisar de muito mais do que isso, Carys, muito mais de você. Todos os dias.

Agora que eu tinha saído um pouco da névoa induzida pelo sexo, consegui fazer uma pergunta decente.

— Por mais incrível que tenha sido a noite passada, estou um pouco receosa com a rapidez com que você mudou de ideia sobre ir embora. Tipo, isso pode mudar de novo quando pensar direito sobre o assunto?

Ele fechou os olhos e assentiu, parecendo entender a minha preocupação.

— A questão é que não foi uma decisão tão repentina quanto você pensa. Como te disse ontem à noite, desde o momento em que aceitei a oferta, eu fiquei me perguntando se estava cometendo um erro. Já te disse antes que luto contra os meus sentimentos por você. Eu queria estar com você, mas fiquei preocupado de não ser homem suficiente para você e Sunny. Cometi erros que não quero repetir...

Ele fez uma pausa e passou a mão pelo rosto.

— Não estou conseguindo me comunicar do jeito que eu queria. Mas ver você chorar do lado de fora da festa... mudou tudo. Era isso que eu precisava para arriscar o que o meu coração vinha me dizendo esse tempo todo. Não quero te machucar. Quero que sejamos felizes. Isso é o que eu sempre quis.

Parecia ótimo, mas a minha descrença permanecia.

— O que você vai dizer no trabalho?

Ele suspirou.

— Vou dizer a verdade. Que cometi um erro, que pensei que poderia deixar as pessoas que amo para trás. Que elas mereciam alguém que estivesse lá, oferecendo tudo, e não um cara apaixonado e arrependido por ter escolhido estar longe. Há muitas pessoas na empresa querendo esse cargo, não se preocupe. Eles ficarão bem. — Um leve sinal de dúvida cruzou seu rosto. — E se eles encrencarem comigo, vou procurar outro emprego. Mas acho que não vou precisar fazer isso.

— E quanto ao apartamento? O proprietário já entregou para outra pessoa?

— Não faço ideia. Isso importa?

— Claro que não. Só estava curiosa.

— Espero poder conseguir o apartamento de volta. Se não, acho que conheço uma pessoa que vai me deixar morar temporariamente em sua casa até eu encontrar um lugar.

A ideia de Deacon morar comigo me deu um frio na barriga, embora fosse muito cedo para isso. Não queria criar expectativas com nada.

Balancei a cabeça.

— Desculpa. Ainda estou tentando entender. Não consigo acreditar que você vai ficar.

Ele colocou a mão no meu queixo.

— Me prometa uma coisa.

— O quê?

— Vamos passar um tempo conhecendo um ao outro mais e mais. Uma vez por semana, quero que a gente consiga uma babá... eu pago. Eu quero ter um momento sozinho com você, só nós dois, por uma hora ou duas.

— Eu ia adorar isso.

Ele colocou a mão atrás da minha cabeça e me puxou para um beijo, nossos corpos nus pressionados um contra o outro. Ele estava tão duro.

Pude ouvir bem baixinho Sunny no quarto ao lado. Embora eu estivesse só do outro lado da parede, estar enclausurada no apartamento de Deacon fazia eu me sentir a mundos de distância.

Deacon abaixou a mão, colocando-a atrás, na minha bunda, sua ereção ainda quente contra minha perna.

— Acho que preciso te devolver para Sunny muito em breve, mas não quero deixar você sair da cama.

— Eu preciso ir. A Sharon tem que voltar para casa. — Passei o polegar por seus lábios deslumbrantes. — Vem me ver hoje?

— Que tal eu buscar o café da manhã e levar até a sua casa?

— Eu vou amar. Que gentil da sua parte.

— Na verdade, tem um motivo especial.

— É?

— Deixar a minha garota bem alimentada, porque preciso que ela tenha energia mais tarde, quando eu for me divertir com ela, enquanto Sunny estiver dormindo.

Minha garota. Ele não tinha ideia do que ouvir isso fazia comigo.

— Não se preocupe. Estou longe de estar cansada.

— Ótimo, porque estou longe de ter feito tudo o que quero com você.

Capítulo Dezenove

Deacon

DIGA O MEU NOME

Três semanas se passaram desde que decidi ficar em Nova York, e não houve um único momento em que me arrependi da minha decisão. Me sentia o cara mais sortudo do mundo. Consegui manter o antigo emprego, apesar de ter passado a perna na gerência com a minha reviravolta de última hora. Consegui ficar com o apartamento porque o proprietário ainda não o havia alugado para mais ninguém. Mas, acima de tudo, conquistei a mulher dos meus sonhos quando afastei os meus medos o suficiente para me permitir estar com ela.

Carys encontrou uma nova babá que cuidava de Sunny por algumas horas todos os finais de semana para que nós dois pudéssemos ter um encontro. Meu tempo a sós com ela era precioso.

Hoje tivemos um encontro de dia, e tinha sido épico. Fomos a uma lanchonete tomar café da manhã e, com muitos waffles e intermináveis xícaras de café, nós ficamos conversando, sentados próximos à janela. Era uma manhã chuvosa em Nova York, então passamos a última hora que tínhamos juntos a sós no meu apartamento, antes de ela ter que ir para casa.

Eu estava voltando do banheiro quando me deparei com uma cena que era melhor do que qualquer coisa que a minha imaginação já pudesse ter inventado.

Carys estava completamente nua diante do espelho de corpo inteiro no meu quarto. E ela estava *dançando*. Dançando com tanta graça, como a bailarina que era. Com os calcanhares juntos, ela ergueu os braços acima da cabeça. Então, se ergueu na ponta dos pés, como se eles suportassem facilmente o peso do seu corpo. Pousou brevemente sobre os calcanhares antes de sua perna direita voar para o ar. Então, ela girou. Um ballet assim, estrelado Carys Kincaid nua, era a melhor coisa que eu tinha visto esse ano — talvez em toda a minha vida.

Ela deu um pulo quando percebeu que eu estava observando-a pelo espelho, e levou a mão ao coração.

— Meu Deus. Você me assustou.

— Isso foi incrível pra caralho — eu disse, entrando no quarto.

— Você voltou mais rápido do que pensei que voltaria. Ou eu não teria...

— Eu sei. Isso que é tão incrível, ver você mais à vontade. — Deslizei a mão pela pele lisa de suas costas. — Você é linda e corajosa. Eu queria ter te visto dançar no palco, mas vê-la assim? Nua no meu quarto? Isso é um sonho.

Ela subiu na ponta dos pés para me beijar. Eu amava que ela não estivesse com pressa de se vestir, que estava confortável com a sua nudez na minha frente.

— Eu adoraria ter te visto jogar futebol — ela confessou. — Sei como é doloroso para você até pensar naqueles dias, mas aposto que você era incrível no campo.

Suspirei.

— Queria poder voltar a jogar de vez em quando. Só porque algo interrompe a sua carreira profissional, não significa que você nunca mais possa fazer... eu entendo. Mas toda vez que pensei em voltar por diversão, desisti. Não toco em uma bola de futebol há anos. Mas sei que descobrir uma maneira de jogar seria bom para mim. Seria terapêutico. — Trouxe sua boca até a minha. — Talvez um dia eu consiga. Você me motiva.

Carys apertou minha bunda.

— Consigo imaginar como você era sexy todo uniformizado.

Eu ainda tinha a antiga camisa guardada em uma caixa no fundo do meu armário. Era a única lembrança que guardei e levei comigo para todos os lugares em que morei. Caminhei até o armário e achei a caixa. Quando tirei a camiseta azul-celeste, meu coração disparou. Eu não havia sequer tocado nela desde o dia em que a guardei, quase uma década atrás. Ver o meu número e o nome *Mathers* escrito nas costas me deixou arrepiado.

O queixo de Carys caiu.

— Meu Deus. Isso é...

Ainda olhando para baixo, assenti.

— Minha camisa.

— Número oito.

Suspirei.

— Aham.

Colocando-a sobre a cabeça, percebi que estava um pouco apertada. Eu tinha ganhado uns músculos desde a faculdade. Olhei para mim mesmo no espelho por um tempo. Carys estava ao meu lado, ainda gloriosamente nua. Eu era quase trinta centímetros mais alto do que ela.

Ela se moveu para trás de mim, envolvendo os braços ao redor da minha cintura.

— Sei que não foi fácil para você vestir isso.

— Você me inspirou. Você sempre me inspira. — Virei-me para encará-la.

Ela deu um sorriso maroto.

— Ver você com essa camisa está me deixando um pouco molhada.

Franzi o cenho.

— É? — Pressionei o meu peito contra o corpo nu dela. — Quer foder um quarterback, safadinha?

— Na verdade, eu quero. Mas só se for você.

Abaixei as mãos para a sua boceta e circulei a entrada com meus dedos.

— Puta merda. Você está molhada.

As bochechas dela coraram.

— Não precisa de muito esforço quando o assunto é você.

Meu pau estava prestes a explodir, e eu nem estava dentro dela ainda. Nunca estive tão insaciável na vida como nas últimas semanas com Carys. Esse momento, ali e naquele instante, foi o ponto alto de todos os encontros.

Ela deslizou as mãos por dentro da minha camisa enquanto eu continuava a tocá-la, devorando a sua boca. A cada gemido, eu ficava mais duro, até que não aguentei mais. Colapsamos na cama. Tínhamos feito sexo meia hora atrás, mas eu precisava dela de novo.

Peguei um preservativo na gaveta o mais rápido que pude e cobri a glande inchada, ansioso para estar dentro dela.

Quase gozei no segundo em que senti a boceta quente e apertada dela envolver o meu pau.

Mesmo consciente da babá ao lado, não consegui me controlar enquanto entrava e saía de Carys, fazendo a cama ranger e a cabeceira bater contra a parede. Levaria um tempo até que eu pudesse fazer isso de novo — pelo menos até esta noite — e não seria suficiente. O que posso dizer? Estávamos compensando o tempo perdido.

— Deacon — ela ofegou enquanto eu a penetrava.

Eu adorava quando ela dizia o meu nome enquanto eu estava dentro dela. Amava quando ela dizia qualquer coisa durante o sexo. Ela não era de falar, mas quando fazia, isso me deixava no limite.

— Diga o meu nome de novo.

— Deacon.

— De novo. — Eu a penetrei com mais força. — Diga a porra do meu nome.

— Deacon... Deacon... Deacon.

— Porra, Carys. O que vou fazer com você? Quero você o dia todo.

Ela agarrou a minha bunda e me empurrou mais fundo.

— Me foda sempre que quiser.

Nisso, eu perdi o controle. Gozei mais cedo do que esperava, algo que não acontecia desde o ensino médio. Mas ultimamente tinha sido frequente.

— Merda. Me desculpa. Às vezes não consigo me controlar com você.

— Tudo bem. Eu adoro quando você perde o controle.

Quando finalmente recuperei a respiração, virei-me para ela.

— Talvez eu precise de algo para me acalmar, tipo o contrário do Viagra.

— Está me ouvindo reclamar? — Ela me deu o sorriso mais adorável de todos.

Como eu tinha gozado antes de Carys terminar, deslizei na cama e enterrei o rosto entre as pernas dela, levando-a ao orgasmo com a minha boca em alguns minutos.

Depois, deitamos um de frente para o outro, saboreando os últimos momentos a sós.

— Não consigo lembrar a última vez que estive tão feliz — confessei, trazendo-a mais perto. — Obrigado por tornar impossível resistir a você, assim não cheguei a cometer o erro de ir para Tóquio.

— Você me faz feliz. Mas também me assusta — ela admitiu.

Eu concordei, sentindo o meu coração ficar apertado. Eu tinha dado a ela todos os motivos para ter medo, porque eu tinha dito que estava destinado a ferrar com as coisas. Jurei fazer tudo ao meu alcance para que isso não acontecesse.

— Eu sei que te assusto. E grande parte disso é minha culpa. Não estive em um relacionamento desde a faculdade. Não queria estar em um até te encontrar. Você me mudou. Me faz querer ser um homem melhor. Ainda não confio em mim. Isso vem de anos duvidando de mim mesmo, mas esses são os *meus* problemas e não têm nada a ver com o que sinto por você.

Carys me olhou, pensativa.

— Todos nós somos complicados de diferentes maneiras, Deacon. Eu nunca planejei estar em outro relacionamento. Praticamente tinha desistido. Então, de certa forma, estamos aprendendo juntos conforme vivemos a partir daqui.

Sorri, as palavras dela me aquecendo, me fazendo sentir que não precisava ter todas as respostas naquele instante.

— Passei tempo demais me sabotando, preocupado com o futuro. Vamos viver um dia de cada vez. Prometo fazer tudo ao meu alcance para não te machucar.

— Não é por minha causa que estou preocupada. Você sabe disso, né?

Sunny. Assenti.

— Eu sei.

Ela segurou a minha mão e entrelaçou os seus dedos nos meus.

— Mas você está certo... vamos viver um dia de cada vez.

Carys voltou para o apartamento dela por volta das duas da tarde, e eu fui para a academia queimar algumas calorias.

Depois, encontrei Adrian na Starbucks perto do meu apartamento. Não nos víamos desde a festa de despedida que ele tinha organizado quase um mês atrás; um esforço desperdiçado.

Ele sorriu de orelha a orelha ao me ver me aproximar da mesa com o cappuccino.

— Que olhar é esse? — perguntei, puxando a cadeira para sentar.

— Nada. Só feliz em te ver e curioso para saber o que você tem feito. — Ele riu.

— Você quer dizer curioso sobre o fato de eu estar namorando.

— Nunca pensei que veria esse dia, cara.

— Pois é... aconteceu. — Tomei um gole, sorrindo por trás da xícara.

— No segundo em que a conheci, eu soube que você não iria deixá-la para trás.

Franzi a testa.

— Sério?

— Quando eu vi como ela era, sabia que você tinha um problemão. Mas a maneira como você foi até lá quando aquele cara estava falando com ela na festa? Aquilo foi a cereja do bolo. Eu pensei "como esse homem vai se mudar para o outro lado do mundo quando está apaixonado por essa mulher?". — Ele riu. — Depois você deixou sua própria festa para ir atrás dela.

Apaixonado, hein? Ele acabou de rotular os meus sentimentos por Carys. Eu sabia que esse era o nome oficial para o que eu estava sentindo, mas não tinha admitido nem para mim nem para ninguém, muito menos para Carys. Talvez fosse a hora de fazer isso.

— Estou feliz por ter visto as coisas com mais clareza antes de me mudar para o Japão.

— Então, isso significa que vocês estão morando juntos?

— Não. Consegui continuar morando no meu apartamento. E estamos indo devagar, tentando nos conhecer melhor.

Ele arqueou as sobrancelhas, me provocando.

— Aposto que sim.

— É, isso também. *Muito disso aí.* Mas reservamos tempo para sair e ficar a sós. Não é fácil, então aproveitamos o máximo que conseguimos.

— Pois é... se não se importa que eu pergunte, o que mudou?

— Como assim?

— Você disse antes que nunca ia se envolver com alguém que tivesse filho, que não queria ser pai. Seus sentimentos por Carys mudaram isso? Como se ela tivesse uma mágica que te fizesse querer ter filhos?

Isso me fez tremer. E ele acabara de tocar no meu ponto fraco, aquela coisa que me corroía, que tornava impossível respirar plenamente quando se tratava do meu relacionamento com Carys. Eu aprendi a adorar ter Sunny em minha vida, mas o medo de ser responsável por ela, de alguma forma decepcioná-la, ainda me paralisava. Mas o meu lado egoísta não queria enfrentar essas dúvidas agora — porque eu gostava demais de estar com Carys.

— Ainda estou aprendendo a lidar com isso — respondi.

Eu não estava disposto a entrar nesses detalhes com o Adrian naquele momento — ou talvez nunca. Esse dia tinha sido perfeito, e eu queria que continuasse assim.

— Me importo muito com Sunny — expliquei. — E quero o melhor para ela. O tempo dirá se o melhor para ela... sou eu.

— Tudo bem, é justo. Vou parar de insistir. Só não quero ver você se complicando.

— Eu sei. Obrigado por se preocupar. Vou tentar ser honesto com ela a cada passo.

Ele mudou o assunto para corridas de Fórmula 1, e eu soltei um suspiro de alívio.

Depois que Adrian saiu, esperei na fila por um latte para levar para Carys. Tinha sido apenas algumas horas desde que estivemos juntos, mas eu já estava com saudades. Percebi o quanto meus sentimentos por ela acabaram ficado mais fortes.

Quando a barista pegou um copo do tamanho *venti* da pilha para a bebida de Carys, perguntei se poderia usar a caneta permanente para escrever uma coisa nele.

Meu coração acelerou enquanto eu esperava. Quando a barista terminou de vaporizar o leite e despejou a bebida, ela colocou a tampa no copo e se virou para mim.

— *Venti* latte com uma dose de baunilha para... — Ela pausou. — Eu te amo, Carys?

Levantei a mão e sorri.

— Esse é meu.

Capítulo Vinte

Carys

TOUCHDOWN

Nos dois meses seguintes, o nosso apetite um pelo outro permaneceu insaciável. Foi algo que eu nunca tinha vivido antes. Fazíamos sexo quase todas as noites. Ele vinha para minha casa depois que Sunny dormia. Ficávamos conversando, bebendo vinho e, no final, transávamos como loucos. Depois, ele voltava para o seu apartamento de manhã.

Felizmente, tínhamos um encontro marcado para mais tarde naquele sábado. Era um dia fresco e claro de setembro, e eu mal podia esperar para aproveitar o clima do outono assim que a babá chegasse. Infelizmente, eu estava menstruada, então não haveria momentos quentes dessa vez.

Deacon passou o dia fazendo compras, então concordou em ir à farmácia para mim. Ele deveria estar pegando absorventes supergrandes, entre outras coisas.

Pouco depois de ele sair, recebi uma mensagem.

Deacon: Qual a diferença entre Super e Super Plus?

Carys: Super Plus é maior, mais absorvente. Mas não noto muita diferença.

Deacon: Eu sou... Super Plus ou Super? ;-)

Carys: Com certeza Super Plus.

Deacon: Então, você nota a diferença... quando se trata de mim?

Revirei os olhos.

Carys: Ah, com certeza.

Deacon: Caralho. Odiaria ser o Médio. Ou pior, Pequeno. (Arrepios) Isso seria um horror.

Ir às compras sempre era uma aventura com esse homem. Deacon parou de mandar mensagens, então presumi que tinha encontrado o que precisava e já tinha saído.

Poucos minutos depois, outra mensagem chegou.

Deacon: Você acha que Sunny ia gostar disso?

Ele anexou uma foto dele mesmo com um grande sorriso, segurando um carrinho de compras de brinquedo cheio de frutas e legumes de plástico.

Carys: É difícil saber. Mas achei muito fofo.

Deacon: Mostre a ela a foto. Veja se ela reage.

Levei o celular até onde Sunny estava brincando. Ela sorriu quando mostrei a foto. Mas suspeitei de que não era pelo brinquedo.

Carys: Ela sorriu. Mas tenho quase certeza de que é por sua causa. Ela está tão apaixonada quanto eu.

Deacon: Eu te amo pra caralho, Carys.

Meu coração quis saltar do peito.

Carys: Eu também te amo pra caralho.

Deacon: Só para não confundir... eu não te amo com o meu caralho... quero dizer, com certeza amo também. Eu só queria dizer que eu te amo *pra caralho* e amo bem mais do que amo transar com você.

Desde o dia em que ele voltou da Starbucks com o copo de café que dizia "Eu te amo, Carys", nossas ligações e trocas de mensagens raramente terminavam sem ele dizer que me amava. E eu nunca me cansava disso. Levei provavelmente dez minutos para notar a mensagem escrita com a caneta preta permanente daquela primeira vez, mas quando vi, desabei em lágrimas. As coisas só tinham melhorado desde então.

Tudo estava perfeito, exceto pelo fato de que eu ainda não entendia por que Deacon estava tão inseguro sobre a sua capacidade de ser um bom parceiro. Suas ações provavam o contrário. Algo estava faltando, mas eu não queria pressioná-lo por respostas, porque estávamos indo tão bem. Mesmo assim, seus avisos me assombravam. Às vezes, eu me preocupava que um dia ele acordasse, percebesse a responsabilidade que havia assumido — e fugisse.

Pelo menos por enquanto, Deacon e eu éramos mestres em aproveitar ao máximo nosso tempo juntos. Assim que a babá chegou, naquela tarde, fomos ao apartamento ao lado. Sempre que tínhamos um tempinho sozinhos, íamos ao apartamento dele para transar e garantir privacidade. Depois, saíamos para comer algo e aproveitar a cidade. Hoje, em vez de transarmos, usei esse tempo para satisfazê-lo, chupando-o enquanto esfregava o meu clitóris até chegarmos juntos ao clímax. Quando já estávamos ambos satisfeitos, tomamos um banho e saímos para o nosso encontro.

Deacon e eu decidimos ir ao Central Park. Pegamos um trem e depois caminhamos o resto do caminho. Durante o passeio, Deacon parou em frente a uma loja. Ele me pegou pela mão e me levou para dentro. Na prateleira, havia uma bola de futebol americano com *Eu Amo Nova York* estampado nela.

Ele girou a bola no dedo.

— Quer jogar comigo?

Deacon não tocava numa bola de futebol americano desde a faculdade. Isso era um acontecimento.

— Claro que sim. Estou empolgada que você queira tentar.

Ele sorriu e beijou a minha testa.

— É o momento certo.

— Vai ser a primeira vez que jogo futebol americano — anunciei.

Suas sobrancelhas se ergueram.

— Sério?

— Sou uma novata em relação a brincar com qualquer bola, exceto com as suas — provoquei.

— Talvez devêssemos continuar desse jeito. — Ele deu uma piscadinha.

Quando chegamos ao parque, Deacon demonstrou tudo o que eu precisaria fazer, ficando atrás de mim e me abraçando enquanto alcançava a minha mão, envolvendo-me. Ele tentou me ensinar a maneira correta de segurar a bola.

— Coloque seu dedo médio bem aqui, no topo da costura. — Ele separou os meus dedos. Então parou para beijar meu pescoço.

— Pensei que isso fosse uma aula de futebol.

— Humm. Não posso evitar. Sempre que estou perto de você, preciso te tocar. Preciso fazer jus a todos aqueles meses que me contive. Agora eu estou viciado em você.

Sorri. Meu corpo estava constantemente consciente dele, desejando seu toque a cada segundo que passávamos juntos, então eu não era diferente. Nunca estive em um relacionamento que fosse tão sexualmente gratificante quanto emocionalmente satisfatório. Pensei que estava apaixonada por Charles antes de ele partir o meu coração, mas nunca havia experimentado algo remotamente próximo ao que sentia por Deacon. Se isso não desse certo, seria a maior dor que o meu coração poderia sofrer.

Deacon pegou a bola e começou a demonstrar.

— Quando você lançar a bola, ela vai rolar pelos seus dedos assim, para que você consiga um movimento bom de rotação.

As poucas vezes que tentei replicar a sua técnica foram um desastre.

— Vem cá — ele disse. — Deixe-me mostrar como você deve se posicionar para lançar. — Ele ficou atrás de mim de novo, a proximidade do seu corpo aquecendo o meu. Ele empurrou a mão entre minhas pernas por trás para separá-las. O calor de seu toque fez meu corpo ansiar por mais. — Você vai colocar os pés mais ou menos na largura dos ombros, assim. — Sua mão parou na minha bunda enquanto ele me dava um empurrãozinho para baixo. — Dobre um pouco os joelhos. — Então, suas mãos deslizaram logo acima dos meus quadris. — Não mova as pernas, mas mova o seu tronco de um lado para o outro e rotacione os ombros. — Ele envolveu as mãos em mim e as usou para girar o meu corpo com suavidade. — Está vendo? É assim que você vai se movimentar quando lançar a bola.

— Exceto que a sua ereção não estará pressionada assim na minha bunda como agora, né? — Dei uma risada.

— Se você quiser, a gente pode fazer isso também. — Ele beijou a parte de trás do meu pescoço. — Não transei com você hoje, então estou mais agitado que o normal. Não liga pra isso.

— Ah, eu não ligo mesmo.

Deacon finalmente se afastou de mim. Jogamos a bola de um lado para o outro, e meu coração explodiu de alegria ao ver o sorriso dele enquanto jogava para mim. Sempre que eu pegava a bola, ele comemorava.

Finalmente, ele me derrubou no chão e beijou meu pescoço enquanto deitávamos na grama; isso marcou o fim do jogo. Se as pessoas estavam nos olhando, eu nem sabia.

— Você está especialmente linda hoje — elogiou. — Talvez porque parecia tão feliz enquanto jogávamos, e isso realçou a sua beleza natural.

— A felicidade é linda, não é? — Segurei seu rosto belíssimo entre as mãos.

— Tanto já aconteceu na sua vida que às vezes esqueço o quão jovem você é. Hoje você parece uma garota jovem e despreocupada.

— Estou tão feliz que fizemos isso.

— Um passo de cada vez, certo? — Ele sorriu. — Eu nunca teria considerado tocar numa bola de futebol se você não estivesse comigo.

Sempre te digo isso, mas vou dizer de novo... você me inspira, me motiva a querer ser mais forte. Sinto isso mais do que nunca agora, como se precisasse ser forte por você e pela Sunny.

Ele estava começando a se acostumar com a ideia de ser um pai para a minha filha? Ele já tinha me dito que não queria filhos. Me recusei a criar esperanças, em vez disso, jurei aproveitar cada dia conforme viesse. Mas havia algo mais que me deixava curiosa.

— Você já falou de mim para a sua família?

Ele piscou algumas vezes, parecendo surpreso com a pergunta.

— Minha mãe sabe de você. Tenho certeza de que já falou com meu pai, embora eu não tenha contado diretamente para ele.

— E sobre Sunny, contou que tenho uma filha? — Preparei-me para a resposta.

— Sim. Claro. Eu não esconderia isso.

Por mais que sua garantia me deixasse mais tranquila, havia um ar de desconforto na conversa.

— Como sua mãe se sentiu sobre você estar namorando alguém que tem uma filha?

— Ela só quer que eu seja feliz. É tudo o que ela sempre quis. Meu pai é mais crítico, e tenho certeza de que encontraria algum motivo para questionar qualquer decisão que eu tome. Ele é do contra por natureza. É por isso que não me abro pra ele.

— E o seu irmão? Você fala muito com ele?

— Minha relação com Alex está melhor agora do que costumava ser. Fiquei ressentido com ele, até de uma forma injusta, por muitos anos. Quando me formei na faculdade, ele estava só começando a carreira no futebol universitário, e por mais orgulhoso que eu estivesse, não estava mentalmente preparado para fazer parte da vida dele, porque isso significava ter que enfrentar aquele mundo que eu havia perdido. Não lidei muito bem.

— O que ele está fazendo agora?

— Ele trabalha em uma empresa de assessoria financeira em Minneapolis. Nós conversamos ao telefone de vez em quando, mas não falei com ele desde que você e eu começamos a namorar. Estraguei a minha relação com ele, então é meu dever consertá-la. Eu sei que isso é algo que preciso resolver.

— Quando vai ver sua família de novo?

— Eu deveria ir para casa no Natal.

— Ah. — Isso significava que ele não estaria com a gente nas festas de fim de ano.

— Mas esses planos foram feitos antes de começarmos a namorar — ele esclareceu. — Eu gostaria de passar o Natal com você.

Sorri.

— Tenho certeza de que sua família vai querer te ver, mas eu também adoraria passar as festas com você.

— Talvez eu vá para casa por alguns dias e volte na véspera de Natal ou algo assim. Podemos resolver. — Deacon mudou o foco da conversa. — E a sua família? Você não fala muito sobre sua mãe ou seu irmão. Não os vê durante as festas?

— Minha mãe vem à cidade a cada dois anos. Não a vejo desde o último Natal. Esse ano, ela vai ao Caribe com o namorado para as festas de fim de ano. Meu irmão, Aaron, é fotógrafo de um blog de viagens. Ele está em Praga agora e acho que não tem planos de voltar para os Estados Unidos esse ano. E é isso. É só até aí que tenho uma família. Eu os amo, mas não nos vemos tão frequentemente quanto eu gostaria.

— Estou surpreso que a sua mãe não queira ver mais a neta.

Dei de ombros. Não pude discordar.

— Minha mãe sempre foi um pouco distante. Ela é assim. Ela nos visitou quando Sunny nasceu e depois no último Natal, mas não veio nos ver desde então.

Queria dizer ao Deacon que ele parecia mais a minha família do que os meus próprios parentes, mas talvez fosse demais para admitir. Eu sempre tomava cuidado ao dizer coisas que pudessem fazê-lo se sentir obrigado. Queria que ele fosse o primeiro a ter certas conclusões sobre nós. Ele, sem dúvida, dizia que me amava o suficiente — eu só esperava que o seu amor não tivesse prazo de validade.

— É, a sua mãe não sabe o que está perdendo com a neta. — Seu sorriso teve um quê de tristeza. — Falando na Sunny, você acha que ela tem idade suficiente para ir à fazenda?

— Tipo, uma fazenda com animais?

— Isso. A família de um cara com quem trabalho tem uma fazenda no interior. É o tipo de lugar que as pessoas pagam para visitar. Eu chequei o site deles. Eles têm animais que você pode chegar perto e fazer carinho e também uma loja de presentes. Você acha que ela gostaria de fazer uma coisa assim?

— Poxa, se ela não gostasse, *eu* com certeza adoraria. Mas, sim, acho que ela ia amar. Ela fica toda animada sempre que a levamos para passear e ela vê um cachorro.

— Então vamos planejar. Talvez no próximo final de semana, se o tempo estiver bom.

— Seria ótimo. — Olhei para o relógio. — É melhor irmos. A babá tem que sair em meia hora.

— Merda. Tudo bem. — Ele se levantou e estendeu a mão para me ajudar a levantar. — O tempo sempre passa tão rápido.

— Passa mesmo. E eu agradeço por você insistir em fazermos isso toda semana. É importante termos esse momento juntos.

Me senti envergonhada, de repente.

— Não pude evitar, queria você por um tempo só pra mim.

Tomamos café de um trailer no caminho de volta ao metrô. Até isso parecia um luxo quando éramos apenas nós dois. Aos poucos, sentia que estava voltando a ser quem eu era antes de ter Sunny. Eu amava ser mãe, mas até começar a tirar um tempo para mim, não tinha percebido o quanto sentia falta de certos aspectos da minha vida. Agora, parecia que eu tinha tudo.

Será que eu tinha me encontrado de novo, ou era Deacon que fazia eu me sentir completa?

Capítulo
Vinte e Um

Deacon

ÚLTIMAS PALAVRAS

Aluguei um carro para a viagem de noventa minutos até Poughkeepsie, ao norte, e foi um trajeto tranquilo, sem trânsito. Sem dúvida tinha sido uma boa ideia. Agora, eu estava segurando Sunny enquanto ela estava montada em um dos pôneis na Fazenda Archwood. Ela sempre foi uma criança feliz, mas os pôneis despertaram um nível de entusiasmo que eu nunca tinha visto.

Após o passeio de pônei, fui buscar café para Carys e eu na pequena lanchonete, enquanto ela levava Sunny para uma área gramada com várias abóboras espalhadas. Sunny agora já estava andando sozinha. Embora um pouco instável, ela caminhava por conta própria.

Depois de pedir nossas bebidas, a mulher que eu sabia ser uma das proprietárias da fazenda sorriu para mim.

— Sua filha pareceu se divertir muito. Fico tão feliz que vocês tiveram como nos visitar hoje.

Tínhamos conversado com ela bem rápido quando chegamos, mas eu não tinha percebido que ela havia presumido que eu era o pai de Sunny. Abri a boca para corrigi-la, mas o que saiu foi:

— Obrigado. Sim… valeu muito a pena a viagem.

Será que eu estava realmente considerando a ideia de ter uma vida com Sunny?

— Sabe — ela disse —, nós temos uma atividade aqui chamada

equoterapia. É indicada para crianças atípicas. Ela ainda é pequena, mas vocês podem considerar no futuro.

— Quais são os benefícios? — perguntei.

— Olha, há muitos benefícios físicos e cognitivos na equitação. No que diz respeito à parte física, pode ajudar a melhorar o equilíbrio, a coordenação e as habilidades motoras, entre outras coisas. E, cognitivamente, pode ajudar a melhorar a atenção, a comunicação e a noção de espaço. Sem mencionar todos os benefícios sociais e emocionais.

— Você tem algum panfleto com informações que eu possa levar para casa?

— Claro. — Ela pegou um folheto de uma gaveta e me entregou.

— Obrigado. Agradeço muito. — Animado para contar a Carys, coloquei no bolso traseiro.

Enquanto esperava que ela preparasse os cafés — com creme e açúcar —, percebi que se uma estranha tinha presumido que eu era o pai de Sunny, Sunny provavelmente tinha achado isso também. *Sunny pensa que eu sou o pai dela?* Tecnicamente, eu era o único homem que ela conhecia. Como eu me sentia sobre isso? Agora, não queria colocar qualquer rótulo além do meu relacionamento com Carys. Ela era a minha namorada. Eu tinha deixado isso claro para ela várias vezes. Mas a filha dela não tinha uma designação, além de ser alguém especial para mim. Passar tempo com Sunny me fazia feliz de verdade; fazê-la sorrir era um dos pontos mais altos da minha vida. Embora fosse difícil admitir, eu sabia que *amava* Sunny. Mas isso me dava coisas que eu tinha jurado que nunca teria — e não merecia ter. *Um dia de cada vez.*

A mulher interrompeu os meus pensamentos quando me entregou os dois cafés fumegantes. Peguei os protetores de copos antes de colocar as tampas.

— Posso levar um desses também? — perguntei, apontando para os *cake pops* cor-de-rosa.

— Claro.

Depois de pagar e sair do lugar, avistei Carys e Sunny caminhando em minha direção. Elas ainda não tinham me notado, então aproveitei o momento para apreciar a bela mulher que era minha e a sua adorável filha. Sunny quase tombou enquanto avançava com uma abóbora pesada na mão. Quando ela me viu me aproximando, Carys se abaixou para me apontar para Sunny. A expressão de Sunny ao me ver foi impagável; ela acelerou os passos, ansiosa para chegar até mim e muito orgulhosa de estar segurando aquela abóbora. Era tão pequena, mas de alguma forma parecia enorme em suas mãozinhas.

Quando ela chegou até mim, estendeu a abóbora. Ela queria dá-la para mim. Meu coração ficou apertado. Eu não merecia o pedestal em que essa anjinha tinha me colocado. A confiança que ela depositava em mim era pura e diferente de tudo o que eu tinha experimentado.

— O que é isso? — Ajoelhei, colocando os cafés e o *cake pop* no chão antes de estender as mãos. — Isso é pra mim?

Suas bochechas ficaram vermelhas, como se ela se sentisse tímida ao me dar a abóbora. Era tão linda.

Peguei a abóbora com uma das mãos e a puxei para perto com a outra.

— Muito obrigado. Eu amei — sussurrei em seu ouvido. — E eu também amo você.

Eu quis dizer cada palavra. Eu amava Sunny.

Carys me encarou. Agora ela sabia as emoções do meu coração. Cada vez mais, eu me rendia ao fato de que, mesmo que não tivesse escolhido essa vida, ela tinha me escolhido. E eu me sentia o homem mais sortudo do mundo na maior parte do tempo.

Quanto àquela dúvida que me corroía? A voz que me dizia que eu não merecia nada disso? A voz que me dizia que eu inevitavelmente estragaria tudo, assim como fiz com todas as coisas que mais tinham sido importantes para mim? Eu teria que mandá-la se foder.

* * *

No caminho de volta para a cidade, colocamos algumas músicas dos

Bee Gees no carro alugado e abaixamos as janelas na estrada.

Sunny adorava sentir o vento no rosto, o que desencadeou uma crise de riso e gritos de alegria. Tinha sido uma descoberta acidental quando eu abaixei a janela errada na viagem de ida.

Seus cabelos loiros estavam voando por todos os lados, seus olhos meio fechados contra o vento.

— Ela adora viver perigosamente — eu disse acima do barulho. — Talvez ela cresça e se torne uma motoqueira.

Carys riu.

— Melhor não desejar uma coisa dessas. Eu ficaria preocupada demais.

— Mas e se a fizesse feliz?

Ela deu de ombros.

— Eu teria que suportar.

— Na verdade... — admiti. — Acho que não conseguiria lidar com Sunny andando de moto. Eu ficaria muito preocupado.

Carys colocou a mão no meu joelho.

— Ah, isso é fofo.

Essas foram as últimas palavras que ouvi antes da batida.

Capítulo
Vinte e Dois

Carys
O ÚNICO CONSOLO

Dois meses depois

Simone viria hoje, e seria difícil colocar em palavras os últimos dois meses. Eu não queria falar sobre o que tinha acontecido, mas era hora de desabafar. Hoje eu relembraria cada detalhe doloroso. O pesadelo do qual eu não conseguia acordar seria completamente revisitado. De certa forma, essas semanas passaram num piscar de olhos e, de outra, parecia uma eternidade desde que eu tinha visto Deacon.

Na maioria das manhãs, eu acordava e demorava alguns segundos até a realidade cair sobre mim de novo — Deacon se foi.

Deacon se foi.

Não importava quantas vezes eu repassasse tudo na minha cabeça, nunca conseguiria compreender o fato de ele ter deixado Nova York. Foi uma surpresa? Não. Ele tinha me avisado. Ele me alertou para não confiar nele, e não escutei. Não existe um ditado sobre isso? Quem avisa, amigo é? De alguma forma, pensei que seria a pessoa a mudá-lo, que o amor dele por mim transcenderia seus medos de se envolver com alguém que tinha uma filha.

Algo mudou nele após o acidente. Ele ficou desesperado, e eu não consegui trazer de volta o homem que eu conhecia. Um acidente havia arruinado a sua carreira no futebol uma década antes, então talvez fosse algum tipo de estresse pós-traumático. Seja o que for, e onde quer que ele esteja agora, eu esperava que estivesse recebendo toda a ajuda necessária.

Já fazia mais de um mês que Deacon havia ido embora, e eu ia explicar tudo para Simone pela primeira vez. Ela tinha passado um tempo em Paris, atuando em um espetáculo lá, quando o acidente aconteceu. Embora ela já tivesse voltado há algumas semanas, eu estava muito deprimida para vê-la. Mas, naquele dia, ela insistiu em ver como eu estava.

Ela logo chegou, trazendo dois cafés da Starbucks. Era a primeira vez que eu tomava Starbucks desde que Deacon me trouxe um pela última vez. Eu tinha evitado o lugar porque me lembrava dele. Como eu poderia olhar para um copo da Starbucks e não lembrar da primeira vez que ele disse que me amava?

Simone colocou os cafés na mesa e me envolveu em um abraço.

— Estou tão confusa, Carys. Me ajude a entender que porra aconteceu enquanto estive fora.

Peguei o latte. Até o sabor me lembrava dele. Meus olhos se fixaram sem expressão no nome da Simone escrito no lado do copo. Senti uma lágrima se formar antes de cair.

Limpei a bochecha.

— Jesus. Eu disse a mim mesma que não ia chorar.

— O que for necessário, você precisa colocar para fora. — Ela olhou ao redor. — Onde está Sunny?

— Está tirando uma soneca.

— Ótimo. Isso nos dará algum tempo para conversar.

Levamos os nossos cafés para o sofá. Eu já tinha contado a Simone o básico sobre o acidente — que um carro nos atingiu quando estávamos voltando da fazenda em Poughkeepsie. Nós nos machucamos e ficamos com hematomas, mas ninguém ficou gravemente ferido — pelo menos por fora. No entanto, eu não tinha elaborado nada do que aconteceu depois. Ela só sabia que Deacon e eu tínhamos terminado.

— Por onde eu começo? — Inspirei fundo e comecei a contar. — O dia do acidente foi perfeito. Tínhamos levado Sunny para uma fazenda. Éramos como uma pequena família. Deacon disse Sunny que a amava. Foi tão lindo.

— Isso tudo foi antes do acidente?

Assenti.

— O acidente aconteceu na volta. Um homem dirigindo um caminhão nos atingiu na lateral, empurrando o carro que tínhamos alugado contra o guarda-corpo. Estávamos com a janela abaixada por causa de Sunny, então foi muito barulhento, mas não acho que a janela aberta tenha feito diferença. Aconteceu tão rápido. Não havia nada que pudéssemos ter feito para evitar. No entanto, não acho que Deacon se sinta da mesma forma.

Ela suspirou.

— Eu não entendo...

— Nem eu, sério, Simone. — Balancei a cabeça. — Enfim, nós fomos para a emergência por precaução, mas fomos liberados bem rápido. Ainda assim, Deacon já não era mais o mesmo. Ele passava cada vez mais tempo no apartamento dele, longe de nós. Se culpava pelo que aconteceu, dizia que seus reflexos não foram rápidos o suficiente, que o vento tinha distraído a sua concentração.

— Mas não foi culpa dele — ela insistiu.

— Não. Mas ele sentiu que deveria ter sido capaz de nos proteger. Acho que se não estivéssemos todos de cinto, poderíamos ter morrido.

— Mas vocês estavam de cinto. Por que acha que ele foi tão cruel consigo mesmo?

Suspirei.

— Isso trouxe de volta uma péssima lembrança pra ele. Deacon sofreu um acidente na faculdade, e isso acabou com a carreira que ele tinha no futebol.

Ela assentiu.

— Ok... uau.

— Eu tentei fazer com que ele falasse sobre o que estava sentindo, mas ele só continuava se culpando, dizendo que Sunny poderia ter morrido, e seria culpa dele. Eu continuava esperando que as coisas mudassem conforme os dias passavam, que ele superasse, mas ele nunca superou.

— Quando ele foi embora?

— Algumas semanas depois do acidente. Uma noite, ele veio até o meu apartamento. Eu fui tomar um banho, já que ele poderia cuidar de Sunny por alguns minutos. — Fechei os olhos, lembrando. — Quando saí, antes que ele percebesse que eu estava lá, ouvi ele falando com ela. No fim, disse: "Eu sei que você não vai se lembrar de mim, mas eu nunca vou me esquecer de você".

Simone colocou a mão no peito, e seu rosto murchou.

— Ai, não.

— Eu perguntei: "Deacon, do que você está falando?". E ele se virou, chocado ao me ver parada atrás dele, só de toalha. — Hesitei. — Ele estava chorando. Eu nunca tinha visto isso. Em seguida, ele só continuou dizendo: "Me desculpa, Carys. Eu sinto muito. Eu não consigo mais fazer isso. Me desculpa mesmo".

Simone estendeu a mão para esfregar minhas costas.

— Meu Deus. O que você fez?

Balancei a cabeça.

— Fiquei louca. Comecei a gritar: "Eu sabia que você faria isso. Eu sabia que você faria isso comigo". E era verdade. Ele tinha me avisado desde o início que era provável que fosse me magoar, que não seria intencional, mas que aconteceria. E eu não escutei. Eu não escutei mesmo, e a culpa é minha.

— Como ele reagiu quando você gritou?

— Ele apenas me encarou. Ele não tinha nada a dizer. Tentou me abraçar em algum momento, mas não o deixei me tocar. Eu disse para ele ir embora. Eu não consegui suportar ouvir mais nada que ele tivesse a dizer. Nada importava se ele não estava disposto a lutar por nós.

— Jesus Cristo, Carys. Onde ele está agora?

— Ele ficou por aqui alguns dias depois disso, me ligando para se certificar de que eu estava bem, mas não atendi. Sei que essa não foi a maneira mais madura de lidar com as coisas, mas eu estava muito magoada.

Certa hora, ele enviou uma mensagem dizendo que iria para Minnesota por tempo indeterminado, repetindo que sentia muito.

— Como ele pôde ir para Minnesota se tem uma vida aqui?

— Ele pode trabalhar de qualquer lugar. E a família dele vive lá.

— O apartamento do lado ainda é dele?

— Parece que sim. Não ouvi e nem vi nada que provasse o contrário.

Ela assentiu.

— Sinto muito que isso tenha acontecido.

Dei de ombros.

— Melhor agora do que daqui a cinco anos, quando eu estivesse ainda mais envolvida.

Eu estava tentando parecer forte, mas estava bem longe de me sentir assim. Na maioria das noites, eu chorava até pegar no sono, rezando para acordar e descobrir que isso tudo tinha sido só um sonho, com o corpo quente de Deacon ao meu lado. A segurança que eu sentia com ele parecia uma memória distante. Mesmo que ele tivesse partido o meu coração, eu sentia falta dele. Mais do que como um namorado, eu sentia falta dele como um amigo.

— E se ele voltar a si, retornar e pedir que o perdoe? — perguntou Simone.

Lá no fundo, eu sabia que a partida dele não era só sobre mim e Sunny. Ele tinha os próprios problemas, e de alguma forma o acidente o colocou em uma situação terrível — um lugar escuro onde ele já estivera antes. Embora eu entendesse isso, não conseguia superar a minha própria dor para conseguir perdoá-lo. E mesmo que eu *pudesse* perdoá-lo, a confiança seria um problema.

Semicerrei os olhos.

— Acabou. Mesmo que ele volte, eu não posso confiar que alguém que já me deixou uma vez não fará de novo. Não é só comigo que preciso me preocupar. É com Sunny também. Estou melhor sem me envolver com ninguém agora. É um risco muito grande. Deacon era minha única chance, e deu tudo errado. Não vou colocar o meu coração à prova assim de novo.

Uma expressão angustiada cruzou o rosto de Simone.

— Isso é tão triste. Eu sinto que, quando a ferida cicatrizar, você vai mudar de ideia. Vai levar um tempo, mas nunca perca a esperança, Carys. Você ainda é tão jovem.

Será que eu seria capaz de amar de novo? Naquele momento, com certeza não parecia ser possível.

Esfreguei as têmporas.

— Eu não sei, Simone. Realmente não sei.

Depois que Simone saiu, fui acordar Sunny de sua soneca. Enquanto a trocava, ela disse algo que me pegou de surpresa.

— Deek.

Meu coração se partiu. Era a minha imaginação? Ela não dizia "Deek" desde que ele tinha ido embora. Só estava percebendo agora que ele tinha ido para sempre? Ou o som que ela fez foi apenas coincidência?

Independentemente da resposta, senti-me compelida a dizer:

— Deacon foi embora, querida. Sinto muito.

Talvez fosse mais uma lembrança do que qualquer outra coisa. Só podia esperar que Sunny começasse a esquecê-lo. Esse era meu único consolo — que ela era jovem demais para se lembrar de tudo isso.

Mais tarde, naquela noite, eu tinha acabado de me acomodar no sofá para assistir a TV quando meu telefone tocou. Poucas pessoas ligavam a essa hora. O som me fez pular, pensando que poderia ser Deacon.

Não era.

— O que você quer, Charles? — E foi assim que atendi, em vez do "olá".

Embora eu tivesse pensado que poderia deixá-lo vir e se aproximar em algum momento, não estava em condições de lidar com essa situação desde que Deacon partiu. Então, toda vez que Charles ligava, eu ainda dava uma variante da mesma resposta: eu não estava pronta para ele ver Sunny.

— Eu te disse que não ia desistir. Vou continuar ligando até conseguir a resposta de que preciso. Eu gostaria de ver a minha filha.

Eu não estava no clima para isso.

— Você não tem o direito de vê-la, então não tenho que seguir nenhum cronograma especial para te dar uma resposta. Se eu deixar você vê-la, será por bondade do meu coração.

— Certo. Entendo. Mas não posso desistir, Carys. Eu não vou desistir. Cometi um erro enorme na maneira como lidei com as coisas depois que ela nasceu. — Ele exalou fundo ao telefone, soando derrotado. — E peço desculpas mais uma vez por ter tentado ver Sunny sem a sua permissão. Como eu já disse, isso não vai acontecer de novo.

Eu precisava parar de prolongar o inevitável. Talvez estivesse me sentindo muito fraca para lutar um pouco mais, então cedi.

— Quer vê-la?

— Sim — ele respondeu rápido.

— Venha amanhã à uma da tarde.

Charles soltou um suspiro de alívio.

— Obrigado, Carys. Obrigado.

No dia seguinte, Charles estava na minha porta, segurando um urso de pelúcia maior que Sunny.

Dei um passo para trás.

— Entre.

Ele me olhou de cima a baixo.

— Você está linda.

Bem engraçado, considerando que eu não tinha feito nada. Na verdade, eu tinha me vestido intencionalmente só com um jeans básico e camiseta.

Seus olhos vasculharam o cômodo.

— Onde está Sunny?

— Ela está tirando um cochilo. Eu tenho que acordá-la. Geralmente não a acordo até que haja um motivo.

Quando eu disse para ele vir à uma, não tinha pensado no fato de que Sunny poderia estar tirando uma soneca. Mas optei por manter o horário de qualquer maneira porque queria acabar logo com a visita.

— Posso ir com você quando acordá-la?

Dei de ombros.

— Claro.

Conversamos bem pouco na sala de estar pelo tempo que pude suportar antes de decidir acordar Sunny mais cedo, indo contra o meu bom senso.

Charles me seguiu até o quarto dela.

Tirei Sunny do berço. Ela demorou alguns segundos para abrir completamente os olhos. Quando notou Charles parado ali, não teve reação.

— Oi, garotinha linda — ele disse, parecendo maravilhado com ela. Sunny continuou olhando para ele com sentimentos mistos.

Talvez ela pudesse sentir a tensão.

— Sou o Charles — continuou. — E sinto muito por não ter vindo te ver antes. Mais do que você possa imaginar. — Ele pareceu um pouco emocionado.

Era genuíno? Provável. Embora essa atitude fosse muito pequena e já era tarde demais para eu esquecer tudo que ele fez — ou não fez — até agora. Eu não esqueceria, mas me esforçaria para perdoar. Acreditava que ele se importava com ela, apesar de tudo. E acreditava que ele se arrependia de como tinha lidado com as coisas.

Charles nos seguiu de volta para a sala de estar. Sentamos em silêncio enquanto ele observava Sunny brincar com seus brinquedos no chão, que agora incluíam o urso de pelúcia gigante que ele trouxe.

— Eu te perguntei algo uma vez antes e você não respondeu. Então, vou perguntar de novo. Quem era aquele homem aqui com Sunny na noite da festa de gala? — perguntou, de repente.

Senti um aperto no peito.

— Ainda não acho que isso seja da sua conta.

— Eu sei que não é. Só estou curioso.

— Era um ex-namorado — admiti.

— Ex? O que aconteceu?

— Não importa.

Charles assentiu, não insistindo no assunto. Continuamos observando Sunny juntos, em silêncio. Ela balbuciava e gritava enquanto tentava se comunicar com o urso gigante.

Ele esfregou as mãos e se virou para mim.

— O que posso fazer para melhorar as coisas entre nós? Sei que perdi toda chance de ter você de um jeito romântico. Mas, poxa, Carys, preciso corrigir os erros que cometi. Quero chegar ao ponto em que possamos agir civilizadamente, sermos amigos, até. Sei que pode ser difícil, mas a esperança é a última que morre.

Neguei com a cabeça.

— Eu não sei.

Ele olhou para o teto e suspirou.

— Carys, quando nos conhecemos, eu estava tão apaixonado por você. Não sei se você percebeu o quanto eu estava envolvido naquela época. Eu admirava sua beleza e elegância muito antes de você ter se machucado e começado a trabalhar comigo. Minha atração por você era algo que tive que manter em segredo porque eu era casado. Quando Violet e eu nos separamos, isso me deu uma oportunidade para finalmente tentar. Nunca senti que te merecia. Mas eu te amei. Eu realmente amei, ainda amo.

Havia apenas uma coisa que eu amava mais, que eram os meus filhos. Cada vez mais, vi como o divórcio iminente estava afetando-os. Comecei a reconsiderar se estava tomando a decisão certa ao deixar a minha família. Eu me convenci de que voltar com a Violet era a decisão certa, mas não era. Amarelei quando se tratava de colocar as minhas necessidades acima das de outras pessoas. Naquela época, é claro, eu não sabia que você estava grávida. Quando descobri, já tinha tomado a decisão de tentar salvar a minha família. E então ela começou a me ameaçar. Eu...

— Já sei o motivo de você...

— Por favor, me deixa terminar — ele interrompeu.

Soltei um suspiro exasperado.

— Quando Violet descobriu sobre a sua gravidez, ela ameaçou fazer com que eu nunca mais visse Talia e Xavier, a menos que eu te abandonasse e renunciasse aos meus direitos como pai de Sunny. Senti que tinha que escolher entre machucar as crianças que eu já conhecia ou aquela que eu nunca tinha visto. Minha decisão foi uma reação impulsiva, por medo. Estou envergonhado do que fiz com você. E se tiver que passar o resto da minha vida te recompensando, eu vou.

Eu sabia que Violet era contra as crianças descobrirem sobre Sunny, mas nunca imaginei que ela realmente usaria os filhos para ameaçar Charles. Ainda assim, se saber disso mudaria alguma coisa, só o futuro ia dizer.

— Não sei o que dizer. Realmente não sei. Eu já te excluí completamente da minha vida e da vida de Sunny.

— E eu mereço cada pedacinho dessa exclusão. — Ele fez uma pausa. — Eu contei a Talia e ao Xavier sobre Sunny.

Meus olhos se arregalaram.

— O quê?

— Foi contra a vontade da Violet, mas cansei de ser chantageado.

— Você sempre disse que achava que eles eram muito jovens para entender.

— Eles são. Mas cheguei à conclusão de que quanto mais eu escondesse deles, maior seria o choque e menos tempo eles teriam com a irmã.

Irmã? Não conseguia acreditar que ele estava usando esse termo.

— Você percebe que não está na certidão de nascimento dela, então, tecnicamente, se ela é irmã deles, isso é debatível.

Ele me encarou.

— Ela tem o mesmo sangue que eles, Carys. Eu não tenho o direito de mantê-la afastada deles.

— O que você disse às crianças?

— Eu contei a verdade, que quando a mamãe e o papai estavam separados, eu me apaixonei por uma mulher linda e tivemos uma bebê juntos. Mostrei a eles a única foto de Sunny que eu tenho, que a Simone postou nas redes sociais. E falei sobre ela, sobre o que é a síndrome de Down, sobre os erros que cometi ao lidar com tudo. E pedi desculpas a eles, assim como estou pedindo desculpas a você agora.

Minha mente estava girando.

— É muita coisa pra lidar.

— Eu sei que é. Mas eu tinha que te contar. Cansei de ser uma decepção para você e para mim mesmo. Precisava fazer o que é certo. Meu nome pode não estar na certidão de nascimento, mas eu sou o pai dela, Carys. Eu *sempre* serei o pai dela.

Me senti mal. Ele não merecia uma segunda chance, mas Sunny não tinha outra figura paterna na vida dela. Seu pai biológico agora queria esse papel. Eu não queria tomar uma decisão que a deixaria triste mais tarde.

— Então, o que espera de mim? — perguntei.

— Não precisa ser oito ou oitenta. Só quero que me encontre de vez em quando. Uma vez por mês, talvez, para começar. Quero que ela me conheça, mesmo que pense que sou apenas um amigo. Em algum momento, vou querer que os meus filhos a conheçam. Sei que tenho muito trabalho a fazer para ganhar a sua confiança. Mas planejo fazer o que for necessário.

Capítulo Vinte e Três

Carys

BOM TE VER DE NOVO

Nas seis semanas seguintes ou mais, Charles provou que não estava brincando quando prometeu reconquistar a minha confiança. Eu apreciei o fato de ele me deixar decidir como seria a sua reintrodução na minha vida.

Além de seguir um cronograma de visitas, ele também começou a depositar dinheiro regularmente na minha conta bancária. Eu nunca recusei as ofertas esporádicas, mas agora que ele não fazia tudo às escondidas da Violet, Charles havia definido um depósito automático para a minha conta todo mês. Eu não ia reclamar. Sunny merecia o apoio dele.

Concordamos com um cronograma de visitas de duas vezes por mês, para começar. Dei a ele algumas horas aos sábados. Levávamos Sunny para passear, e ela estava aos poucos se acostumando com ele, oferecendo sorrisos ocasionais e respondendo aos seus incansáveis esforços para fazê-la rir. No entanto, era notável a diferença da afeição imediata que ela sentiu por Deacon.

Charles não insistiu em usar o termo *pai* perto dela, e eu estava grata por isso. Ele se referia a si mesmo como Charles, e na minha forte opinião, por enquanto, as coisas deveriam continuar assim.

Em um sábado ensolarado e frio de janeiro, Charles e eu levamos Sunny a uma loja de brinquedos e depois para comer. Estava frio demais para tomar sorvete, mas Sunny tinha visto a placa da loja com um banner gigante de uma casquinha e não parou de apontar para ela.

Depois, acabamos no Bryant Park, e eu avistei Adrian, o amigo de

Deacon, sentado à mesa com uma mulher. Quando ficamos prestes a passar por eles, eu desejei virar na direção oposta, mas não quis explicar nada para Charles, então me forcei a continuar no mesmo caminho. Não fazia ideia se Adrian sequer olharia para cima ou me reconheceria.

Mas, claro, assim que passamos por ele, nossos olhares se encontraram. Ele franziu o cenho contra o sol, bloqueando a luz com uma das mãos.

— Carys?

Fingi surpresa e sorri.

— Oi!

— Não sei se você me reconhece. Sei que só nos encontramos uma vez. Sou amigo de Deacon. — Ele sorriu.

— Claro que te reconheço. Como você está?

— Estou bem. — Ele se virou para Charles. — E você é?

— Sou Charles. — Ele estendeu a mão. — O pai de Sunny.

Enquanto eles se cumprimentavam, vi o choque percorrer o rosto de Adrian. Tive vontade de explicar a situação, mas para quê? O que importava se ele tirasse a conclusão errada sobre o assunto? Eu não devia explicação a ele — nem a Deacon.

Adrian se abaixou para olhar para Sunny no carrinho.

— Essa deve ser a famosa Sunny.

Sunny logo se afeiçoou a Adrian, exibindo um sorriso divertido enquanto devorava a casquinha. Meu coração acelerou, perguntando-me se ele mencionaria seu amigo sumido.

Em vez disso, Adrian apenas assentiu.

— Bom te ver de novo — ele disse.

— É bom te ver também — concordei.

O alívio me preencheu. Era provável que Adrian soubesse da minha situação. Não havia razão para trazer à tona o que aconteceu. Parte de mim queria perguntar como Deacon estava? Sim. Mas, no fundo, eu não estava preparada para a resposta. Não queria saber se ele estava namorando de novo ou se tinha seguido em frente de alguma forma. Seria doloroso demais.

— Quem era aquele? — Charles perguntou enquanto nos afastávamos. — Você pareceu tensa.

Respirei fundo.

— Ele é amigo do meu ex-namorado.

— O cara que eu conheci na sua casa? Aquele namorado?

— Sim. O *anti*-namorado. Deacon — eu disse amargamente. — Ele foi o único relacionamento que eu tive.

— Eu te perguntei mais de uma vez o que aconteceu, e você nunca me respondeu. Acho que vou receber a mesma resposta se insistir agora de novo, certo?

— Eu prefiro não falar sobre isso.

— Tudo bem. É justo. — Ele colocou a mão nas minhas costas. — Um dia você me conta.

Assenti. Normalmente, eu conseguia afastar os pensamentos sobre Deacon durante o dia. Mas Adrian trouxe tudo à tona.

— Então, nunca mencionei o que aconteceu quando eu disse à Violet que tinha falado com as crianças sobre Sunny — Charles soltou, de repente.

Não exatamente uma boa mudança de assunto.

— Como ela reagiu?

— Não muito bem, mas não fez nada drástico. Ela não está feliz comigo, mas isso é bem normal. — Ele deu de ombros. — Agora que as crianças sabem, elas insistem em conhecer Sunny. Disseram à Violet que querem ver a irmã em breve. E ela não recusou.

— Mesmo?

— Sim, ela concordou.

Parei de caminhar por um momento.

— Tudo bem, então o que isso significa?

— Significa que eu adoraria trazer as crianças comigo em uma das minhas futuras visitas, se você concordar com isso.

Apesar do desconforto, eu não queria que Sunny passasse pelo que passei, e nunca conhecesse seus meios-irmãos. Eu tinha medo do futuro dela, se algo acontecesse comigo. Embora eu tivesse toda esperança de que Sunny teria uma vida normal, e se ela precisasse de um pouco mais de apoio? A ideia de que ela poderia ter irmãos para cuidar dela se eu não estivesse por perto era muito reconfortante.

— Acho que tudo bem — respondi, finalmente. — Tem certeza de que eles estão prontos?

— Eles se acostumaram com a ideia. Acho que precisam conhecê-la para que tudo isso pareça verdade para eles. São crianças doces e acolhedoras, e suspeito que vai ser ainda melhor do que imaginei.

— Então, eu concordo. Não quero impedir Sunny de conhecer os irmãos.

Charles soltou um suspiro.

— Obrigado. Eu te beijaria agora se pudesse.

Estendi a palma.

— Nem pense nisso.

— Um homem pode sonhar. — Ele deu uma piscadinha. — Mas um passo de cada vez.

Charles tinha enlouquecido se pensava que eu o aceitaria de volta. Além do problema de perdoá-lo, agora eu sabia que nunca o tinha amado de verdade. Meus sentimentos por Deacon eram de um nível completamente diferente. Independentemente de como as coisas tinham terminado, o que eu sentia por Deacon e a experiência de me apaixonar por ele não podiam ser apagados de mim. Mesmo que eu quisesse.

Capítulo Vinte e Quatro

Deacon

EMPATA-FODA

— O que você está olhando? — ela perguntou.

Merda. Há quanto tempo eu estava encarando? Não queria deixá-la desconfortável. Era só que... eu não conseguia tirar os olhos dela. Eu tinha feito um ótimo trabalho em manter Carys fora dos meus pensamentos durante essa semana. Então cheguei à fila do caixa no supermercado, onde estava comprando mantimentos para a minha avó. A caixa parecia uma versão mais velha de Sunny. Será que pensou que eu estava encarando porque ela tinha síndrome de Down? *Merda*. Não era isso, de jeito nenhum.

— Desculpa. Sei que eu estava te encarando. É porque você me lembra alguém que é muito especial para mim, uma pessoa que não posso mais ver. Eu não quis ser grosseiro.

Ela revirou os olhos, e isso me fez rir, porque consegui ver Sunny crescendo e se tornando tão atrevida quanto essa garota. Meu coração ficou apertado ao pensar que talvez eu nunca mais visse Carys ou Sunny.

Já fazia três meses desde que eu havia deixado Nova York, e a vida que eu vivi lá parecia a uma eternidade de distância. Eu ainda não sabia o que faria com o apartamento que abandonei. Estava pagando o aluguel, uma coisa que eu dava conta de fazer, já que estava morando de graça na casa da minha avó. Vovó gostava da minha companhia e ajuda, e eu gostava do fato de poder estar em casa, em Minnesota, sem ter que morar com os meus pais. Não sabia quanto tempo ficaria, mas voltar para Nova York ainda não era uma opção.

A caixa me entregou o recibo. O nome em seu crachá era *Autumn*.

Assenti e sorri.

— Tenha um bom dia, Autumn.

— Vai se ferrar — ela sussurrou.

Legal.

Não pude deixar de sorrir de novo. O universo estava brincando comigo hoje.

Uma coisa sobre morar com a vovó era que ela conseguia ver além das aparências e tinha tolerância zero para desculpas esfarrapadas. Me recusei a dizer a ela a razão de eu ter voltado para Minnesota. Ainda não tinha falado sobre o verdadeiro motivo para ninguém da família. Mas, enquanto ninguém me perguntava, a vovó insistia que iria arrancar a verdade de mim em algum momento.

Enquanto eu guardava as compras, naquela tarde, vi que ela estava me observando da cadeira da sala de estar adjacente.

— Não sou tão burra quanto você pensa, sabia?

Minha mão parou sobre uma caixa de cereal que eu tinha acabado de colocar no armário.

— O que quer dizer, vovó?

— Eu sei que isso tem a ver com uma mulher. O que mais poderia ser?

Continuei guardando as coisas para me distrair da tensão.

— Por que acha isso?

— Por que mais você deixaria a cidade mais empolgante do mundo para vir morar comigo? Um coração partido é a única coisa que poderia fazer uma pessoa fugir e voltar para o lugar que evitou por anos.

Ela estava certa. Eu evitava Minnesota com todas as minhas forças.

Exalei fundo.

— Você está certa. Tem a ver com uma mulher. Mas provavelmente não é o que você está pensando. Fui eu quem partiu o coração dela, não o contrário. Mas não estou pronto para falar sobre isso.

As sobrancelhas da minha avó franziram.

— Você planeja ficar aqui por tempo indefinido?

— Não. — Fiz uma pausa. — Pelo menos, acho que não. — Apontei para ela com uma lata de Pringles. — Por quê? Está com pressa para eu ir embora? Pensei que gostasse que eu estivesse aqui.

— Embora às vezes eu goste de ter um neto adulto por perto, sua vovó precisa de espaço de vez em quando.

— Pra quê?

Ela me olhou como se eu devesse saber, mas não entendi.

— Eu tenho um amigo que não pude trazer para casa desde que você chegou.

Fiquei pensando e por um tempo não entendi. Até que a ficha caiu.

Ah.

Ah.

Caralho, conquistei um lugarzinho no inferno agora.

— Estou atrapalhando seus namoricos, vovó?

Porra. E eu me perguntando de onde tinha herdado minha personalidade todos esses anos.

— Não estou dizendo que você não pode ficar aqui. Mas poderia compartilhar o amor que tem no seu coração com o seu irmão uma ou duas noites por semana.

— E eu aqui pensando que estava ajudando a minha doce vovozinha, fazendo companhia a ela, indo ao mercado. Agora descubro que sou um empata-foda. — Neguei com a cabeça. — Olha, obrigado por esclarecer.

Depois que percebi que estava atrapalhando os encontros da minha avó, procurei o meu irmão para ver se podia ficar alguns dias da semana na casa dele.

Meus pais e minha avó moravam nos subúrbios, mas Alex morava no centro de Minneapolis. Com a mochila pendurada no ombro, cheguei ao prédio dele. Olhando para o arranha-céu, senti uma pontada de saudade da vida na cidade.

Bem, não era muito sobre a cidade, mas mais sobre o que deixei para trás.

Depois de pegar o elevador, bati à porta do meu irmão.

Ele abriu.

— E aí, cara?

— E aí?

Nos abraçamos daquele jeito que homens se abraçam, dando tapinhas nas costas um do outro. Deixei a mochila cair, olhando ao redor. Os móveis pareciam novos. O lugar cheirava bem. Meu irmãozinho tinha passado por muita coisa desde a última vez que o vi, quando saí de casa para ir para a Califórnia na época da faculdade. Ele era um pouco mais baixo que eu, mas com o tempo realmente começou a se parecer mais comigo.

— Mal te vi desde que você voltou pra casa — ele disse. — Fico feliz que a vovó tenha te chutado.

— Então, qual é o plano para esta noite? — perguntei.

— Lindsay vai passar aqui depois do trabalho e vamos jantar fora.

— Parece bom. Não acredito que estou aqui há três meses e ainda não conheci a sua namorada.

Ele abriu uma cerveja antes de me entregar.

— Você está bem? — questionou enquanto abria uma para si.

— Sim. Por quê? — Dei um gole.

— Todo mundo está se perguntando por que você está aqui. — Ele deu um leve arroto. — Não me leve a mal, não é que a gente não te queira em casa. Mas algo parece errado. Estamos tentando descobrir. Você sabe que pode me contar qualquer coisa, né?

Então ele e meus pais estavam conversando sobre mim. *Que ótimo.*

— Sim, eu sei. E vou contar. Só não agora.

— Certo. Então, esta noite é pra você se divertir, parar de pensar nos seus problemas. E eu ajeitei a minha sala de música para você.

— Legal. Obrigado, cara. Agradeço muito. Se eu soubesse que a nossa avó era uma doida, teria vindo ficar aqui há muito tempo.

— É, você descobriu o pior segredo já guardado da humanidade. — Ele riu. — Mas estou feliz que ela tenha chutado a sua bunda e te expulsado.

Pela próxima meia hora, Alex e eu relaxamos no sofá com algumas cervejas, relembrando histórias da nossa infância.

A campainha tocou, interrompendo a nossa conversa.

Quando Alex abriu a porta, duas mulheres entraram no apartamento.

— Linds, você finalmente vai conhecer o meu irmão mais velho — Alex anunciou, beijando a bochecha dela. — Eu pensei que teríamos que voar até Nova York para isso acontecer, mas ele voltou pra casa.

Lindsay era baixa, com cabelos longos e pretos, o que era interessante, porque Alex geralmente gostava de loiras, pelo que eu me lembrava. Havia muita coisa que eu não sabia mais sobre o meu irmão, e me arrependia disso.

— É bom te conhecer — ela falou, estendendo a mão para mim. — Você é como uma lenda que ninguém nunca vê. Estou tão feliz que esteja aqui.

— Sim. Eu também.

Ela se virou para a amiga.

— Esta é Hallie. Pensei em formarmos um quarteto hoje à noite, para você não ficar de vela.

Ótimo. *Tinham armado pra mim?* Alex devia estar por trás disso.

— Muito prazer em te conhecer, Deacon — a amiga disse. — Você se parece muito com o Alex.

— Desculpa, não posso evitar.

Com cabelos longos e castanhos e olhos grandes, Hallie era atraente. O encontro às cegas poderia ter sido uma surpresa agradável para a minha versão antiga. Mas, nas circunstâncias atuais, era indesejado. Agora que o meu irmão me colocou nessa posição, eu teria que engolir e tentar aproveitar a noite.

Acabamos indo a pé para uma churrascaria sofisticada nas proximidades. Estar em um restaurante lotado na cidade fez eu me sentir como se tivesse sido transportado de volta para Manhattan.

Quando meu telefone tocou no meio do jantar, não tinha certeza se atender seria falta de educação. Olhei para o identificador de chamadas. *Adrian*.

Não tinha falado com ele nas últimas semanas. Quando deixei Nova York, ele ficou chocado por eu ter terminado com Carys e não entendeu o motivo de eu precisar ir para Minnesota. Escolhi não contar sobre o acidente, e sem revelar o principal motivo da minha decisão de ir embora, deixei-o confuso, o que era compreensível. Ele atribuiu a minha atitude ao medo do compromisso e não me pressionou. Ele tinha se convencido de que eu voltaria para a cidade a qualquer momento. Ele achava que talvez eu tivesse tido uma espécie de crise existencial porque tinha acabado de completar trinta anos.

Não querendo ser grosseiro durante o jantar, deixei a chamada ir para o correio de voz. Mas quando meu telefone começou a tocar pela segunda vez, me preocupei que talvez algo estivesse errado. Não era do feitio de Adrian ligar duas vezes seguidas. Sua irmã estava passando por tratamentos contra o câncer, então me preocupei que algo tivesse acontecido com ela. Ergui o dedo, pedindo licença antes de sair para ter um pouco de privacidade.

O telefone parou de tocar antes que eu tivesse a chance de atender, então liguei de volta.

Ele atendeu após alguns toques.

— E aí?

— Ei, cara? O que houve? Está tudo bem?

— Sim. Está tudo bem.

Minha pulsação regularizou um pouco.

— Certo. Que bom. Você geralmente não me liga duas vezes seguidas. Fiquei preocupado que algo tivesse acontecido com a Natalia. Estou jantando com o meu irmão e a namorada dele. Saí para atender.

— Ah, entendi. Então, tem uma coisa me incomodando, então decidi tentar te ligar uma segunda vez para ver se conseguia falar com você.

— O que está acontecendo? — perguntei.

— Eu não tinha certeza se deveria te contar isso, mas está me corroendo o dia todo.

Meus batimentos aceleraram de novo.

— O que foi?

— Eu encontrei Carys no Bryant Park hoje.

Achei que meu coração ia parar. Literalmente parar, porra.

— O que aconteceu? Ela está bem?

— Sim. Não é nada de ruim. Mas ela não estava sozinha. Ela estava com Sunny. E com... o pai de Sunny.

O pai de Sunny? Isso não fazia sentido. Carys mal falava com o ex, muito menos saía com ele.

— Espera. Como você sabe que era ele?

— Ele se apresentou para mim. Parecia um encontro bem casual. A garotinha estava tomando sorvete.

Meu coração ficou apertado. A notícia me deixou atônito. Talvez Carys tenha decidido deixar Charles se aproximar de Sunny, mas me incomodava que ela pudesse estar se sentindo vulnerável depois que fui embora e tivesse feito algo que normalmente não faria. Ele pode ter se aproveitado dela. Talvez não tivesse nada a ver comigo, mas um misto de ciúmes, raiva e confusão cresceu dentro de mim.

Olhando fixamente para a rua movimentada, eu não fazia ideia de quantos segundos se passaram antes de eu perguntar:

— Ela te disse alguma coisa?

— Só um oi. Foi uma troca rápida e cordial. Tive a sensação de que ela teria fingido que não tinha me visto se eu tivesse deixado passar. Mas sabe como é, ninguém consegue ignorar o seu amigo extrovertido aqui. — Quando fiquei em silêncio de novo, ele perguntou: — Você está aí?

— Sim... sim, estou aqui. Só tentando processar.

— Desculpa, sei que não é da minha conta. Só achei que eu gostaria de saber se fosse o contrário.

— Obrigado por me contar.

— Ainda não entendo o que aconteceu, mas sei o quanto ela significou para você. Espero que ela não esteja deixando esse cara manipulá-la.

Minha cabeça latejou. Esse era o meu medo. Só que era mais do que isso. Ouvir que ela estava passeando no parque com Sunny me lembrou do quanto eu sentia falta delas, e de tudo o que eu estava perdendo.

— Pois é, então, é melhor eu voltar lá para dentro.

— Sim. Vai se divertir com seu irmão. Tente não deixar isso arruinar a sua noite.

Sem chance.

— Certo, cara. Se cuida.

Depois disso, foi impossível pensar em qualquer outra coisa além de Carys. Se ela estava seguindo em frente com o ex ou não, era inevitável que eu a perdesse para sempre. Eu selei esse destino no dia em que saí da vida dela.

Capítulo
Vinte e Cinco

Deacon

É FÁCIL SER PROFETA DO PASSADO

Desde que cheguei a Minnesota, evitei ficar sozinho com o meu pai. Ele ainda não tinha dito nada que me machucasse, mas eu tinha medo de encontrar a versão dele da qual me lembrava — aquela que não fazia nada além de me criticar. Eu não precisava dele para fazer eu me sentir inadequado quando já me sentia péssimo o suficiente por ter deixado Carys do jeito como deixei.

Parece que só fui capaz de me esconder por um tempo. Um dia em que eu estava tirando a neve da frente da casa da minha avó, olhei para cima e vi a caminhonete vermelha do meu pai.

Enfiando a pá na neve, apoiei-me nela enquanto o observava se aproximar. Ele estendeu a mão para tirar um pouco da neve do meu casaco, e meus olhos se arregalaram. Era raro meu pai me tocar. Além do breve abraço que dei nele logo quando cheguei, não houve outro contato físico — sem apertos de mão ou tapinhas nas costas.

Dei um passo para trás.

— O que houve, pai?

— Achei que você não ia me ver tão cedo, então resolvi te encontrar.

— É. Ando bem ocupado ajudando a vovó.

Ele olhou para o longo caminho que eu tinha limpado.

— Estou vendo.

Voltei a cavar.

— Como está a mamãe?

— Está bem. — O ar frio saiu da boca do meu pai. — Ela só gostaria que você fosse lá mais vezes.

A pá raspou no concreto.

— Vou visitá-los em breve.

— De qualquer forma... — ele disse. — Eu queria falar com você.

Lá vem. Eu estava prestes a ouvir um sermão por ter jogado a minha vida fora e desperdiçado o meu potencial ao continuar trabalhando em uma área na qual a minha renda era limitada. De algum jeito, ele descobriria uma maneira de conectar tudo isso aos meus erros do passado, e eu me arrependeria de ter voltado para casa. Era exatamente esse tipo de coisa que eu vinha evitando como uma praga desde que cheguei.

— Então, algumas semanas atrás, notei um pouco de sangue no meu sêmen — ele começou.

O quê?

— Fiz alguns exames e descobri que estou com câncer de próstata.

Congelei, segurando a pá para manter o equilíbrio. Finalmente, fiz contato visual com ele.

— Câncer?

— Vou começar a radioterapia. Eles acham que é pequeno o suficiente para ser tratado, mas não está no estágio mais inicial. É estágio 2b, então a recomendação do médico é tratar de forma agressiva. Mas o prognóstico é bom.

Foi como se o mundo ao meu redor começasse a girar. Meu pai sempre foi o epítome da saúde e da força. Se isso estava acontecendo com ele, poderia acontecer com qualquer um.

— O Alex sabe?

— Sabe, mas pedi para ele não mencionar nada. Eu queria te contar. Fiquei esperando você aparecer em casa, mas você nunca vinha. Então eu precisava te contar antes de começar o tratamento em dois dias.

Dois dias?

Inspirei uma grande quantidade de ar gelado.

— Desculpa, pai. É claro que se soubesse, eu...

— Eu sei. — Ele concentrou sua atenção no céu e depois em mim. — Olha... sei que já faz tempo, tempo demais, que as coisas entre nós não estão bem. Eu assumo a culpa. Não importa o quanto eu tenha ficado decepcionado com a maneira como tudo aconteceu, você ainda é o meu filho. Eu deveria ter colocado você acima dos meus sentimentos. Todo esse negócio de câncer me forçou a refletir sobre a minha vida, e infelizmente, estou vendo mais erros que cometi do que eu pensava.

A culpa não era toda dele.

— Eu fugi. Você não pode melhorar um relacionamento com uma pessoa que nem está presente. Não é tudo culpa sua. Eu tornei quase impossível.

— Por muito tempo, não achei que houvesse nada mais importante na vida do que a minha carreira, do que o futebol. Nada como dar de cara com a própria mortalidade para perceber o quanto tudo isso é idiota.

As coisas estavam ficando bem surreais.

— É fácil ser profeta do passado.

Meu pai olhou para as botas e chutou a neve.

— Eu deveria ter prestado mais atenção à sua dor depois do acidente — confessou, olhando para mim de novo. — Não deveria ter me envolvido no que isso significava para mim. Eu só sonhava que você chegasse a NFL. Tudo o que eu queria era que você tivesse sucesso. Fiquei arrasado e não sabia como lidar. Então, me fechei, e errei ao ficar em silêncio todos esses anos. Você deve ter pensado que eu estava decepcionado com você, mas com o passar dos anos, a única pessoa que me desapontou fui eu mesmo.

Embora fosse gratificante ouvi-lo dizer isso, esse não era o momento para ele se sentir culpado.

— Está tudo bem, pai. Não quero que se preocupe com tudo isso agora. Ficou no passado. Você precisa se concentrar no presente e ficar bom. O estresse pode causar muitos danos.

Ele balançou a cabeça.

— Não percebi naquela época que o sucesso não pode ser medido por prêmios ou dinheiro. Porque quando você morre, não pode levar essas coisas com você. No fim, tudo o que tenho é a minha família. Preciso trabalhar para reparar esses relacionamentos, não apenas com você, mas com a sua mãe e o seu irmão. Mas especialmente com você.

— Não sei o que dizer, pai. Estou em choque. Essa foi a última coisa que eu esperava ouvir.

— Você não precisa dizer nada. — Ele suspirou. — Quero dizer, isso não é verdade. Diga que virá para casa jantar hoje à noite. Diga que vamos passar um tempo juntos antes que eu comece esse tratamento de merda.

De repente, pareceu o mínimo que eu podia fazer.

— Claro. Vou, sim.

Meu pai e eu tínhamos tanta história, mas tudo isso desapareceu no segundo em que percebi que poderia perdê-lo. Claro, as chances de cura dele eram boas, mas eu não conseguia fugir do pensamento de que a eternidade não está disponível para se fazer as pazes com alguém.

Nas próximas semanas, passei bastante tempo com o meu pai. Embora ele insistisse em falar um pouco sobre o passado, felizmente, não foram longas conversas. Nos concentramos principalmente em nos conhecer melhor. Então, uma parte foi estressante, mas houve bons momentos no meio, como jogos de cartas à noite e, ironicamente, Parcheesi.

Minha mãe, Alex e eu nos revezávamos para levar meu pai às sessões de radioterapia. Ele tirou uma licença do trabalho de treinador e estava considerando a aposentadoria antecipada.

Durante uma das idas ao tratamento, ele e eu estávamos sentados juntos na sala de espera.

— Por que você está aqui? — ele me perguntou, de repente.

— Do que está falando? Estou aqui para te apoiar.

— Não quero dizer *aqui*. Quero dizer, por que está em Minnesota e não em Nova York? Você adorava viver lá, certo? É claro que não está se acostumando a uma nova vida como servo da sua avó, não é?

Olhando para o meu café, ri.

— Você pode falar comigo — ele pediu. — O que aconteceu?

O silêncio se instalou entre nós enquanto eu contemplava se deveria dizer a verdade.

— É uma longa história.

— Parece que tenho tempo. Fale comigo.

Se alguém me dissesse alguns meses atrás que a primeira pessoa para quem eu me abriria sobre Carys seria o meu pai, eu não acreditaria. Terminei o café antes de amassar o copo e jogá-lo em uma lixeira próxima.

— Eu terminei com alguém de quem gosto muito. Não sabia como encará-la todos os dias. Então, fui embora. Eu fui covarde, mas senti que não tinha escolha. Ela era a minha vizinha.

Nos minutos seguintes, contei a ele tudo sobre Carys, Sunny e o acidente. Pelo menos, ao me abrir com o meu pai, eu não precisava explicar como o passado estava relacionado ao presente. Ele entendia muito bem de onde eu vinha e por que pirei.

— Sabe... — ele começou. — O medo do fracasso é uma coisa poderosa. Eu sempre temi fracassar na minha carreira. Com certeza falhei como pai, mas isso não parecia importar tanto há uma década. Vejo as coisas de um jeito diferente agora.

— Nunca olhei para o meu problema como um medo do fracasso — ponderei.

— Mas é. Seu medo é de falhar com as *pessoas*, machucar as pessoas. Você tem que se perguntar se realmente merece se sentenciar desse jeito por algo que aconteceu quando você era praticamente uma criança e que não foi totalmente sua culpa.

— Você sabe como me sinto a respeito disso.

— Eu sei o que você se forçou a acreditar, mas é hora de parar de se culpar.

— Você ficou com raiva de mim por tantos anos — eu disse. — Estou surpreso que esteja me dizendo que não acha que foi minha culpa.

— Talvez eu tenha ficado com raiva pelo que aconteceu, mas nunca achei que você estivesse errado. Aquele outro carro estava indo rápido demais, e era uma noite com neblina. Você se distraiu por um segundo, tentando chegar onde precisava. Não estava bêbado. Não estava sendo imprudente. Mesmo que não estivesse usando o GPS e seus reflexos tivessem agido mais rápido, não dá para saber se poderia ter evitado o que aconteceu.

— Se era o que você sentia, por que agiu como se me culpasse?

— Porque eu estava amargurado com a vida. Expressei isso através do jeito que te tratei, e sinto muito por isso, filho. Não foi justo. Sinto muito por não ter dito tudo isso antes.

Encostando a cabeça na parede atrás do meu assento, soltei um longo suspiro.

— O acidente com Carys... foi como reviver o pesadelo.

— Sim, tenho certeza de que foi. Mas ninguém se machucou. Então, aconteceu mais alguma coisa para te fazer decidir ir embora de Nova York além do acidente?

— Não foi tanto o acidente, mas mais o que representou. Me fez sentir que eu não seria confiável para mantê-las seguras. E a responsabilidade de cuidar de uma criança é... enorme. Literalmente, a vida da garotinha estava nas minhas mãos; não apenas naquele dia, mas em todos os dias a partir de então. Tantas oportunidades pra foder as coisas.

— Então você prefere que outra pessoa crie essa criança de quem você com certeza gosta, cuide da mulher que você ama, porque tem medo de errar? Tenho uma coisa para te falar, esse é um ótimo jeito de desperdiçar a sua vida. E me deixa dizer, se algum dia você se deparar com um susto como o meu, em relação a sua saúde, vai desejar ter aproveitado mais a vida, ter se permitido amar as pessoas que você se importava quando teve a chance. Não ia ser legal eu estar sozinho agora. Tudo o que tenho é a minha família. Por muito tempo, não dei o devido valor à sua mãe. Mas ela tem sido o meu alicerce durante tudo isso, apesar de alguns anos difíceis juntos. Onde eu estaria sem ela, e sem você e seu irmão, se revezando para ficar comigo para que eu não tenha que passar por isso sozinho?

Virei-me para ele.

— Estou feliz em poder estar aqui por você.

— Você já pagou as suas dívidas. Preferia que voltasse a se importar *consigo* mesmo.

— Não posso te deixar assim.

— Claro que pode. Você pode me acompanhar através da sua mãe. Estou a apenas um voo de distância se precisar voltar para casa de novo. Não use a minha situação como desculpa para se esconder das coisas que ainda não resolveu. Você terá que voltar para Nova York em algum momento. Vai ter que encará-la mais cedo ou mais tarde.

Será? Ou simplesmente desistiria do apartamento e me mudaria para outro lugar para não ter que ver Carys todos os dias?

— Acho que ela está deixando o pai de Sunny voltar para a vida dela. Não confio nele. Mas sinto que também não confio em mim mesmo.

— Você chegou ao X da questão. Não confia em si mesmo. Ter fé em si mesmo é um risco. Precisa aceitar que qualquer coisa que valha a pena ter vem com o risco da perda. Talvez o motivo de você não ter conseguido lidar com as coisas agora seja porque nunca lidou com o passado. Você fugiu, em vez disso.

— Como lido com o passado agora? Já faz uma década.

— Talvez você precise ver a Becca, ver como ela está lidando com a vida.

Minha ex e eu nos afastamos bem rápido depois do acidente. Ela decidiu terminar, e eu deixei a cidade. Mas pensei nela muitas vezes ao longo dos anos. Só que, quanto mais o tempo passava, mais difícil se tornava fazer contato.

Talvez meu pai estivesse certo. Talvez, de alguma forma, eu precisasse ouvir que ela estava bem.

— Obrigado pelo conselho, pai. Vou pensar nisso.

Naquela noite, procurei o nome da Becca nas redes sociais.

Ela foi a primeira Becca Henderson a aparecer, já que tínhamos alguns amigos em comum. Levei um tempo para olhar as suas fotos. Seu rosto familiar — coberto de sardas e emoldurado por seu longo cabelo castanho — me levou de volta quase de imediato. Como não éramos "amigos" nas redes, só pude ver algumas fotos, e a maioria delas era de anos atrás. Uma das imagens era da Becca e um labrador preto. Não havia pistas sobre como ela estava e como era a sua vida atualmente. Embora eu tivesse ouvido dizer que ela ainda morava por ali, não sabia muito mais. Não tinha ideia de onde era sua casa, já que não nos encontramos até estarmos ambos na escola, em Iowa.

Respirei fundo e cliquei no botão de solicitação de amizade. Já era um começo. Se ela ignorasse a solicitação, seria o fim. Mas se ela aceitasse, talvez fosse receptiva a uma conversa. Saí do aplicativo e abri o e-mail para me atualizar sobre algumas coisas do trabalho. Alguns minutos depois, recebi uma notificação de que Becca havia aceitado a solicitação de amizade.

Uau.

Então tá.

Ela não me enviou uma mensagem nem postou no meu feed, então tomei isso como um sinal para dar o primeiro passo. Cliquei no botão no perfil dela para enviar uma mensagem. Digitei e apaguei várias vezes antes de me contentar com um recado simples.

Oi, Becca. Já faz tanto tempo. Como estão as coisas?

Então esperei ansiosamente pela resposta, torcendo para que fosse positiva e, mais do que isso, esperando que ela não me odiasse.

Capítulo Vinte e Seis

Carys
A MENSAGEM

Hoje era um dia importante. Seria a primeira vez que eu deixaria o Charles ver Sunny sem que eu estivesse presente. O encontro parecia bem inocente. Ele tinha trazido os filhos para o meu apartamento e eles ficariam juntos por algumas horas.

Há pouco tempo, Talia e Xavier viram Sunny pela primeira vez. Hoje era a terceira visita deles. As crianças se afeiçoaram a ela de verdade, e Sunny gostou deles. Permitir que se encontrassem parecia ser uma das raras decisões boas que tomei no último ano.

Então, com Sunny ficando com o Charles e seus filhos, eu sairia para resolver algumas coisas e daria um tempo para mim mesma. Eu tinha sentimentos contraditórios sobre deixá-la sozinha com eles, mas Charles tinha reconquistado um pouco a minha confiança nos últimos meses. Embora eu não confiasse nele com o meu coração, sabia que ele era um pai responsável para os seus dois outros filhos. Eu não tinha motivos para temer pela segurança de Sunny enquanto ela estivesse sob seus cuidados.

E quer saber? A mamãe aqui precisava de uma pausa. Eu tinha a babá que ficava com ela quando eu trabalhava, então tirar uma hora do dia para mim mesma era um sonho. Dessa forma, quando Charles ofereceu, eu aceitei, embora não quisesse ir para muito longe. Corri até a farmácia na esquina para comprar produtos de higiene pessoal com calma e depois parei em um café na mesma rua. Eu estaria nas redondezas, caso Charles precisasse que eu voltasse.

Enquanto saboreava o meu café em um cantinho aconchegante, deslizei o dedo pelo celular e fiz algo que provavelmente não deveria. O aplicativo de jogos criado pela empresa de Deacon estava instalado no meu telefone há algum tempo. Parecia ser a minha única conexão com ele. De vez em quando, eu olhava para ver quais eram os novos jogos que tinham sido criados, sabendo que ele tinha participado do design. Às vezes, eu os jogava. *Sim, eu sei que isso é patético.* Mas parecia uma maneira segura de lembrar de Deacon sem ter que realmente interagir com ele.

Enquanto eu percorria os personagens do novo jogo, algo me fez parar no meio do caminho. Uma dos personagens principais parecia diferente — mas marcadamente familiar para mim. Ela era linda, assim como a minha Sunny, e parecia ter síndrome de Down. O nome dela era Autumn.

Eu não sabia há quanto tempo Deacon a tinha desenhado, se antes ou depois do nosso término, mas essa descoberta fez meu coração ficar mais pesado do que há muito tempo não ficava.

Algumas noites depois, Sharon chegou para cuidar da minha filha. Com o estômago revirado de nervosismo, eu tinha acabado de me vestir e me preparar para o meu primeiro encontro oficial desde que tive o coração partido. Decidi aceitar um convite para jantar de um cara que conheci on-line. Se eu não me forçasse a seguir em frente em relação a Deacon, nunca o faria. Talvez em algum momento isso fosse parecer mais natural e não forçado, só que ainda não era o caso. *O negócio é fingir até conseguir.*

— Você está linda, Carys — disse Sharon. — Vai encontrar esse cara em algum lugar seguro?

— Sim. Claro. Vou de Uber para o restaurante e volto direto para casa de Uber.

— Ótimo. — Ela sorriu. — Não se preocupe com Sunny e comigo. Divirta-se.

Com quase dois anos, Sunny estava começando a dizer mais palavras, apontando para as coisas e dizendo "isto". Uma nova fonoaudióloga vinha a minha casa duas vezes por semana para trabalhar comunicação com ela, e eu fazia o meu melhor para repetir as palavras que acreditava que ela estava tentando dizer sempre que a oportunidade surgia. Sunny e eu também aprendemos a língua de sinais para ajudá-la a se comunicar até que ela conseguisse pronunciar mais palavras.

— Mamãe vai voltar, tudo bem?

A minha menina estendeu os braços para mim e começou a chorar.

— Não, mamãe.

Ultimamente, ela estava mais apegada a mim do que nunca. Talvez isso fosse o resultado de uma maior consciência que veio com o fato de ela estar crescendo e se tornando uma criança.

A culpa me seguiu até a porta quando entrei no carro que estava esperando do lado de fora. Durante a viagem, olhei pela janela, que estava coberta de gotas de chuva. Uma tristeza que parecia combinar com o clima sombrio tomou conta de mim. Eu deveria estar feliz por ir a esse encontro. Mas sentia falta de Deacon, ansiava estar em seus braços, e sabia que isso nunca mais aconteceria. O luto, com certeza, vem em ondas, e as minhas sempre pareciam me engolir nos momentos mais inoportunos.

Ao chegar ao restaurante, descobri que o meu encontro, Peter, tinha reservado uma mesa iluminada por velas no canto.

Ele se levantou quando eu me aproximei, e seus olhos se arregalaram.

— Carys, você é ainda mais bonita pessoalmente. — Quase vi a baba caindo. — Uau.

— Obrigada.

Peter era bonito — não deslumbrante como Deacon, mas atraente o suficiente. *O suficiente*. Seria essa a história da minha vida agora? Atraente o *suficiente*. Bom o *suficiente*. A essa altura, se você fosse razoavelmente bonito e uma pessoa decente, tinha uma chance comigo. Porque isso significava que você era seguro, algo de que eu precisava desesperadamente desde que Deacon saiu da minha vida.

Eu sabia, pelas nossas interações on-line, que Peter trabalhava com crianças atípicas, mas não tinha percebido até a nossa conversa de hoje à noite que alguns de seus alunos tinham síndrome de Down. Quais eram as chances? Isso nos rendeu bastante assunto durante o jantar. Eu o questionei tanto durante a refeição que quase senti pena dele.

— Se você quiser visitar a sala de aula e ver algumas das atividades que temos, eu ficaria feliz em ser seu guia — ele comentou. — Na verdade, ainda melhor, posso te levar até a pré-escola integrada. Não é a minha sala de aula, mas você conseguiria ver como Sunny pode aprender quando ela começar a escola.

— Sabe de uma coisa? Talvez eu aceite a sua oferta. Os anos pré-escolares não estão tão distantes, e eu deveria começar a pensar nas minhas opções.

Estava começando a acreditar que talvez tivesse conhecido esse cara apenas para me estimular a planejar a educação de Sunny.

— Se não se importa que eu pergunte... — Peter disse, de repente. — Você mencionou que esse era o seu segundo encontro com um homem que conheceu on-line. Presumo que não tenha estado em um relacionamento desde que Sunny nasceu.

Eu gostaria que ele não tivesse me perguntado isso, mas respondi de forma honesta.

— Não. Estive em um relacionamento sério por vários meses. Começamos como amigos, e evoluiu para algo mais.

— Entendi. O que aconteceu?

Eu quase chorei no caminho para cá. Falar sobre o que aconteceu com Deacon me faria desabar.

— Prefiro não entrar nesse assunto. Vamos apenas dizer que ele surtou e voltou para Minnesota. Ele era um homem bom, mas não era o certo para mim, eu acho.

— Entendo. — Peter assentiu e mudou de assunto.

Passamos a próxima hora falando sobre assuntos mais descontraídos. Descobri que Peter tinha crescido não muito longe de onde eu cresci, em Wayne, Nova Jersey. Nunca cruzamos caminhos, talvez porque ele era sete anos mais velho. Mas nos divertimos relembrando alguns dos antigos lugares que frequentávamos, incluindo a minha lanchonete favorita.

Peter pareceu ser gentil e atencioso, e, ouso dizer, eu estava gostando de verdade do encontro. Isso é, até que uma mensagem de texto virou a minha noite de cabeça para baixo.

Não. Abalou o meu mundo.

Sharon: Está tudo bem, Carys. Mas eu queria te avisar. Deacon veio aqui esta noite, procurando você. Parece que ele está de volta a Nova York.

Capítulo Vinte e Sete

Deacon

DO ZERO

Que porra você esperava, Deacon?

Você desapareceu por quatro meses, voltou sem avisar, e achou que não haveria consequências?

Sharon estava trabalhando como babá para Carys. E ela estava fora. Sharon não disse aonde Carys foi, mas somei dois mais dois.

Porra. Me senti enjoado.

De primeira, pensei em ligar para ela, avisá-la. Mas decidi que seria melhor arrancar logo o curativo. Havia tanto que eu precisava dizer, mas isso não ia acontecer esta noite.

Andando de um lado para o outro no meu apartamento por mais de uma hora, fiquei ouvindo com atenção qualquer sinal de que ela tivesse voltado para casa. Quando ouvi a porta dela destrancar no corredor e uma conversa abafada além da parede, soube que Carys havia retornado.

Meu batimento acelerou enquanto eu ponderava se deveria ou não ir até lá. Não tinha certeza se ela me mandaria uma mensagem assim que descobrisse que eu havia passado lá mais cedo. Talvez fosse melhor esperar até de manhã para me aproximar.

Uma coisa era certa: eu não dormiria nada esta noite.

Carys não mandou mensagem ou ligou. Não que ela devesse. Mas eu estava preparado para uma mensagem do tipo "por que você voltou, porra?".

Me arrastei para fora da cama e me vesti antes de ir para a cozinha fazer um café. Observando o café gotejar na jarra, senti o estômago embrulhado. Meu coração estava na garganta enquanto me preparava para enfrentá-la. Eu não sabia por onde começar, ou se ela sequer ouviria.

Tomei o café sozinho à mesa, passando tudo pela minha cabeça, mas sabendo que nada sairia do jeito certo. Quando terminei duas xícaras cheias — o suficiente para me deixar agitado —, me forcei a me levantar.

A adrenalina correu por mim enquanto eu caminhava até a porta ao lado.

Bati à porta, relutante, mais leve do que costumava fazer, representando a vergonha que sentia por tê-la magoado, por ter ido embora.

A expressão estoica em seu rosto quando ela abriu me disse que ela estava me esperando.

Apesar do nervosismo, meu corpo despertou com uma consciência que não sentia há muito tempo, porque, *puta merda*, eu quase esqueci o quão linda ela era. Só que agora, enquanto ela me observava, seus olhos emanavam dor e confusão em vez de felicidade. E eu merecia tudo isso. Não queria deixá-la de novo, e sabia que não deixaria — pelo menos voluntariamente; só não tinha ideia de como convencê-la disso.

Ficamos em silêncio por um longo tempo, olhando um para o outro até que finalmente criei coragem para dizer:

— Olá.

— Oi — ela sussurrou.

Pigarreei.

— Posso entrar?

Ela assentiu e se afastou.

Agora voltamos a nos encarar, só que de um lugar diferente.

— Você está linda.

Ela não disse nada, e isso foi o suficiente para entender o quão difícil seria essa conversa.

Carys estava usando um suéter preto justo em seu corpo. Algo me dizia que ela escolheu essa roupa em particular — uma que cobria seu pescoço de um jeito tão protetor quanto uma armadura — para a visita que provavelmente sabia que eu faria hoje.

Sunny estava brincando no chão. *Meu Deus. Sunny.* Tive que olhar duas vezes. Ela havia crescido tanto. Seu cabelo loiro estava maior e preso em um pequeno rabo de cavalo. Quando ela finalmente olhou para cima e me viu, fez um breve contato visual e voltou a brincar com seus brinquedos, como se eu fosse um estranho.

Meu peito ficou apertado.

Ela não se lembrava de mim? Só se passaram quatro meses. Dependendo de como você encarava, podia ser pouco tempo ou uma vida inteira. Aposto que em comparação aos anos de um bebê, era mais a última opção.

Caminhei até ela e me ajoelhei.

— Oi, Sunny. Senti a sua falta.

Ela olhou para cima, me entregou um de seus brinquedos e balbuciou, mas não parecia tão animada quanto eu esperava. Eu não podia culpá-la, mas ainda doía não ser recebido com aquele sorriso contagiante que eu amava tanto.

Coloquei duas pessoinhas de plástico dentro do carrinho de brinquedo que ela me deu e empurrei na direção dela.

Quando me virei para encarar Carys, ela estava com os braços cruzados sobre o peito. Se ela pudesse, cobriria a cabeça toda com aquele suéter de gola alta, talvez tenha até pensando nisso.

Eu tinha muito trabalho pela frente e só podia rezar para não ser tarde demais. Levantei e caminhei até ela.

— Passei aqui ontem à noite. Você não estava.

— Eu sei.

— Imagino que a Sharon te contou.

— Ela contou.

Porra, eu não consegui me segurar.

— Você estava com alguém?

— Sim. Eu estava em um encontro.

Pavor tomou conta de mim enquanto a adrenalina corria pelas minhas veias.

— Com Charles?

Os olhos dela se estreitaram.

— Charles? Não. Por que você pensaria isso?

— Um tempo atrás, Adrian me disse que viu vocês juntos, então pensei que talvez…

— Não. Eu fiquei sozinha, mas não desesperada. Embora já faça algum tempo que Charles tem se esforçado para se aproximar de Sunny.

— Você está bem com essa situação? Ele não forçou…

— Tem sido tranquilo. Foi uma escolha minha.

Assenti, olhando para os meus pés.

— Então você está saindo com alguém…

Ela hesitou antes de responder.

— Foi um primeiro encontro. Ele foi muito legal, mas quando Sharon me mandou mensagem dizendo que você tinha voltado, foi difícil me concentrar.

Alívio tomou conta de mim. Eu estava prestes a pedir desculpas por arruinar a noite dela, mas *foda-se.* Estava feliz por ter interrompido. Agora que ela estava bem na minha frente, não conseguia imaginar como a deixei ir, não conseguia imaginar a ideia dessa mulher que eu me importava tanto nos braços de outra pessoa.

O tom dela ficou mais frio.

— Por que você voltou?

Respirando fundo, eu disse:

— Porque já era hora. Tenho muito a explicar, mas não posso culpá-la se não estiver pronta para me ouvir.

— Ontem mesmo eu achei que nunca mais te veria, então me perdoe se não sei realmente o que fazer, Deacon.

— Eu sei que não tenho direito de te pedir que me escute agora. É você quem está no comando, Carys. Se não estiver com humor para fazer isso no momento, me avisa quando poderemos conversar. Mas *precisamos* conversar. Leve o tempo que precisar para se acostumar com a ideia de que voltei. Estou aqui, e não vou a lugar algum de novo.

O lábio inferior dela tremeu.

— E eu devo acreditar nisso?

— Você não precisa acreditar. Não precisa confiar em mim, especialmente quando não te dei motivos para isso. Mas é a verdade.

Quando ela começou a chorar, quase me destruiu. Eu queria tanto abraçá-la. Mas sabia que fazer isso seria ultrapassar os limites.

Ela limpou os olhos.

— Preciso de um tempo antes de fazermos isso, antes de conversarmos — ela pediu.

— Entendo.

Imaginei com frequência esse momento, o dia em que eu voltaria. Não tinha sido tão doloroso na minha mente distorcida. Agora, eu tinha entrado em um universo alternativo, um em que, em vez de fazer Carys sorrir, eu causava dor. E um em que Sunny não me reconhecia. Eu teria que reconstruir o nosso relacionamento do zero — se Carys me permitisse.

Capítulo
Vinte e Oito

Carys
SÓ UM CAFÉ

Apesar de ter dito que daria tempo para me preparar, Deacon me mandou uma mensagem alguns dias depois, perguntando se eu estaria disposta a encontrá-lo durante a minha pausa do almoço em um dos dias em que eu trabalhava no escritório. Eu disse que sim. Precisávamos ter essa conversa longe de Sunny.

Escolhi a sexta-feira, mas, em vez de nos encontrarmos no horário do almoço, optei por pedir para a babá ficar até mais tarde para que eu pudesse encontrar Deacon após o trabalho. Não sabia como me sentiria depois da nossa conversa, ou quanto tempo duraria, então não queria ter que voltar ao escritório.

Deacon estava esperando em uma mesa no canto da Starbucks quando cheguei. Era a minha primeira vez lá desde que ele foi embora para Minnesota. Ele estava incrivelmente bonito, vestido todo de preto. Ficou mexendo as mãos enquanto seus olhos vagavam pelo ambiente. Seu sorriso hesitante surgiu quando ele me viu. Deacon se levantou.

Quando me aproximei, pude perceber que ele não sabia o que fazer, se me abraçava ou não. Ele se inclinou e me deu um beijo na bochecha. Meus mamilos enrijeceram assim que sua boca tocou a minha pele, lembrando-me de quanto controle ele tinha sobre o meu corpo. Não podia deixar a minha forte atração física por ele sobrepor a minha racionalidade.

— Desculpe o atraso de alguns minutos — eu disse, sentando-me em frente a ele.

— Sinto muito se acelerei as coisas pedindo este encontro mais cedo do que o previsto. Eu só não conseguia esperar mais.

— É melhor que você tenha me apressado, porque acho que nunca vou estar pronta.

Ele assentiu.

— Eu sei. — Ele apontou para o balcão e se levantou. — Vou só pegar o pedido, é o mesmo de sempre.

Meu estômago roncou enquanto ele caminhava até o caixa, não de fome, mas de nervosismo.

Ele voltou e me entregou o café.

— Aqui está. Uma dose de baunilha, do jeito que você gosta.

Olhei para o nome dele marcado em preto no lado do copo, depois voltei a olhar para ele.

Quando nossos olhos se encontraram, ele sorriu de leve. Meu instinto foi sorrir de volta, mas não o fiz.

— Obrigada pelo café.

— Claro.

O comportamento de Deacon estava um pouco diferente de como estava da última vez que o vi logo após seu retorno. O contato visual estava mais direto; ele parecia determinado a me afetar hoje.

Ele pigarreou.

— Sei que não temos muito tempo, então vou direto ao assunto.

Permaneci em silêncio, tomando um gole do meu café.

— Primeiro, nunca serei capaz de pedir desculpas o suficiente pelo modo como pirei depois do acidente. Sair do jeito que saí não foi certo. Na época, parecia que eu estava fazendo um favor pra você, mas agora vejo as coisas de uma maneira muito diferente. — Ele soltou um longo suspiro. — O acidente... trouxe de volta algumas memórias difíceis para mim, e não lidei bem com isso. — Fechou os olhos. — Havia algo que eu não tinha te contado, e essa omissão foi parte do motivo pelo qual minha reação provavelmente não fez sentido.

Meu coração se afundou no peito. Sempre suspeitei que havia algo que ele não tinha me dito.

Ele respirou fundo.

— Quando o acidente aconteceu na faculdade, minha namorada da época, Becca, também se feriu. Ela ficou bem, eu te disse isso já. Mas... não te contei que ela estava grávida. — Ele engoliu em seco.

Meus olhos se arregalaram.

— Ela estava com quatro meses de gestação, e o impacto do acidente foi demais. Ela perdeu o bebê.

A tristeza tomou conta de mim.

— Sinto muito. Sinto muito mesmo, Deacon.

Ele assentiu e olhou para o copo.

— Então, enquanto a perda da minha carreira no futebol foi devastadora, ela foi agravada pelo fato de eu saber que não consegui evitar o acidente que matou o meu filho que ainda nem tinha nascido. Foi muito mais do que o futebol. E me desculpe por nunca te contar essa parte. Eu estava com muita vergonha.

Estendi a mão para segurar a dele. Ele entrelaçou seus dedos nos meus.

— Após o acidente, compreensivelmente, Becca ficou deprimida. Entre isso e a minha própria depressão, o nosso relacionamento não aguentou. Éramos tão jovens. — Ele apertou a minha mão. — Enfim, terminamos e logo depois eu me mudei para fazer faculdade fora do estado. E foi isso.

Ele teria um filho de mais ou menos dez anos agora. Soltei a mão dele. Tocar nele pareceu intenso demais naquele momento.

Deacon passou os dedos pelo cabelo.

— Eu fugi de tudo naquela época, Carys. Não lidei com nada disso até recentemente. Só comecei a refletir sobre aqueles dias depois que te conheci. — Ele começou a rasgar um guardanapo. — Mas então o *nosso* acidente, voltando da fazenda... — Ele fechou os olhos com força por um momento. — Isso me levou de volta ao mesmo lugar em que estive uma década atrás. Não consegui proteger as duas pessoas que eu mais gostava no mundo e isso me assustou pra caralho. Entrei em pânico, dominado pelo medo de que estava destinado a machucar as pessoas que amo.

Desviei o olhar.

— Isso com certeza explica mais as coisas, mas não entendo por que você não podia ter me contado na época, por que não podíamos ter resolvido juntos.

Ele assentiu em silêncio.

— Eu não tenho uma resposta sobre a razão de ter reagido daquela forma, por que não consegui sentar e contar a história como estou fazendo agora. Me senti envergonhado e um pouco em estado de choque, e acho que fugir é o meu comportamento padrão. Foi assim que lidei com o primeiro acidente, e meu impulso foi fazer o mesmo de novo. Sei que foi horrível, mas percebi que, durante todo esse tempo, não lidei com nada do que aconteceu na faculdade. Eu só enterrei. Foi preciso voltar para Minnesota, enfrentar as pessoas que acreditava ter decepcionado tanto, para começar esse processo. Infelizmente, também machuquei e decepcionei *você*.

— O que aconteceu em Minnesota?

— Muitas coisas aconteceram. Não preciso te contar tudo agora, mas...

— Me conta — interrompi. — Estamos aqui pra isso. Me conta tudo.

Deacon continuou a contar sobre o diagnóstico de câncer do pai e como ele se reconectou com o pai e toda a sua família. Mas o que mais me surpreendeu foi o que ele guardou para o final.

— Antes de voltar para Nova York, decidi procurar Becca nas redes sociais. Não a via desde que deixei a minha casa há dez anos. Meu pai me convenceu de que era importante ter um encerramento, já que muito da minha culpa vinha por tê-la machucado.

Uma onda repentina de ciúmes me atingiu. Foi talvez a emoção mais forte que senti desde que a conversa começou.

Será que ele reacendeu as coisas com a Becca enquanto esteve fora?

— O que aconteceu? — perguntei.

— Encontrei o perfil dela on-line. Conversamos um pouco e decidimos nos encontrar para almoçar.

Por mais que eu estivesse brava com Deacon por ter ido embora e triste ao saber que ele perdeu um bebê, nada me atingiu com tanta força quanto o ciúme de saber que ele se reconectou com alguém que já amou.

— Nos encontramos em um restaurante perto da casa dela. Eu disse que não precisávamos falar sobre o passado se ela não quisesse, mas Becca estava disposta. E não foi nada como eu esperava e temia.

— Você a amava?

— Eu achava que amava. Mas, sendo sincero, não tenho certeza se foi amor. Eu era muito jovem. Não sabia o que queria. Quando descobrimos que ela estava grávida, planejamos ficar juntos por causa do bebê, mas então tudo desmoronou.

— O que a Becca disse quando vocês se encontraram? — questionei, engolindo o nó na garganta.

Ele soltou um longo suspiro.

— Ela disse que ficou muito devastada no primeiro ano, não só pela perda do bebê, mas por me perder também. No final, chegou à conclusão de que tudo acontece por uma razão. Ela se consultou com um terapeuta, uma coisa que nunca fiz, mas provavelmente deveria. Um ano após o acidente, Becca voltou a estudar. Há alguns anos, ela conheceu o atual noivo. Eles moram juntos e com o cachorro deles na cidade vizinha dos meus pais.

Exalei fundo.

— Então ela está feliz.

— Sim, e a minha conclusão é que todos esses anos eu acreditava que ela deveria me odiar e me culpar por tudo. Mas era só um reflexo dos meus sentimentos em relação a mim mesmo. Agora sei que a falta de comunicação pode levar a anos de sofrimento desnecessário. Talvez eu *quisesse* sofrer porque sentia que merecia, mas com certeza não precisava. E não quero repetir esse erro, embora já tenha *te* causado um sofrimento desnecessário também. Sei disso.

Ficamos em silêncio por um tempo até que ele segurou a minha mão de novo e olhou nos meus olhos.

— Ir embora daquele jeito foi um grande erro. Não estou justificando, apenas tentando explicar o que eu estava pensando na época, e deixar você saber que evoluí muito enquanto estive fora. Não sei onde está sua cabeça, Carys, ou se você pode aprender a confiar em mim de novo. Mas preciso que saiba que vejo as coisas com mais clareza agora. Não vou a lugar algum. Mesmo que escolha não me dar outra chance, não vou embora de novo. Estarei aqui pra você, não como seu namorado, mas como seu amigo.

Suspirei, sentindo tantas coisas ao mesmo tempo.

— Não sei o que dizer. Ainda não processei que você voltou, muito menos tudo isso. Não tenho certeza se posso confiar que você não vai embora de novo. Não quero passar por isso uma segunda ou terceira vez, na verdade. Prefiro ficar sozinha.

— Entendo — ele disse após um momento. — Posso te pedir um favor?

— Tudo bem...

— Você me deixaria te trazer para um café de novo? Sem compromisso. Sem promessas. Só um café algumas vezes por semana.

Parecia algo simples, mas isso seria deixar Deacon entrar de novo na minha vida. Seria melhor não o ver enquanto processava tudo? Ele tinha acabado de abrir o coração para mim... e eu tinha uma perspectiva diferente sobre o motivo de ele ter ido embora. No final, a dor em seus olhos tornou impossível dizer não.

— Tudo bem. É só um café.

A expressão dele se transformou.

— Obrigado. É mais do que só um café para mim. Obrigado por não me afastar, mesmo que eu provavelmente mereça.

Depois de terminarmos as bebidas, Deacon e eu saímos separadamente. Usei a desculpa de que precisava parar no mercado para poder caminhar de volta para o apartamento sozinha.

Naquela noite, o sono me escapou enquanto um milhão de

pensamentos flutuavam pela minha mente, incluindo um debate interno sobre confiar em Deacon de novo, e imagens de um lindo bebê com os olhos dele que nunca chegou a nascer.

Capítulo
Vinte e Nove

Deacon

HOW DEEP IS YOUR LOVE?

Você já ouviu o ditado de que *a vida não é uma corrida, mas uma maratona?* Olha, reconquistar a confiança de Carys foi mais como um lento mergulho pelo oceano. Mas valeu a pena, mesmo que não poder tocá-la tenha sido extremamente doloroso. Um mês e meio depois de retornar a Nova York, a minha relação com Carys estava melhorando aos poucos.

Certa tarde, enquanto estávamos sentados na sala dela tomando os cafés que eu havia levado, entreguei algo que fiz enquanto estava em Minnesota.

Tirei a peça da pequena sacola.

— Esqueci de te dar isso. É para Sunny. Eu fiz enquanto estava em casa.

Carys sorriu ao examinar o gorro cor-de-rosa.

— Você fez?

— Sim. Minha avó estava tentando me expulsar de casa, onde eu ficava metade do tempo. Ela queria convidar velhos safados quando eu não estivesse lá, mas isso é história para outro dia. — Eu ri. — De qualquer forma, ela me encarregou de ajudá-la a fazer gorros e cachecóis, como nos velhos tempos, imaginando que isso me faria querer ir embora. Não tenho certeza se vai servir. Talvez fique grande.

— Só há uma maneira de descobrir. — Carys foi até onde Sunny estava brincando e colocou na cabeça dela. — Está perfeito.

Pareceu servir, mas, infelizmente, Sunny odiou. Ela tirou quase de imediato e jogou no chão. Foi mais ou menos como as coisas tinham sido com Sunny desde que voltei. Ela me dava alguns sorrisos, e as coisas estavam um pouco melhores, mas não como antes. Ela não tinha mais apego a mim. Não me adorava como costumava fazer. Eu estava determinado a conquistá-la de volta.

— Talvez o material não esteja confortável na cabeça dela — eu disse. — Pode ser um pouco áspero.

A expressão de Carys ficou suave.

— É a intenção que vale. Obrigada por fazer.

— Não houve um momento em que fiquei longe que não estivesse pensando em você — confessei.

— Esteve com alguém? — ela perguntou.

A maneira como ela jogou a pergunta me fez perceber que isso estava passando por sua cabeça, só esperando a hora de sair.

— Não! — me apressei em tranquilizá-la. — Não, não estive. Não toquei em ninguém desde você. Eu pensei que soubesse. Fico feliz que tenha perguntado, se estava com dúvidas a respeito.

O rosto de Carys ficou vermelho, e ela soltou um suspiro profundo. Isso fez meu coração ganhar vida e me deu confiança de que ela não tinha nos descartado por completo.

— Como está o seu pai? — ela mudou de assunto.

— Ele está bem. Não teve nenhuma reação adversa à radioterapia. Acho que vai vencer.

— Fico feliz. — Ela sorriu.

Houve uma batida à porta.

— Está esperando alguém? — perguntei.

— É o Charles. Eu disse a ele que poderia vir ver Sunny hoje.

Merda. Eu tinha conseguido evitar o pai de Sunny desde aquela noite, meses atrás, quando o expulsei. Mas ele estava vindo regularmente agora, então acho que era hora de eu me acostumar com ele.

Carys foi até a porta, e me levantei do sofá. Charles pareceu igualmente surpreso em me ver.

— Você ainda não conheceu Deacon formalmente — ela disse.

Ele estendeu a mão.

— Deacon. Já faz um tempo. Embora eu acredite que você tenha me dito que o seu nome era *Dick* da última vez que nos encontramos.

Nós apertamos as mãos.

— Só estava cuidando dela — respondi.

— Agradeço que tenha sido diligente em proteger a minha filha naquele dia.

Quando o avistou, Sunny correu para Charles e puxou a perna dele.

Ele a levantou.

— Oi, garotinha linda.

Doeu. Mas ele esteve aqui quando eu não estava. E os meses em que estive ausente foram suficientes para desfazer o vínculo que eu tinha com Sunny — dando espaço para ele formar um.

Charles se sentou no chão e brincou com Sunny, enquanto Carys e eu ficamos olhando para eles. Terminamos os cafés em silêncio. Foi uma dinâmica estranha.

Aproveitei o tempo para refletir sobre o futuro com Carys. Talvez não houvesse maneira de apagar a dor que causei. Talvez eu só pudesse me esforçar para disfarçá-la. De qualquer forma, ainda não tinha descoberto como fazer isso, como fazê-la feliz quando ela ainda estava tão reservada comigo.

Após cerca de quarenta e cinco minutos, Charles beijou a cabeça de Sunny e olhou para mim.

— Você se importa de dar uma volta comigo, Deacon?

Olhei para Carys, que deu de ombros.

— Sem problemas — respondi.

Charles e eu saímos juntos do apartamento.

— Dois putos...

— Ouviu alguma coisa? — Charles perguntou. — Alguém disse... *putos*?

A porta da sra. Winsbanger se entreabriu.

Indiquei a ele para me seguir pelo corredor.

— É a nossa vizinha doida. Ela gosta de espionar todo mundo e xinga que nem um caminhoneiro.

Charles começou a rir, e eu o segui. Por mais maluca que a sra. Winsbanger fosse, ela quebrou um pouco o gelo.

Não conversamos até chegarmos ao lado de fora do prédio.

Charles enfiou as mãos nos bolsos enquanto caminhávamos.

— Não preciso te contar a história do que aconteceu entre mim e Carys — ele falou. — Tenho certeza de que você sabe o que fiz, como a abandonei quando ela mais precisava de mim.

Assenti, deixando-o continuar.

— Tem sido um desafio fazer com que ela confie o suficiente para eu estar perto de Sunny, mas finalmente chegamos a um acordo amigável. Eu não merecia uma segunda chance, mas ela me deu mesmo assim.

Por mais que eu nunca tenha gostado desse cara, suas palavras me deram um fio de esperança para a minha própria situação.

— Não vou mentir para você, Deacon. Se Carys me aceitasse de volta, eu ia adorar estar com ela. Ela é bonita e gentil, e uma coisa que você talvez não entenda, porque não estava aqui naquela época, mas ela é tão talentosa.

— Eu gostaria de tê-la conhecido antes.

— O que eu quero dizer é... apesar dos meus sentimentos por ela, não há um futuro para nós dois. Ela não me ama do jeito que ama você.

Meu coração começou a acelerar enquanto nos esquivávamos das pessoas na calçada.

— Como você sabe que ela me ama?

— Quando você estava longe, ela não falou de você por muito tempo. Mas finalmente me contou o que aconteceu. Para mim, está claro que o que ela sente por você é muito profundo. Ela só tem medo de se machucar de novo. Infelizmente, eu comecei isso tudo. Se você errar uma segunda vez, seria três vezes que Carys teria o coração partido. Isso não pode acontecer.

— Isso *não* vai acontecer. — Minha voz subiu um tom.

— Só você pode provar isso. Se eu achasse que teria uma chance com ela, não estaria te dando conselho agora. Eu te invejo demais por ter sequer uma chance. Então, não desperdice a oportunidade.

Ergui uma sobrancelha.

— Estou surpreso por estar recebendo conselhos do inimigo.

Ele riu.

— Na primeira vez que te conheci, não gostei de você. Você me afastou e não me deixou ver a minha filha. Mas aí que está o detalhe, eu te respeitei por isso. Você estava protegendo Sunny naquela noite, algo que não fui capaz de fazer na época. Isso deveria ser o meu trabalho como pai dela, não seu. É preciso ser um homem forte para ser um bom pai para os próprios filhos, mas é preciso um tipo especial de homem para ser pai dos filhos de outra pessoa. — Ele parou de andar para me olhar nos olhos. — Se você quer Carys, se quer uma vida com ela e Sunny, então prove. Faça o que for preciso, e não estrague de novo.

— Eu não pretendo.

Esse cara realmente me surpreendeu. Talvez eu não o odiasse tanto, afinal de contas.

Charles assentiu.

— Eu preferiria vê-la com alguém que sei que é uma pessoa decente do que com algum idiota que ela conheceu na internet. Só saiba que estarei por perto. Eu sou o pai de Sunny. E estou reconquistando o meu lugar. Estou disposto a compartilhar esse papel se você ganhar direito a ele também.

— Entendido.

Eu nunca teria imaginado que o ex irresponsável de Carys poderia me inspirar uma nova determinação para seguir em frente, para lutar pelo que eu queria. Mas talvez as maiores lições venham daqueles que já passaram pelo mesmo, que perderam oportunidades que nunca vão conseguir de volta.

Mais tarde, quando voltei para o meu apartamento, notei um cartão-postal cor-de-rosa brilhante que tinha escorregado por debaixo da minha porta. Havia um elefante na frente e dizia *Sunny faz 2 anos.*

Meu peito se contraiu. A festa de aniversário dela seria realizada no clube em algumas semanas.

Dois anos. O tempo passou tão rápido.

O convite significava tudo. Carys queria que eu estivesse lá, apesar de suas reservas. O elefante significava que ainda havia esperança.

O ginásio do clube estava todo decorado em tons de cor-de-rosa. Um castelo inflável havia sido montado, junto com uma piscina de bolinhas e uma pista de obstáculos feita de objetos macios.

Charles estava sentado com seu filho adolescente em um canto do ginásio. A amiga de Carys, Simone, que eu só tinha encontrado uma vez, estava pulando com uma menina que presumi ser a filha de Charles, com base na semelhança.

Também vi vários bebês e seus pais, pessoas que eu imaginava que Carys havia conhecido na sua aula de Yoga Mamãe & Bebê.

Carys ficou ao lado da mesa do bolo com uma mulher mais velha. Ela ainda não tinha me visto. Balões cor-de-rosa e cinza a cercavam. O bolo tinha um elefante grande — e é claro que havia eu: o *maior* elefante da sala, o homem que havia partido o coração de Carys. Muitas das pessoas ali provavelmente conheciam a história e ficariam me avaliando.

Coloquei a sacola gigante contendo o presente de Sunny em uma mesa com os outros presentes.

Carys finalmente me notou e acenou para eu me aproximar.

— Deacon, essa é a minha chefe, Cynthia.

Ah. Eu deveria ter imaginado.

— Cynthia... esse é o meu amigo, Deacon.

Amigo. Ai.

Cynthia provavelmente tinha cinquenta e poucos anos. Seu cabelo castanho estava preso em um coque e exalava elegância, exatamente como eu poderia imaginar alguém que dirigia um balé.

Estendi a mão.

— Cynthia, é um prazer conhecê-la.

— Igualmente. — Ela sorriu, e não pareceu estranha; isso me fez pensar que Carys nunca tinha falado a meu respeito com ela.

Sentindo um clima, talvez, Cynthia se desculpou sob o pretexto de querer uma bebida, deixando Carys e eu sozinhos.

— Estou feliz que você pôde vir — ela disse.

— Um monte de cavalos selvagens no meio da rua não me impediriam de vir. Ou elefantes selvagens. — Eu sorri.

— Você está bonito — ela elogiou, tocando meu braço enquanto suas bochechas coravam.

Eu me sentia incerto de muitas coisas quando se tratava de Carys, mas sabia que ainda tinha um efeito sobre ela fisicamente. No entanto, em vez de sentir orgulho, isso me deixava triste e frustrado, porque eu a queria tanto. Sempre disse a mim mesmo que saberia quando fosse a hora certa de agir. Essa hora ainda não tinha chegado.

— Foi uma ideia ótima fazer a festa aqui — falei.

— Eu sabia que o apartamento não era uma opção, e queria que fosse em algum lugar onde ela pudesse se divertir.

— Missão cumprida. — Meus olhos vagaram até Sunny, nadando na piscina de bolinhas. — Olha a carinha dela.

Carys sorriu para a filha, e aproveitei aquele momento para admirar o belo perfil do seu rosto.

— Minha bebê fica tão feliz perto de outras crianças. E todos são jovens demais para notar ou se importar que ela seja diferente. É uma idade linda.

Balancei a cabeça.

— Ela tinha seis meses quando a conheci. Onde foi parar um ano e meio? — Claro, isso me lembrou que eu tinha ficado fora por quatro meses. Engoli em seco. — Posso te ajudar com alguma coisa?

— Não. O lugar é ótimo. Eles estão fazendo tudo. Vão servir a pizza e o bolo e limpar tudo depois.

— Olha, se você precisar de ajuda para colocar os presentes no carro, estou aqui. Estarei aqui até o fim. — Meus olhos queimaram nos dela. Eu não estava me referindo apenas a hoje.

— Vou me lembrar disso.

Carys estava usando um vestido cor-de-rosa com alças finas e saia rodada. A pele de seu pescoço estava ligeiramente manchada. Eu sabia que isso acontecia quando ela ficava nervosa.

— Você fica linda de rosa. Quero dizer, você fica linda em tudo. Linda pra caralho.

Ela moveu o cabelo para trás da orelha.

— Obrigada.

Talvez meu olhar tenha se demorado um pouco demais, porque ela se desculpou para ir falar com um dos outros pais.

Passei o resto da tarde observando Sunny se divertir e lançando olhares furtivos para Carys. Eu me perguntava como esse dia teria sido diferente se eu não tivesse ido embora. Carys poderia estar encostada no meu peito enquanto eu envolvia meus braços ao redor dela e assistia Sunny brincar. Sunny poderia estar mais próxima de mim do que de Charles. Tentei me lembrar de que não poderia estar ali para elas da forma como eu estava agora se não tivesse pirado, não tivesse ido para casa, não tivesse feito as pazes com o meu passado. Eu sabia agora que nunca mais as machucaria.

Quando Sunny abriu os presentes, esperei com ansiedade que ela chegasse ao meu.

Em algum momento, Carys entregou a ela a sacola grande que eu trouxe e abriu o cartão.

— É de Deacon, Sunny. O que é? Vamos ver! — ela disse.

Sunny pareceu mais hipnotizada pelo papel de seda cor-de-rosa do que qualquer outra coisa.

Carys ajudou Sunny a tirar um elefante peludo e cinza da sacola. Imaginei que, se ela gostava de elefantes, eu não poderia errar com um grande elefante de pelúcia.

— Se você apertar no peito, ele toca uma música — expliquei. Carys pressionou a mão no centro do elefante, e sua boca se abriu quando a música começou: *How Deep is Your Love*, dos Bee Gees. Eu não fazia ideia se Sunny reconheceria a música.

Foi uma surpresa agradável quando Sunny abraçou o elefante e deu um sorriso enorme — o maior que consegui desde que voltei. Seus olhos se estreitaram enquanto o belo sorriso se espalhava ainda mais por seu rosto. Carys admitiu que parou de tocar o álbum dos Bee Gees para Sunny depois que parti, então eu sabia que ela não ouvia essa música há muito tempo. Se ela se lembrasse da música de antes ou não, com certeza estava se conectando a canção agora. Talvez um dia ela se conectasse comigo de novo também.

Charles e seus filhos apresentaram seu presente em seguida: uma pilha gigantesca de livros infantis. Charles começou a ler os títulos, um dos quais era *O Filhote de Lobo que Briga*.

— Filhote de lombriga — Carys, que estava perto de mim, inclinou-se e sussurrou.

Puta merda. Comecei a rir, extasiado por ela se lembrar do dia em que a sra. Winsbanger tinha me chamado assim. Eu nunca esqueceria aquele dia, nosso primeiro café juntos. Tudo começou com o filhote de lombriga, e neste momento, as lombrigas me deram a esperança de que nem tudo estava perdido.

Capítulo Trinta

Carys

SAFADINHA

Os meses desde o retorno de Deacon tinham me lembrado muito dos primeiros dias do nosso relacionamento. Ele estava lá quando eu precisava, mas não ultrapassava limites. Eu sabia que ele estava sendo cauteloso para não presumir que eu já estava pronta para deixá-lo voltar para a minha vida.

Tudo parecia um pouco como um *déjà vu* porque Deacon tinha voltado a ser um bom amigo com quem eu queria desesperadamente transar. Mas eu não tinha me permitido ir por *esse* caminho ainda. Continuei esperando sentir cem por cento de certeza de que ele nunca me machucaria de novo. Mas era possível ter certeza absoluta?

Em um sábado à tarde, Sharon ligou para me dizer que estava livre durante o dia, se eu quisesse que ela viesse passar algumas horas com Sunny. Ela disse que achou que eu poderia gostar de ter um tempo sozinha. Nunca recusaria uma ajuda inesperada, então agradeci e disse que adoraria.

Ela chegou cerca de uma hora depois. Quando dei um beijo de até logo na Sunny e saí, percebi que não tinha nenhum lugar para ir. Não queria *ir* para lugar nenhum. Eu queria ver Deacon. Queria estar *sozinha* com Deacon, algo que — de um jeito bem estratégico da minha parte — não tinha acontecido desde que ele voltou.

Mas como eu faria isso sem enviar a mensagem errada? Ainda me importava com as consequências? Meu corpo estava mais do que pronto, mas minha mente não tinha chegado lá ainda.

Fiquei parada em frente à porta dele, congelada, por provavelmente cinco minutos.

— Safadinha... vai atrás de um nheco-nheco do puto.

Virei para ver a porta da sra. Winsbanger fechar de repente.

Merda.

Se ela estava sentindo isso, com certeza Deacon sentiria o mesmo de uma visita um tanto espontânea, não?

Mesmo assim, suspirei e decidi bater.

Deacon abriu a porta com uma toalha branca enrolada na cintura. Água deslizava pelo seu peito nu. *Puta merda.* Eu quase tinha esquecido o quão gostoso era o corpo desse homem.

— O que aconteceu, linda? Que bela surpresa.

Meus olhos desceram para seu tórax.

— Desculpa incomodar.

— Você não está incomodando. Eu só tomei um banho rápido depois da academia. Fico feliz que esteja aqui.

— Eu, ãhn, recebi uma ligação inesperada da Sharon — falei, mal conseguindo pronunciar as palavras. — Ela tinha um tempo livre hoje e se ofereceu para cuidar de Sunny. Então eu estava pensando se você queria dar uma volta.

Não consegui desviar os olhos do seu peito incrível, musculoso e molhado. Ele estava ainda mais definido do que eu me lembrava. Deacon havia mencionado estar malhando mais ultimamente, talvez para liberar um pouco da frustração sexual.

— Eu adoraria passar um tempo com você. — Ele deu um passo para o lado. — Entra. Por favor.

Ficamos frente a frente no meio da sala de estar dele, a proximidade do seu corpo me deixando atordoada.

Ele sorriu como se soubesse de tudo.

Sim. Ele tinha sacado tudo.

— O que foi? — perguntei.

Sua boca se curvou em um sorriso sarcástico.

— Eu gosto do jeito que você está me olhando agora.

— Estou tentando não olhar.

— Sei que se esforçou muito para não ficar sozinha comigo até agora. Eu entendo. Mas... o que você quer, Carys? — Seus olhos transbordaram intensidade. — Porque, porra, eu tenho quase certeza de que é a mesma que quero agora.

A necessidade absoluta em sua voz combinou com a vontade entre as minhas pernas. Ele pressionou o peito contra mim, e enterrei o rosto em seus músculos.

— Acho que fui óbvia demais — eu disse, falando contra a sua pele. — Até a sra. Winsbanger me xingou por ter vindo aqui transar com você.

A risada de Deacon ecoou contra mim.

— A sra. Winsbanger acha que todo mundo está transando vinte e quatro horas por dia.

Ergui o rosto para encontrar os seus olhos deslumbrantes.

— Eu quero você — sussurrei.

Ele assentiu.

— Mas está com medo.

— Sim.

Ele se afastou para encarar os meus olhos, colocando suas mãos grandes e ásperas em volta do meu rosto.

— Por favor, não tenha mais medo de mim.

Minha respiração acelerou.

— Desculpa.

Deacon deu um beijo firme na minha testa.

— Não se atreva a se desculpar.

Ele beijou até chegar ao meu nariz e depois a minha boca. Abri os lábios para ele enquanto a sua língua deslizava para dentro. *Merda*. Era bom sentir o gosto dele de novo.

— Já faz muito tempo para nós dois. — Suas unhas se cravaram na minha cintura, sua voz cheia de vontade. — Se me quer agora, isso não precisa significar nada, Carys. Só me usa. Porra, me usa. Me deixa fazer você se sentir bem. Prometo que não precisa ser nada além de sexo, se não quiser. E, sim, eu diria qualquer coisa para ter você. Porque eu preciso disso. Mas prometo que não vou te machucar.

Fechando os olhos, assenti, desesperada por ele.

A próxima coisa que senti foi a sua mão sob o meu vestido e entre as minhas pernas, arrastando a minha calcinha encharcada para o lado e deslizando os dedos para dentro de mim. O som que me escapou foi como se eu estivesse faminta por tanto tempo e agora finalmente estivesse satisfeita.

Enterrando os dedos dentro de mim, ele os fez entrar e sair enquanto eu apertava os músculos entre minhas pernas. Seus lábios envolveram os meus e ele continuava a me foder com a mão. Meu corpo ficou louco. Incapaz de puxar seu cabelo com força suficiente, eu o estava praticamente escalando. Assim que tirou os dedos e pressionou a ereção contra mim, eu sabia que tinha acabado. Não tinha como voltar atrás.

— Carys, vou te foder com muita força. Você quer?

— Sim. — Ofeguei.

Arranquei a toalha dele. Seu pau ereto estava brilhando na ponta e eu mal podia esperar para senti-lo dentro de mim.

Deacon abriu o zíper na parte de trás do meu vestido e o puxou pela minha cabeça. Ele me levantou do chão e envolveu as minhas pernas ao redor de sua cintura, entrando em mim com um forte estocar. Senti uma queimação por alguns segundos antes que a euforia se instalasse. Ele estava nu dentro de mim, sem nenhuma barreira, algo que eu nunca tinha experimentado com Deacon.

— Porra. Esqueci como isso é bom — ele disse, bombeando dentro e fora de mim.

Os dentes de Deacon afundaram com suavidade na lateral do meu pescoço quando ele começou a me foder com força, me segurando sob a bunda com as duas mãos. Havia algo tão carnal em morder o meu pescoço. Foi diferente de qualquer outra vez que fizemos sexo.

De repente, ele tirou o pau de dentro de mim.

— Eu tenho que pegar a camisinha.

Por mais que não quisesse parar, sabia que era a decisão certa.

Ele me colocou no chão com suavidade, e fiquei maravilhada com a sua bunda esculpida enquanto ele corria para o quarto. Ele voltou com o pacote na mão, rasgando-o antes de deslizar a camisinha por seu membro grosso.

— Quero colocar você no chão, nesse tapete, porque a Sharon não precisa ouvir como eu vou te foder agora. Eu quebraria a porra da cama.

Estremeci de excitação e fui para o chão. Assim que minhas costas tocaram o tapete macio e felpudo, Deacon entrou em mim de novo, me penetrando com força e rapidez. O peso do seu corpo era esmagador. Como eu senti falta de tê-lo em cima de mim desse jeito. Seus lábios travaram nos meus enquanto nos recusávamos a respirar, nossas mãos entrelaçadas. Cada parte de mim parecia conectada a ele enquanto ele se empurrava para dentro.

— Eu te amo, Carys — declarou com suavidade. — Me desculpa. Eu sei que disse que isso era só sexo, mas te amo pra caralho, e preciso que saiba disso enquanto estou dentro de você. Eu te amo muito. Não responda. Não é disso que se trata.

Por mais que eu tentasse me convencer de que era apenas sexo, no segundo em que ele soltou aquelas palavras, meus músculos pulsaram ainda mais forte. A ideia de transar com ele era excitante, mas saber que estava fazendo amor comigo me deixou no limite. Porque a verdade é que eu amava tanto esse homem, e nenhum medo ou desconfiança poderia apagar isso. Eu *sempre* amaria Deacon.

Ele me tirou dos pensamentos quando levantou minha bunda, deslizando-me antes de jogar minhas pernas sobre seus ombros.

Deacon empurrou em mim com força por alguns segundos naquela posição antes de seu corpo tremer e ele gemer de prazer. A sensação do sêmen quente de Deacon enchendo a camisinha provocou a minha própria liberação. Foi o orgasmo mais intenso da minha vida.

— Eu te amo — ele repetiu, gozando. — Eu te amo, Carys. Eu te amo. Eu te amo. Eu te amo.

Como se eu tivesse sido abatida, meu corpo ficou mole contra o chão enquanto ele pairava acima, ainda dentro de mim.

Ele baixou o rosto para beijar o meu pescoço.

— Você está bem? — sussurrou.

Sorri.

— Sim.

Ele colocou a palma na minha bochecha antes de beijar a minha boca de novo.

Então se retirou de dentro de mim e se levantou, exibindo seu corpo gloriosamente nu, a ponta da camisinha cheia e pendurada em seu pau.

Foi ao banheiro para descartá-la e depois voltou para o tapete. Ele passou os braços ao meu redor, por trás, puxando o meu corpo para o dele.

Me virei para encontrar o seu rosto.

— Se importa se eu tomar um banho? — perguntei.

— Claro que não. — Ele me puxou para mais perto. — Mas com uma condição.

— Qual?

— Você me deixar levá-la ao nosso restaurante favorito para almoçar.

Sorri.

— Parece ótimo.

Sentei e estava prestes a ir ao banheiro quando ele envolveu o braço ao redor da minha cintura.

— Vem aqui — pediu, me puxando de volta para mais um beijo.

Depois que finalmente me deixou ir, tomei um longo banho,

saboreando o cheiro masculino do seu sabonete. Por dentro, doía de uma maneira maravilhosa.

Quando saí do banho, levei minhas roupas para o quarto dele para me trocar, e notei um livro aberto virado para baixo em sua mesa. *Síndrome de Down: Guia para os Pais. Outro livro estava ao lado deste. O Guia Completo da Língua de Sinais.*

Enquanto eu estava presa na dúvida sobre confiar de novo em Deacon, ele estava seguindo em frente — aprendendo e se preparando para uma vida com a gente, quando eu estivesse pronta.

Uma semana depois, Deacon e eu não passamos uma noite separados desde aquele dia no apartamento dele.

Uma tarde, ele se ofereceu para ir a Target para mim, já que Sunny não estava se sentindo bem. Ela quase nunca ficava doente, mas naquele dia estava com uma febre baixa.

Uma das coisas da minha extensa lista escrita à mão era analgésico infantil, já que estava acabando.

Deacon enviou uma mensagem da loja.

Deacon: A marca genérica é realmente tão boa quanto a original?

Carys: Deve ser a mesma coisa.

Os pontinhos se mexeram.

Deacon: Ok.

Alguns minutos depois, ele enviou outra mensagem.

Deacon: Não vou arriscar. Vou pegar a original.

Sorri. O lado doce e atencioso por baixo daquela aparência masculina nunca deixava de me surpreender.

Carys: Tá bom.

Vários minutos se passaram antes que ele se comunicasse novamente.

Deacon: O que é "pênis orgânico"?

Carys: Hein?

Ele enviou uma foto da minha caligrafia.

Carys: É pêssego orgânico. Desculpe pela minha letra horrível.

Deacon: Eu ia dizer... ;-) O meu é totalmente orgânico, aliás. Mas entendi. Pêssego. Orgânico.

Ele colocou no final da frase cinco emojis de pêssego.

Deacon: Ironicamente, o emoji de pêssego representa uma bunda. Então você pode imaginar para onde a minha mente está indo agora.

Em seguida, ele enviou um emoji de berinjela e um de pêssego.

Carys: Isso me lembrou... pegue uma berinjela também. Vou tentar fazer uma lasanha de berinjela amanhã.

Deacon: Sim, senhora.

As mensagens pararam por um tempo. Então recebi uma foto de uma calcinha de renda preta na mão dele.

Deacon: Depois de toda essa conversa sobre berinjelas e pêssegos, passei pela seção de lingerie feminina, vi isso, e imaginei você usando, empinada pra mim. Agora estou duro no meio da Target.

Deacon: Preciso ir para a fila, mas não é seguro deixar o corredor no momento.

Deacon: Merda! Uma senhora está procurando calcinhas de vovó na minha frente, e estou me escondendo de pau duro.

Eu me dobrei de tanto rir.

Deacon: Juro por Deus, acho que a velha acabou de peidar.

Deacon: Que vida fodida.

Deacon: É isso. Estou saindo daqui. Coloquei o carrinho na minha frente para esconder o meu "amigo". Que, graças a essa senhora, nem está tão animado mais.

Carys: Você pode voltar para casa antes de arranjar encrenca? HAHA

Deacon: Estou voltando. Com a calcinha. Você. Eu. Hoje à noite. Vai rolar.

Suspirei. Tivemos nossos altos e baixos, mas eu realmente amava esse homem.

Deacon: A propósito, você usa tamanho P de camiseta, né?

Carys: Sim. Por quê?

Deacon: Comprei uma coisa para você.

Carys: Hum, deixe-me adivinhar. Uma blusa com um belo decote?

Ele enviou uma foto de uma camiseta branca simples e justa com uma frase na frente: *Eu ♥ Meu Namorado.*

Meu rosto doeu de tanto sorrir.

Carys: Sabe, antes de ficarmos juntos, eu costumava te chamar de o "Anti-Namorado".

Deacon: Ah, é? Olha só, o "Anti-Namorado" encontrou a alma gêmea dele agora.

Suspirei.

Carys: Volta logo.

Mais uma mensagem chegou, cerca de cinco minutos depois.

Deacon: Peguei um café para você na Starbucks daqui.

Ele enviou uma foto do copo, que tinha uma mensagem escrita com uma caneta permanente preta. A princípio, pensei que estivesse escrito *Carys Tipo Paris*. Mas então olhei mais de perto e percebi que ele estava me sacaneando pela confusão com os pêssegos.

Carys Tipo Pênis.

Epílogo

Deacon

Fazer com que Carys acreditasse em mim totalmente não foi tão rápido quanto eu esperava. E não houve discussão formal ou anúncio quando as coisas enfim ultrapassaram a muralha da confiança. A volta do nosso relacionamento aconteceu devagar e de forma orgânica. Passei todos os dias, por meses, mostrando a ela que não iria a lugar algum, dedicando um tempo para aprender a ser um bom parceiro para ela e um pai para Sunny. Por ter feito bem o trabalho, finalmente colhi os frutos.

Nos cinco anos desde que Carys entrou na minha vida, aprendi muitas coisas, incluindo as seguintes, sem ordem específica:

Um: Você não pode mostrar quem é com palavras, apenas com ações.

Dois: Você não pode escolher quem ama. Nunca importou o que eu disse para mim mesmo sobre não entrar em um relacionamento com Carys. Desde o momento em que nos conectamos, eu estava destinado a perder a batalha contra o meu cérebro.

Três: Liberdade não pode ser alcançada até você se perdoar. Finalmente, busquei terapia para tratar o meu medo de fracassar e de prejudicar os outros, e aprendi o quão importante era a autocompaixão para a minha recuperação.

Quatro: Não se trata apenas de você, Deacon. Havia coisas na vida muito mais importantes do que eu. Sunny me ensinou isso. Quando você tem filhos, eles vêm em primeiro lugar, sempre.

E finalmente, aprendi que o sangue não faz de você uma família. Sunny era minha filha, e não importava que eu não a tenha a gerado. O único porém era que eu tinha que compartilhar o papel de pai com Charles. Ela não chamava nenhum de nós dois de pai. Eu era o Deek e ele era o Cha-Cha. Mas ambos acreditávamos que éramos seus pais, nenhum de nós disposto a ceder essa designação ao outro. Então, aceitamos que Sunny teria dois pais, cada um fiscalizando e equilibrando o outro e se responsabilizando mutuamente.

Minha filha era uma figura. Recentemente, ela aprendeu a dançar *twerk*, graças à filha de Charles, Talia. Com cinco anos e meio, a fala de Sunny ainda estava em desenvolvimento. Enquanto Carys e eu entendíamos quase tudo o que ela dizia, nem sempre era claro para os outros. Mas nos disseram que, com a terapia contínua, sua fala melhoraria à medida que ela crescesse. Ela seria capaz de atingir todas as mesmas etapas de uma criança típica, só que no seu próprio ritmo. Ninguém sabia exatamente o que o futuro reservava para Sunny em termos de viver de forma independente, mas eu tinha grandes esperanças de que ela alcançaria tudo o que almejasse. Eu estaria lá torcendo por ela até o dia em que morresse.

Claro, não teria sido possível eu me apaixonar por Sunny se não tivesse me apaixonado pela mãe dela primeiro. Há alguns anos, Carys e eu deixamos Sunny com o Charles pela primeira vez e voamos para Las Vegas para nos casarmos. Foram quatro dias gloriosos tendo a minha linda bailarina só para mim. Logo depois que voltamos, nos mudamos para os subúrbios de Nova Jersey para podermos ter um quintal.

Agora éramos típicos moradores do subúrbio, passando nossas manhãs de sábado no jogo de futebol da nossa filha. Eu nunca havia imaginado ser pai novamente, mas com certeza nunca imaginei que o meu grande retorno ao esporte seria como treinador de futebol de um bando de pestinhas. A escola de Sunny oferecia um programa esportivo integrado, então as crianças atípicas jogavam junto com as típicas. Eu achei que, em vez de ter que me forçar a ficar na linha de frente, treinaria o time — tipo, caso Sunny precisasse de mim.

Mas quer saber? Na maioria das vezes, ela não precisava. E eu estava aprendendo a deixá-la cair às vezes. Era difícil.

Acenei para Charles, sentado nas arquibancadas com seus dois filhos. Eles apareciam em todos os jogos de Sunny. Quando nos mudamos, compramos intencionalmente uma casa perto de Charles, já que ele frequentemente ajudava com Sunny.

Nossa filha era uma alegria de se ver em campo. Ela adorava estar perto de outras crianças, e elas frequentemente a ajudavam a se orientar na direção certa. Ela nem sempre seguia as regras do jogo e só fez um gol durante toda a temporada, com a ajuda de um de seus colegas, mas sempre tinha um sorriso no rosto. Com Sunny, nunca se tratava do destino. Mas, sim, da jornada. Se ela caísse enquanto corria, sempre se levantava e continuava. As pessoas poderiam aprender algumas coisas com a minha garotinha.

Quando o jogo de hoje finalmente terminou, Sunny correu para Carys, que estava assistindo deitada em uma manta na grama. Charles e seus filhos se aproximaram para dar a ela alguns "bate aqui".

Alguns pais me interromperam quando eu ia em direção à minha família, então levei um tempo para me juntar a eles.

Quando finalmente me liberei e cheguei até Carys, eu disse:

— Pronta para irmos para casa?

Ela assentiu e mexeu em uma das duas tranças loiras de Sunny.

— Você vai precisar de um banho bem longo, garotinha. Vamos te levar para casa para eu esfregar essa sujeira de você.

— Você disse *esfregar*? — Me inclinei para sussurrar no ouvido de Carys. — Eu adoraria ser esfregado no banho também.

Ela balançou a cabeça, e roubei um beijo rápido antes de envolvê-la com o braço. Começamos a caminhar em direção ao carro.

Sunny olhou para mim e fez um punho com a mão enquanto imitava lamber uma casquinha, que era o sinal para sorvete. O caminhão de sorvete estava estacionado na extremidade do estacionamento.

— Você precisa almoçar primeiro — expliquei a ela.

Ela pulou para cima e para baixo.

— *Pufa*, Deek!

Suspirei e alcancei a carteira.

— Você é tão bunda mole. — Carys riu de mim.

Depois de comprar o sorvete para Sunny, retomamos a longa caminhada até o carro, que estava estacionado na extremidade oposta do estacionamento, na sombra de uma árvore.

— Eu fiquei tão orgulhosa de Sunny hoje — contou Carys. — Fico feliz por nunca ter insistido na coisa toda do balé, porque está claro que ela está muito mais interessada em esportes.

Carys agora tinha uma posição de meio período como instrutora em uma escola de dança local. Ela tentou matricular Sunny em algumas aulas lá, mas tudo o que nossa filha fez foi mexer a saia de tutu e fazer caretas para mim. Ela não tinha interesse, mas sempre ficava animada para o treino e jogos de futebol.

— E se Sunny vai ser a garota dos esportes, talvez eu consiga fazer esse aqui dançar comigo. — Carys beijou a cabeça do nosso menininho.

— Se ele quiser dançar em vez de praticar esportes, é escolha dele — eu garanti.

Jack estava dormindo no canguru no peito de Carys durante todo o jogo. Ele tinha seis meses agora — exatamente a idade que Sunny tinha quando conheci Carys. Esperamos para ter um bebê porque queríamos dar o máximo de atenção possível Sunny em seus primeiros anos. Então, quando Carys descobriu que estava grávida, decidiu deixar o emprego de relações públicas para dedicar mais tempo às crianças e evitar o percurso diário para a cidade. Nosso menino equilibrou o número da nossa pequena família em quatro pessoas. E eu estava muito mais preparado para trocar fraldas dessa vez.

Chegamos ao carro, e Carys colocou Jack em sua cadeirinha e eu prendi o cinto de segurança de Sunny enquanto ela continuava a tomar o sorvete.

Enquanto dirigíamos pelo estacionamento, Sunny gritou:

— Filhote!

Carys e eu nos viramos para olhar um para o outro.

— Ela acabou de dizer filhote de lombriga? — Carys perguntou. — Quem te ensinou isso, Sunny?

Sunny apontou para a esquerda.

— Filhote!

Percebi que ela estava apontando para o parquinho, onde um filhote de cachorro corria e brincava.

— Ah, o parquinho — eu disse.

— Ah. — Carys começou a rir. — Por um segundo, achei que você tivesse ensinado isso a ela. — Carys se virou. — Nada de parquinho hoje, querida. Não temos tempo. Talvez no próximo final de semana.

Enquanto viajávamos pela estrada arborizada, pude ver Carys sorrindo para mim.

— Por que está sorrindo, linda?

— Quando te conheci, não poderia imaginar que o garanhão da porta ao lado acabaria sendo o meu marido, e que estaríamos vivendo nos subúrbios com dois filhos.

— E que eu seria treinador de futebol. Não sendo um jogador, mas... — Eu ri e peguei a mão dela. — Sabe, tudo faz sentido agora.

— O quê?

— Tudo teve que acontecer do jeito que aconteceu. Você consegue imaginar se eu tivesse continuado e jogado para a NFL? Eu nunca teria te conhecido. Provavelmente teria me metido em alguma encrenca. Garanto que não estaria tão feliz. Todos aqueles anos pensando que perder a carreira foi a pior coisa que me aconteceu. Mas a minha vida agora? Isso? Eu trocaria muito fácil aquela vida por isso aqui.

Carys apertou a minha mão.

— Quando você falou isso agora, me lembrou de uma coisa. Já te contei como escolhi o nome de Sunny?

— Não.

— Eu estava sozinha no hospital depois de tê-la. A gravidez inteirinha foi assustadora, com tantas incertezas, e, além disso, tinha acabado de descobrir que a minha bebê tinha síndrome de Down. O medo quase me paralisou. — Ela olhou pela janela por um momento. — No dia anterior, eu havia dado à luz a ela sob um borrão, medicada por toneladas de remédios. Depois de tudo pelo que passei, éramos apenas Sunny e eu. Ela olhou para mim, provavelmente se perguntando onde estava. Olhei para fora da janela do quarto do hospital e vi o sol nascendo. Continuei admirando aquele nascer do sol sobre a cidade e então olhei para o rosto dela. Ela tinha acabado de passar pelo caos que é nascer, mas estava tão tranquila. Ela estava viva e contente em meus braços. E percebi que não estava mais sozinha. Eu tinha tudo de que precisava. *Sunny*. A luz que emerge da escuridão.

— Isso é lindo — eu disse, sentindo um nó na garganta. — Sempre amei o nome dela. Mas agora amo ainda mais.

No espelho retrovisor, olhei para Sunny, e casquinha de sorvete agora estava derretida por todo o seu rosto.

A luz que emerge da escuridão.

— Sabe como você se sentiu quando viu o sol naquele dia, Carys? Tenho certeza de que foi exatamente como me senti na primeira vez que olhei nos seus olhos.

Agradecimentos

Este livro foi escrito durante um ano realmente desafiador para todos nós. Em tempos sem precedentes, estou muito feliz por poder ajudar a fornecer uma fuga para você. Me considero a mulher mais sortuda do mundo por ter leitores ao redor do mundo que continuam a apoiar e divulgar os meus livros. O entusiasmo de vocês e a sede por minhas histórias são o que me motiva todos os dias. E a todos os blogueiros literários que trabalham incansavelmente para me apoiar, por favor, saibam o quanto eu aprecio vocês.

Para Vi, por ser sempre a minha parceira no crime. Espero que não se canse de eu te elogiar. A cada ano, nossa amizade se torna mais inestimável para mim. Eu não poderia fazer nada disso sem você. A melhor parte desta carreira tem sido as nossas colaborações e poder trabalhar com a minha amiga todos os dias.

Para Julie, a minha vigia da madrugada. Obrigada pela sua amizade e por sempre me inspirar com sua escrita incrível e atitude.

Para Luna, obrigada por estar lá dia após dia e, especialmente, por ser durante esse ano uma inspiração. O melhor ainda está por vir.

Para Erika, obrigada por sempre alegrar os meus dias com as suas mensagens diárias e sorrisos virtuais. Sempre será uma coisa tão sua isso!

Para Cheri, uma amiga e apoiadora incrível. Obrigada por sempre cuidar de mim. Mal posso esperar pelo dia em que possamos todos nos reunir de novo.

Para o meu grupo de leitores no Facebook, *Penelope's Peeps*. Adoro vocês. Vocês são o meu lar e meu lugar favorito para estar.

Para minha agente extraordinária, Kimberly Brower. Obrigada por tudo o que você faz e por acreditar em mim muito antes de ser minha agente, quando você ainda era uma blogueira, e eu, uma autora de primeira viagem.

Para a minha editora, Jessica Royer Ocken. É sempre um prazer trabalhar com você. Estou ansiosa para muitas experiências futuras.

Para Elaine, da *Allusion Book Formatting and Publishing*. Obrigada por ser a melhor revisora, diagramadora e amiga que uma garota poderia pedir.

Para a minha assistente Brooke. Obrigada pelo trabalho árduo em lidar com todas as coisas que Vi e eu nunca conseguimos fazer. Nós te valorizamos muito!

Para Kylie e Jo, da *Give Me Books*. Vocês são incríveis! Obrigada pelo trabalho incansável de divulgação.

Para Letitia, da *RBA Designs*, a minha incrível designer das capas dos livros. Esta capa é uma das minhas favoritas que você já criou. Obrigada por sempre trabalhar ao meu lado até que o produto final esteja exatamente perfeito.

Para o meu marido. Obrigada por sempre dar conta de muito mais do que deveria para que eu possa escrever. Eu te amo muito.

Para os melhores pais do mundo. Eu tenho tanta sorte de tê-los! Obrigada por tudo o que já fizeram por mim e por sempre estarem lá.

Por último, mas não menos importante, para a minha filha e o meu filho. A mamãe ama vocês. Vocês são minha motivação e inspiração!